【臺灣現當代作家
研究資料彙編】94

# 施明正

國立台灣文學館
出版

# 部長序

　　「臺灣現當代作家研究資料彙編」是臺灣文學研究一場極富意義的文學接力，計畫至今已來到第七階段，累積的豐碩成果至今正好匯聚百冊。欣見國立臺灣文學館今年再次推出十部作家研究成果，包括：翁鬧、孟瑤、楊念慈、施明正、劉大任、許達然、楊青矗、敻虹、張曉風和王拓。謹以此套叢書，向長期致力於臺灣文學創作的文學家們致敬。

　　文學是一個國家的靈魂，反映出一個民族最深刻的心靈史。回顧臺灣史，文學家一直是引領社會思潮前進的先鋒，是開創語言無限可能的拓荒者，創造出每一個時代的時代精神。「臺灣現當代作家研究資料彙編」透過回顧作家的生平經歷、尋訪作家與文友互動及參與文學社團的軌跡、閱讀其作品並且整理歷來研究者的諸多評述，讓我們能與作家的生命路徑同行，由此更認識他們所創造的文學世界。越深入認識臺灣文學開創出的獨特風采，我們對這塊土地的情感也會更加踏實，臺灣文化的創發與新生才更活潑光燦。

　　「臺灣現當代作家研究資料彙編」計畫推動至今已歷時八年，感謝這一路走來勤謹任事的執行團隊及諸多專家學者的戮力協助，替臺灣文學的作家研究奠定厚實根基。在此向讀者推介這一套兼具深度與廣度的臺灣文學工作書，讓我們藉由創作、閱讀和研究，一同點亮臺灣文學的璀璨光芒。

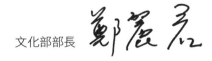

文化部部長　鄭麗君

# 館長序

　　在眾人引頸期盼中，「臺灣現當代作家研究資料彙編計畫」第七階段成果終於出爐，把一年來辛勤耕耘的果實呈現在讀者面前。此次所編纂的作家研究資料彙編，包含翁鬧、孟瑤、楊念慈、施明正、劉大任、許達然、楊青矗、夐虹、張曉風、王拓等十位作家。如同以往，在作家的族群身分、創作文類、性別比例各方面，均力求兼顧平衡；而別具意義的是，這十位作家的加入，讓「臺灣現當代作家研究資料彙編計畫」，匯聚累積共計百冊，為這份耗時良久的龐大學術工程，締造了全新的歷史紀錄。

　　從 1894 年出生的賴和，到 1945 年世代的王拓，這 51 年間，臺灣的歷史跌宕起伏，卻在在滋養著出生、成長於這塊土地上的文學青年、知識分子。而諸多來自對岸的戰後移民作家，大概也從來沒有想過，有一天，他們的書寫創作是在臺灣這塊土地發光發熱。事實證明，作家研究資料彙編的出版，不僅重新點燃了許多前輩作家的熱情，使其生命軌跡與文學路徑得到更為精緻細膩的梳理，某些已然淡出文學舞臺的作家與作品，也因而再次閃現光芒。另一方面，對於關心臺灣文學發展的學者專家，乃至一般讀者來說，這套巨著猶如開啟一扇窗扉，足以眺望那遼闊無際的文學美景，讓我們翻轉過去既有的印象和認知，得以嘗試用較為活潑、多元的角度來解讀作品。

　　在李瑞騰前館長的擘畫、其後歷任館長的大力支持下，自 2010 年起步的「臺灣現當代作家研究資料彙編計畫」，至今已持續推動八年。走過如

此漫長的時光，臺文館所挹注的人力、物力等資源之龐大，自是不難想像。而我們之所以對作家研究投以如此關注，最根本的緣由乃是因為作家與作品，實為當代社會的縮影與靈魂的核心，伴隨著文本所累積的研究論述及文獻史料，則不僅是厚實文學發展的根基，更是深化人文思想的依據。本叢書既是對近百年來臺灣新文學的驗收及盤點，也是擴展並深化臺灣文學研究的嶄新契機，體現了臺灣文學研究總體成果中最優質精緻的部分，並對未來的研究指向與路徑，提出嶄新而適切的指引。

　　在此，特別感謝承辦單位臺灣文學發展基金會所組成的工作團隊，以及參與其事的專家、學者；更謝謝長期以來始終孜孜不倦、埋首於文學創作的前輩作家們。初冬時節，我們懷抱欣喜之情，向讀者推介此一深具實用價值的全方位臺灣現當代文學工具書，並期待未來有更多人，善用這套鉅著進行閱讀研究，從而加入這一場綿長而優美的臺灣文學接力賽。

國立臺灣文學館館長　廖振富

# 編序

◎封德屏

## 緣起

　　1995 年 10 月 25 日，在臺灣師範大學教育大樓的 201 室，一場以「面對臺灣文學」為題的座談會，在座諸位學者分別就臺灣文學的定義、發展、研究，以及文學史的寫法等，提出宏文高論，而時任國家圖書館編纂張錦郎的「臺灣文學需要什麼樣的工具書」，輕鬆幽默的言詞，鞭辟入裡的思維，更贏得在座者的共鳴。

　　張先生以一個圖書館工作人員自謙，認真專業地為臺灣這幾十年來究竟出版了多少有關臺灣文學的工具書，做地毯式的調查和多方面的訪問。同時條理分明地針對研究者、學生，列出了十項工具書的類型，哪些是現在亟需的，哪些是現在就可以做的，哪些是未來　步一步累積可以達成的，分別做了專業的建議及討論。

　　當時的文建會二處科長游淑靜，參與了整個座談會，會後她劍及履及的開始了文學工具書的委託工作，從 1996 年的《臺灣文學年鑑》起始，一年一本的編下去，一直到現在，保存延續了臺灣文學發展的基本樣貌。接著是《中華民國作家作品目錄》的新編，《臺灣文壇大事紀要》的續編，補助國家圖書館「當代文學史料影像全文系統」的建置，這些工具書、資料庫的接續完成，至少在當時對臺灣文學的研究，做到一些輔助的功能。

　　2003 年 10 月，籌備多年的「臺灣文學館」正式開幕運轉。同年五月《文訊》改隸「財團法人台灣文學發展基金會」，為了發揮更大的動能，開

始更積極、更有效率地將過去累積至今持續在做的文學史料整理出來，讓豐厚的文藝資源與更多人共享。

於是再次的請教張錦郎先生，張先生認為文學書目、作家作品目錄、文學年鑑、文學辭典皆已完成或正在進行，現在重點應該放在有關「臺灣現當代作家評論資料目錄」的編輯工作上。

很幸運的，這個計畫的發想得到當時臺灣文學館林瑞明館長的支持，於是緊鑼密鼓的展開一切準備工作：籌組編輯團隊、召開顧問會議、擬定工作手冊、撰寫計畫書等等。

張錦郎先生花了許多時間編訂工作手冊，每一位作家的評論資料目錄分為：

（一）生平資料：可分作者自述，旁人論述及訪談，文學獎的紀錄。

（二）作品評論資料：可分作品綜論，單行本作品評論，其他作品（包括單篇作品）評論，與其他作家比較等。

此外，對重要評論加以摘要解說，譬如專書、專輯、學術會議論文集或學位論文等，凡臺灣以外地區之報刊及出版社，於書名或報刊後加註，如中國大陸、香港、新加坡等。此外，資料蒐集範圍除臺灣外，也兼及中國大陸、香港、新加坡、日本、韓國及歐美等地資料，除利用國內蒐集管道外，同時委託當地學者或研究者，擔任資料蒐集工作。

清楚記得，時任顧問的學者專家們，都十分高興這個專案的啟動，但確定收錄哪些作家名單時，也有不同的思考及看法。經過充分的討論後，終於取得基本的共識：除以一般的「文學成就」為觀察及考量作家的標準外，並以研究的迫切性與資料獲得之難易度為綜合考量。譬如說，在第一階段時，作家的選擇除文學成就外，先考量迫切性及研究性，迫切性是指已故又是日治時期臺籍作家為優先，研究性是指作品已出土或已譯成中文為優先。若是作品不少而評論少，或作品評論皆少，可暫時不考慮。此外，還要稍微顧及文類的均衡等等。基本的共識達成後，顧問群共同挑選出 310 位作家，從鄭坤五、賴和、陳虛谷以降，一直到吳錦發、陳黎、蘇

偉貞，共分三個階段進行。

　　「臺灣現當代作家評論資料目錄」專案計畫，自 2004 年 4 月開始，至 2009 年 10 月結束，分三個階段歷時五年六個月，共發現、搜尋、記錄了十餘萬筆作家評論資料。共經歷了三位專職研究助理，近三十位兼任研究助理。這些研究助理從開始熟悉體例，到學習如何尋找資料，是一條漫長卻實用的學習過程。

## 接續

　　「臺灣現當代作家評論資料目錄」的專案完成，當代重要作家的研究，更可以在這個基礎上，開出亮麗的花朵。於是就有了「臺灣現當代作家研究資料彙編暨資料庫建置計畫」的誕生。為了便於查詢與應用，資料庫的完成勢在必行，而除了資料庫的建置外，這個計畫再從 310 位作家中精選 50 位，每人彙編一本研究資料，內容有作家圖片集，包括生平重要影像、文學活動照片、手稿及文物，小傳、作品目錄及提要、文學年表。另外每本書分別聘請一位最適當的學者或研究者負責編選，除了負責撰寫八千至一萬字的作家研究綜述外，再從龐雜的評論資料中挑選具有代表性的評論文章，平均 12～14 萬字，最後再附該作家的評論資料目錄，以期完整呈現該作家的生平、創作、研究概況，其歷史地位與影響。

　　第一部分除資料庫的建置外，50 位作家 50 本資料彙編（平均頁數 400～500 頁），分三個階段完成，自 2010 年 3 月開始至 2013 年 12 月，共費時 3 年 9 個月。因為內容充實，體例完整，各界反應俱佳，第二部分的 50 位作家，接著在 2014 年元月展開，第一階段至第三階段共出版了 40 本，此次第四階段計畫出版 10 本，預計在 2017 年 12 月完成。

## 成果

　　雖然過程是如此艱辛，如此一言難盡，可是終究看到豐美的成果。每位編選者雖然忙碌，但面對自己負責的作家資料彙編，卻是一貫地認真堅

持。他們每人必須面對上千或數百筆作家評論資料，挑選重要或關鍵性的評論文章，全面閱讀，然後依照編選原則，挑選評論文章。助理們此時不僅提供老師們所需要的支援，統計字數，最重要的是得找到各篇選文作者，取得同意轉載的授權。在起初進度流程初估時，我們錯估了此項工作的難度，因為許多評論文章，發表至今已有數十年的光景，部分作者行蹤難查，還得輾轉透過出版社、學校、服務單位，尋得蛛絲馬跡，再鍥而不捨地追蹤。有了前面的血淚教訓，日後關於授權方面，我們更是如臨深淵、如履薄冰，希望不要重蹈覆轍，在面對授權作業時更是戰戰兢兢，不敢懈怠。

除了挑選評論文章煞費苦心外，每個作家生平重要照片，我們也是採高標準的方式去蒐集，過世作家家屬、友人、研究者或是當初出版著作的出版社，都是我們徵詢的對象。認真誠懇而禮貌的態度，讓我們獲得許多從未出土的資料及照片，也贏得了許多珍貴的友誼。許多作家都協助提供照片手稿等相關資料，已不在世的作家，其家屬及友人在編輯過程中，也給予我們許多協助及鼓勵，藉由這個機會，與他們一起回憶、欣賞他們親人或父祖、前輩，可敬可愛的文學人生。此外，還有許多作家及研究者，熱心地幫忙我們尋找難以聯繫的授權者，辨識因年代久遠而難以記錄年代、地點、事件的作家照片，釐清文學年表資料及作家作品的版本問題，我們從他們身上學習到更多史料研究可貴的精神及經驗。

但如何在規定的時間內，完成每個階段資料彙編的編輯出版工作，對工作小組來說，確實是一大考驗。每一冊的主編老師，都是目前國內現當代臺灣文學教學及研究的重要人物，因此都十分忙碌。每一本的責任編輯，必須在這一年的時間內，與他們所負責資料彙編的主角——傳主及主編老師，共生共榮。從作家作品的收集及整理開始，必須要掌握該作家所有出版的作品，以及盡量收集不同出版社的版本；整理作家年表，除了作家、研究者已撰述好的年表外，也必須再從訪談、自傳、評論目錄，從作品出版等線索，再作比對及增刪。再來就是緊盯每位把「研究綜述」放在

所有進度最後一關的主編們，每隔一段時間提醒他們，或順便把新增的評論目錄寄給他們（每隔一段時間就有新的相關論文或學位論文出現），讓他們隨時與他們所主編的這本書，產生聯想，希望有助於「研究綜述」撰寫的進度。

在每個艱辛漫長的歲月中，因等待、因其他人力無法抗拒的因素，衍伸出來的問題，層出不窮，更有許多是始料未及的。譬如，每本書的選文，主編老師本來已經選好了，也經過授權了，為了抓緊時間，負責編輯的助理們甚至連順序、頁碼都排好了，就等主編老師的大作了，這時主編突然發現有新的文章、新的資料產生：再增加兩三篇選文吧！為了達到更好更完備的目標，工作小組當然全力以赴，聯絡，授權，打字，校對，重編順序等等工作，再度展開。

此次第二部分第七階段共需完成的 10 位作家研究資料彙編，年齡層較上兩個階段已年輕許多，因此到最後的疑難雜症，還有連主編或研究者都不太清楚的部分，譬如年表中的某一件事、某一個年代、某一篇文章、某一個得獎紀錄，作家本人及家屬絕對是一個最好的諮詢對象，對解決某些問題來說，這是一個好的線索，但既然看了，關心了，參與了，就可能有不同的看法，選文、年表、照片，甚至是我們整本書的體例，於是又是一場翻天覆地的大更動，對整本書的品質來說，應該是好的，但對經過多次琢磨、修改已進入完稿階段的編輯團隊來說，這不啻是一大挑戰。

1990 年開始，各地縣市文化中心（文化局），對在地作家作品集的整理出版，以及臺灣文學館成立後對日治時期作家以迄當代重要作家全集的編纂，對臺灣文學之作家研究，也有了很好的促進作用。如《楊逵全集》、《林亨泰全集》、《鍾肇政全集》、《張文環全集》、《呂赫若日記》、《張秀亞全集》、《葉石濤全集》、《龍瑛宗全集》、《葉笛全集》、《鍾理和全集》、《錦連全集》、《楊雲萍全集》、《鍾鐵民全集》等，如雨後春筍般持續展開。

經過近二十年的努力，臺灣文學的研究與出版，也到了可以驗收或檢

討成果的階段。這個說法，當然不是要停下腳步，而是可以從「臺灣現當代作家評論資料目錄」所呈現的 310 位作家、10 萬筆資料中去檢視。檢視的標的，除了從作家作品的質量、時代意義及代表性去衡量外、也可以從作家的世代、性別、文類中，去挖掘有待開墾及努力之處。因此這套「臺灣現當代作家研究資料彙編」，大部分的編選者除了概述作家的研究面向外，均有些觀察與建議。希望就已然的研究成果中，去發現不足與缺憾，研究者可以在這些不足與缺憾之處下功夫，而盡量避免在相同議題上重複。當然這都需要經過一段時間去發現、去彌補、去重建，因此，有關臺灣文學的調查、研究與論述，就格外顯得重要了。

## 期待

感謝臺灣文學館持續推動這兩個專案的進行。「臺灣現當代作家評論資料目錄」的完成，呈現的是臺灣文學研究的總體成果；「臺灣現當代作家研究資料彙編」的出版，則是呈現成果中最精華最優質的一面，同時對未來臺灣文學的研究面向與路徑，作最好的建議。我們可以很清楚的體會，這是一條綿長優美的臺灣文學接力賽，經過長時間的耕耘、灌溉，風搖雨濡、燭影幽轉，百年臺灣文學大樹卓然而立，跨越時代並馳而行，百冊作家研究資料彙編得千位作家及學者之力，我們十分榮幸能參與其中，更珍惜在傳承接力的過程，與我們相遇的每一個人，每一件讓我們真心感動的事。我們更期待這個接力賽，能有更多人加入。誠如張恆豪所說「從高音獨唱到多元交響」，這是每一個人所期待的。

# 編輯體例

一、本書編選之目的，為呈現施明正生平、著作及研究成果，以作為臺灣文學相關研究、教學之參考資料。

二、全書共五輯，各輯內容及體例說明如下：

    輯一：圖片集。選刊作家各個時期的生活或參與文學活動的照片、著作書影、手稿（包括創作、日記、書信）、文物。

    輯二：生平及作品，包括三部分：

        1.小傳：主要內容包括作家本名、重要筆名，生卒年月日，籍貫，及創作風格、文學成就等。

        2.作品目錄及提要：依照作品文類（論述、詩、散文、小說、劇本、報導文學、傳記、日記、書信、兒童文學、合集）及出版順序，並撰寫提要。不收錄作家翻譯或編選之作品。

        3.文學年表：考訂作家生平所進行的文學創作、文學活動相關之記要，依年月順序繫之。

    輯三：研究綜述。綜論作家作品研究的概況，並展現研究成果與價值的論文。

    輯四：重要文章選刊。選收作家自述、國內外具代表性的相關研究論文及報導。

    輯五：研究評論資料目錄。收錄至 2017 年 11 月底止，有關研究、論述臺灣現當代作家生平和作品評論文獻。語文以中文為主，兼及日文和英文資料。所收文獻資料，以臺灣出版為主，酌收中國大陸、香港、日本和歐美國家的出版品。內容包含三部分：

        1.「作家生平、作品評論專書與學位論文」下分為專書與學位論文。

        2.「作家生平資料篇目」下分為「自述」、「他述」、「訪談」、「年表」、「其他」。

        3.「作品評論篇目」下分為「綜論」、「分論」、「作品評論目錄、索引」、「其他」。

# 目次

# 輯一◎圖片集

影像◎手稿◎文物

1953年7月14日,父施闊嘴過世。中排右三施明正、右四母陳英、右五施明和、右六施明雄;前排右四施明珠、右五施明信。(翻攝自《施家三兄弟的故事》,前衛出版社)

1955年,即將入伍的施明正。(施明德文化基金會提供)

1955年，施明正（左一）與畫友一同出席第二屆紀元美展「南部移動展」，攝於高雄市五福四路臺灣合會二樓。（張啟華文化藝術基金會提供）

1955年，與畫友於望鄉酌飯店招待日本畫家荻野康兒。前排左起：劉啟祥、劉清榮，左五荻野康兒、左八鄭獲義；中排左起：施明正，左三陳雪山、左四張啟華、左五劉欽麟；後排左一林天瑞。（張啟華文化藝術基金會提供）

約1957年，於左營海軍擔任報務通訊一等兵的施明正。（施明德文化基金會提供）

1956年，施明正與張啟華（左）合影於高雄市鹽埕區瀨南街的張啟華住家頂樓。（張啟華文化藝術基金會提供）

1959年春，與文友接待南下到訪的紀弦，合影於高雄大業書店。左起：張默、方艮、紀弦、瘂弦、施明正、吹黑明。（創世紀詩雜誌社提供）

1961年，施明正於個人畫展前留影。（施明德文化基金會提供）

1964年5月，施明正與弟施明雄（右）合影於臺東泰源監獄，照片背面述及思親之情。（施明德文化基金會提供）

1980年3～4月，施明正（左）旁聽美麗島軍法大審，攝於臺灣警備總司令部軍法處第一法庭外。（施明德文化基金會提供）

1981年11月9日，施明正於第四屆吳三連獎慶祝餐會上為小說類文學獎得獎人李喬速寫，攝於臺北市中山北路國賓大飯店。（李魁賢提供）

1980年代初期，與妻子王順慧合影。（翻攝自《施明正詩·畫集——魔鬼的妖戀與純情及其他》，前衛出版社）

1982年元旦，於阿里山寫生。（翻攝自《施明正詩‧畫集——魔鬼的妖戀與純情及其他》，前衛出版社）

1984年11月，施明正與妻子王順慧、子施越騰攝於泰國柏泰雅海邊。（翻攝自《施明正詩‧畫集——魔鬼的妖戀與純情及其他》，前衛出版社）

1984年，施明正與楊逵（左）
合影於資生花園。（翻攝自
《施明正詩・畫集──魔鬼的
妖戀與純情及其他》，前衛出
版社）

1980年代，與文友於施明正推拿中心聚會，右起：施明正、趙天儀、李
敏勇。（翻攝自《施明正詩・畫集──魔鬼的妖戀與純情及其他》，前
衛出版社）

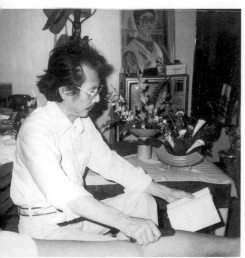

1980年代後期，施明正於診所內為病
人推拿。（施明德文化基金會提供）

1988年1月14～17日，出席於臺中文英館舉辦的「第三屆亞洲詩人
會議」，期間為與會詩人繪製肖像。（莊金國提供）

## 獸的苦悶　雪桑

……冷風吹來。我觸到冷啤酒，那凉凉的軀體

裡的涂着冷汗的軀體，那凉凉的赤裸裸的臀。

哦！哦！一顆不可能感覺到什麼的時境，咬我一口，在我堅硬的赤裸裸的臀。

哦！妳的長髮爬上了我抖索着的大腿……

哦！哦！我正忙着，不可能感覺到你」，我愛着妳。請停止妳的那句古老的「我愛你」，我愛着妳。請走開，走得遠遠的；我正忙着，我忙着俯身子獸的苦悶。

哦！哦！小啄吮手，請停止妳不斷的呼喚，我的牙床已咬緊。

1961年5月，施明正詩作〈獸的苦悶〉以筆名「雪桑」發表於《現代詩》第34期。（文訊文藝資料中心）

1958年12月，紀弦於《現代詩》第22期發表詩作〈贈明正〉，稱施明正為「藝術上的同志，文學上的同志」。（文訊文藝資料中心）

---

## 贈明正　紀弦

橘酒愛晉如é不是喝的
而晚會要是真的都變成了孩子
你是更長的é
面那些é倒了過來

有序：施明正先生是本省研究文藝的青年朋友中了不起的一位。中華民國四十七年七月三十日晚，飲明正所贈橘酒二瓶中之一瓶——正喝地說，剩下四分之一樣子；後來被羅行分作兩次喝完。想起二十六日詩贈他晚會交換禮物時我所贈與他的金門高粱竟被他抽出去，覺得寶貴顯與我似的萬分高興，立寄淡水。明正是南部人，家在高雄，現正作客於淡水。我和他相識，才數月耳。何以如此深厚的友誼呢？此無他，他是我藝術上的同志，文學上的同志！此抱負相同，見解如一，當然在思想上，物以類聚得有再提起的了。顧明正有一間畫室：見一見他的的一天。

錦連

### 寂寞之歌

世界無聲
連一個最起碼的破碎都沒有
把那瓶唯一的金門高粱擲出去吧
這就是é

深遂的瘡痛的某處
許多未命名的存在都陶繞着構成的穀
那裡
苦於沒有綠素的茶葉堆積如山
嫩黃
紫黃
白金
梁
始源於簡陋結構的夢在徘徊
在這類似寂寞的慨嘆裡
你得獃吮着口腔內壁的浪漫的漉淳
因為夜已過長
而且天還未亮

---

## 我的現代畫兩幅

### 黃‧臉綠‧羣　雪桑

傍晚的炊煙　紀國

遲來的微笑　孫宗良

獨白集　方平

「黃‧臉」「綠‧羣」余靜

「黃‧臉」「綠‧羣」簡介

1962年8月，施明正詩作〈黃‧臉綠‧羣〉以筆名「雪桑」發表於《野火》第3期。（文訊文藝資料中心）

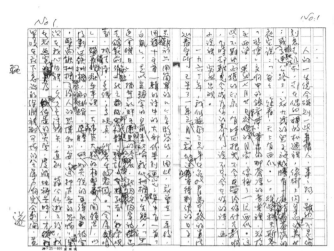

1980年7月，施明正返回高雄途中，有感於公雞被困，將其買下並為之作畫、作詩。（施明德文化基金會提供）

1980年12月，施明正發表於《臺灣文藝》第70期短篇小說〈渴死者〉手稿與期刊內頁。（施明德文化基金會提供）

62

當你生活在一個絕對主宰的空間時，你會從逐漸學柔的體驗裡，形成各種品，由妳人類異於其它生物，於是對人類在多方思想、回憶，以適應生存的糧裡。因為我們可以從起訴條狀和當時所謂「叛亂」案件採取，把刻地型成了各種各樣的典型人格。

在我們與未被判決的命運。因為我們可以從起訴條狀和當時所謂「叛亂」案件採取的小懂從多少曾到了五年的小兒科，便到了吃了幾次過大悟告的小懂約五其口，把自己曝在一層層形的長形身我保護自己。

獨的之寡，求知知二，像我這種頂多只剩五年期徒刑的四弟施明德、開鎖鏈、多觀點、所產生的震撼、以及劃過鐵窗撕裂巨大繼起的回聲響，以及劃過鐵窗撕裂巨大繼起的回聲響。

條一項重新起訴的四弟施明德，把我捲進無邊無際的痛苦裡。

臺。分分秒秒以其有形的漩渦，把我捲進無邊無際的痛苦裡。

## 同是天涯淪落人

號碼。做為代號，我是我們生活的一個外省人。我已忘記他們的名字。雖然我們個人總有一個阿拉伯的數字的名字被保留下來，這也許是我們享受到的德政之一吧！我所渴到的這個人來自大陸，當他正以青年軍的身份，拘捕從戎時，日本抑條件投降了之後，他隨軍轉進台灣，繼續保衛堅立建立光芒的自由火柜。也許是因為無故的孤家，和摧僻的個人性格，他無法融為綠色武裝大家庭的一員。以後，被派到宜蘭某個中學去當教官，不時得是不是因為單調的大海、遙望邦被綠色武裝大家庭的一員。以後，被派到宜蘭某個中學去當教官，有一天，他竟在台北火車站前，高唱某些口號，終以七條起訴。

有些好事者，每見另一些生病被拉進我們的籠子，總會透過我耳語同是天涯命苦者，除了滿腹怨造者、走私犯、販毒犯等，能被被調到龐外去執行雜役，以換得香煙、多吃葷腥豬肉、享受一些涼風的空閒外，軍法處看守所可以說是乾淨的地方。它沒有司法看守所可空見慣的牢獄陋規，這裏幾乎是人世間另一個發揮人類愛守所可以說是乾淨的地方。它沒有司法看守所可空見慣的牢獄陋規，這裏幾乎是人世間另一個發揮人類愛與我同關一牢房。

61

# 渴　死　者

施明正

## 金屬哀鳴下的白鼠

一九六三年，我們施家三兄弟在台北青島東路的軍法處看守所，已待了一年三個月，等待到決的日子，是難以用簡單的幾字形容的。因此，一年後，我曾用十五首（輯）的詩中的一百（白鼠），以實臉的自白，比喻囚格五和灰再，描寫囚「黑色金屬」。描黑的凌晨，所有囚窒被拉出來，放在吃了幾次過大悟告的小懂約五其口，把自己曝在一層層形的長形身我保護自己，以實臉的自白，比喻囚格五和灰再，描寫在當時所謂「叛亂」案件採取的小懂從多少曾到了吃了幾次過大悟告的小懂約五其口。

巨大繼起的回聲響，以及劃過鐵窗撕裂巨大繼起的回聲響、「金屬哀鳴」，鏽刻鄉牢子孫一大串巨大繼起的回聲響，以及劃過鐵窗撕裂「如父般的潮頭從空劈向鐵欄杆」，發穿的哀鳴，給人的恐怖、探尻在我的內心、久久無法消失，直到蔣公仙逝之後，我作畫寒夫。

如今，我在靜前，還要把兩丸鐵絲塞住耳孔，以過濾、陰擋失銳的聲響。

為我佈僻的愛、度誠地報告時，才抑鬱網未在下意識裏可怕的金屬緊靥，完全判開、瑞變。雖然如此，至

1981年5月，施明正粉蠟作品「島嶼上的蟹」見刊於《臺灣文藝》第72期封底。（文訊文藝資料中心）

1982年5月，施明正油畫作品「睡眠時的楊逵」見刊於《臺灣文藝》第76期封面。（文訊文藝資料中心）

1980年，施明正為小說家鍾肇政速寫肖像，畫像下方署名「奉獻者之兄施明秀（明正）」。（鍾理和基金會提供）

1983年，施明正為詩人瘂弦速寫肖像。（翻攝自《施明正詩・畫集──魔鬼的妖戀與純情及其它》，前衛出版社）

1984年，施明正為詩人辛鬱速寫肖像。（翻攝自
《施明正詩‧畫集——魔鬼的妖戀與純情及其
它》，前衛出版社供）

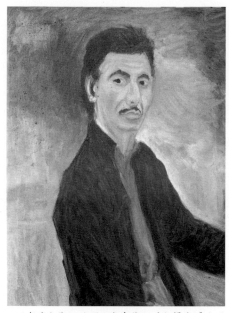

1980年代初期，施明正自畫像。（翻攝自《施明
正詩‧畫集——魔鬼的妖戀與純情及其他》，
前衛出版社）

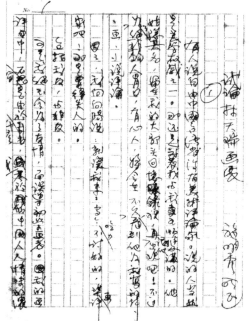

1980年代初期，施明正〈試論林天瑞畫展〉手
稿。（向陽提供）

1985年1月，施明正發表於《臺灣文藝》第92期短篇小說〈指導官與我〉手稿與期刊內頁。（施明德文化基金會提供）

68

## 指導官與我

●施明正

當你生存在世紀八十年代，全球籠罩在戰爭的時代，許多無辜的人，即使免於諸如車禍、戰亂的死亡，或傷殘，仍然免不了空氣、水類；其知、格調被污染的慢性遲殺，與既有權勢、財力、學問的碩博，世系各地的統治者們都有安全資料的施設。

這些想建立安全資料的無名功臣，蒐探討生命的形形色色，基於維護秩序所加之於某一社會、人物所產生的因果、命運，跟其運作過的形影下面的故事，我就以最卑微的墓誌銘出小說的題材。

⋯⋯

69

1985年，施明正畫作《青色山脈》。（國立臺灣文學館提供）

1986年7月，施明正為中篇小說〈鼻子的故事〉繪製的插畫，發表於《臺灣文藝》第101期。（翻攝自《臺灣文藝》）

1988年1月15日，施明正參加亞洲詩人會議期間所繪之自畫像。（施明雄提供）

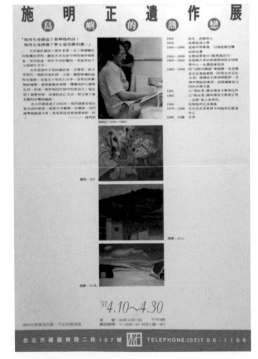

1991年4月，施明正遺作展「島嶼的熱戀」海報。（國立臺灣文學館提供）

# 輯二◎生平及作品
## 小傳◎作品◎年表

# 小傳

　　施明正，男，本名施明秀，另有筆名雪桑。籍貫臺灣高雄。1935 年 12 月 15 日生，1988 年 8 月 22 日辭世，得年 52 歲。

　　臺灣省立高雄中學（今高雄市立高雄高級中學）畢業。畢業後未繼續升學，1952 年北上跟隨臺灣師範學院藝術學系（今臺灣師範大學美術學系）教授廖繼春學畫。1950 年代後期至 1962 年於高雄火車站前經營施闊口接骨院及明春旅社，期間也創作現代畫、現代詩。1962 年因「亞細亞聯盟案」入獄。1967 年出獄後從事繪畫與文學創作，並藉家傳推拿術謀生。1977 年於臺北忠孝東路開設施明正推拿中心。1988 年因聲援弟施明德絕食抗議導致肺衰竭辭世。曾獲第 12 屆吳濁流文學獎小說佳作、第 14 屆吳濁流文學獎小說正獎。

　　施明正創作文類以小說為主，兼及詩。早年追求詩的純粹，強調情感強度、感官震顫所形成的美感表現，紀弦曾贈詩推崇他的詩藝：「我是 ɐ／你是更長的 ê」。他的小說創作始於 1960 年代獄中時期，1970 年以前的作品如〈白線〉，已掌握以簡潔的結構與凝練的意象鋪陳敘事，〈魔鬼的自畫像〉更以對愛慾煎熬的赤裸剖陳，以「魔鬼」形象深入人心。1970 年代，因政治的高壓及生活的飄泊，有十年未發表作品；1980、1982 年分別以〈渴死者〉和〈喝尿者〉復出文壇，為臺灣監獄小說首開先河。兩者皆以獄中見聞為基底，揭露政治牢獄的黑暗與荒誕，並表現出異於早期唯美、

頹廢風格的寫實力道。彭瑞金指出,「1980 年代施明正的復出,是前政治犯覺悟下的突圍,他不再裝魔作鬼,他以〈喝尿者〉和〈渴死者〉直搗戒嚴時代的文學創作題材禁地。」

　　1980 年代中期,施明正轉向以個人成長回憶及家族史為題材,其中〈鼻子的故事〉即是以「鼻子」為樞紐,綜覽自己的生平,內容觸及二戰末期美軍的轟炸以及二二八事件父親險遭難的種種,在鮮明生動的自傳內容外,牽引出威權統治背景下臺灣小市民的時代悲哀,可說彌補了臺灣文學史中較少被人書寫的一段空隙。此時期的施明正將其特出的獨白文體揮灑盡致,在小說敘事中,常突兀地以夾註方式大量插入無關情節的議論或回憶,形成對舊有創作理論的大膽反叛與突破;其高度壓縮的句式,鍾肇政以「雷射體」稱之,宋澤萊則認為他使用這種文體的目的是「用來遮蓋、壓抑他過分強烈的反國民黨反外省中國人恐怖統治的情緒」。

　　從魔性魅力的愛情小說到震撼人心的監獄小說,施明正的創作內容幾乎皆以自身所遭遇的經歷為範疇,內容有一定程度的真實性,所觸及的是戰後臺灣的社會經驗,反映了政治困厄中人的處境。王德威曾如此剖析施明正的文學風格及創作狀態:「政治的迫害如影隨形,但也觸發了他後半輩子的風格。他存在的狀況也就是他寫作的狀況,這一狀況自始又是割裂的、錯位的。施明正因此走出以往寫實與現代主義二分的窠臼。」郝譽翔在《島上愛與死》書評中,則評述施明正於臺灣文學史中的定位:「許多人把施明正歸於現代主義的行列,而我卻以為,他恰好彌補了臺灣現代主義論述中最弱的一環,也就是:如何對自由與規範重新檢視,質疑不公不義,對『偽道德』進行批判,並且更進一步,以『敗德』來作為追尋『最高道德』的手段,而從中再次肯定人性美與善、原罪救贖的可能。我以為,這才是現代主義精神最可貴的所在。」

# 作品目錄及提要

## 【詩】

### 施明正詩・畫集——魔鬼的妖戀與純情及其他

臺北：前衛出版社
1985 年 12 月，25 開，215 頁

本書為詩畫集，以現實經驗為果核，透過意念與象徵手法，塑造其詩畫融容之面貌。全書分「魔鬼的妖戀與純情」、「所為的畚箕文學」、「魔鬼的自畫像」三輯，收錄詩作〈棉被之歌 I〉、〈棉被之歌 II〉、〈脫〉、〈慾與禪〉、〈壓〉等 89 首。正文前有李魁賢〈我所了解的施明正〉、向陽〈變奏者——讀施明正「魔鬼的妖戀與純情」〉、施明正〈自序〉、作家照片及畫像，正文後有林文欽〈遙遠而親近的施明正〉、盧亮光〈一位沒有風格的畫者〉、施明正〈後記〉。

## 【小說】

### 島上愛與死

臺北：前衛出版社
1983 年 10 月，32 開，248 頁
前衛叢刊 9

短篇小說集。本書以「我」為主體，透過耽溺與頹廢的筆法反覆滲入現實與虛構中，羅織政治與身體書寫問的密度，被視為典型監獄文學。全書收錄〈遲來的初戀及其聯想〉、〈我・紅大衣與零零〉、〈魔鬼的自畫像〉、〈渴死者〉、〈喝尿者〉、〈島嶼上的蟹〉共六篇。正文前有宋澤萊〈人權文學巡禮——並試介臺灣作家施明正〉。

### 施明正短篇小說精選集

臺北：前衛出版社
1987 年 8 月，32 開，244 頁
前衛叢刊 70

短篇小說集。全書收錄〈煉之序〉、〈指導官與我〉、〈鼻子的故
事（上）——成長〉、〈鼻子的故事（中）——遭遇〉、〈缺德系
列故事——吃影子的人〉共五篇。正文前有鍾肇政〈施明正與
我〉。

### 施明正集

臺北：前衛出版社
1993 年 12 月，25 開，343 頁
臺灣作家全集·短篇小說卷／戰後第二代 4
林瑞明編

短篇小說集。全書收錄〈大衣與淚〉、〈白線〉、〈魔鬼的自畫
像〉、〈我·紅大衣與零零〉、〈喝尿者〉、〈遲來的初戀及其聯
想〉、〈渴死者〉、〈指導官與我〉、〈島嶼上的蟹〉共九篇。正文
前有鍾肇政〈緒言〉、林瑞明〈以藝術撞擊藝術的「魔鬼」——
《施明正集》序〉、作家照片，正文後有黃娟〈政治與文學之
間——論施明正《島上愛與死》〉、方美芬、許素蘭編〈施明正
小說評論引得〉、方美芬編〈施明正生平寫作年表〉。

### 島上愛與死：施明正小說集

臺北：麥田出版
2003 年 4 月，25 開，427 頁
想像臺灣 2
陳芳明、王德威編

短篇小說集。本書以 1983 年前衛版《島上愛與死》為底，重
新編排，並新增七篇作品。全書收錄〈大衣與淚〉、〈白線〉、
〈我·紅大衣與零零〉、〈魔鬼的自畫像〉、〈遲來的初戀及其聯
想〉、〈島嶼上的蟹〉、〈渴死者〉、〈煉之序〉、〈喝尿者〉、〈指導
官與我〉、〈鼻子的故事（上）——成長〉、〈鼻子的故事（中）
——遭遇〉、〈缺德系列故事——吃影子的人〉共 13 篇。正文
前有陳芳明〈新感覺、新語言、新思維（編輯前言）〉、王德威
〈想像臺灣，經典文學（編輯前言）〉、王德威〈島上愛與死——
現代主義，臺灣，與施明正〉、作家照片及作品書影，正文後
有方美芬編〈施明正生平寫作年表〉。

# 【合集】

## 魔鬼的自畫像

臺北：文華出版社
1980 年 8 月，32 開，212 頁
臺灣文藝叢書 2

本書為短篇小說、詩、畫合集，為作者第一本作品，書中以自成系統的筆法寫出白色恐怖年代臺灣人心靈中恐懼、徬徨和無奈的傷痕，見證扭曲年代的黑暗與破折，自傳性濃厚。全書分三輯，「小說」收錄短篇小說〈魔鬼的自畫像〉、〈我‧紅大衣與零零〉、〈白線〉、〈大衣與淚〉、〈遲來的初戀及其聯想〉共五篇；「詩抄」收錄詩作〈與死者的對白〉、〈盲者之歌〉、〈垃圾場〉等 11 首；「畫作」收錄畫作 12 幅。正文前有施明正〈自序〉、作家照片。

# 文學年表

| | | |
|---|---|---|
| 1935 年<br>（昭和 10 年） | 12 月 | 15 日，出生於高雄州高雄市鹽埕町（今高雄市鹽埕區），原名施明秀。父施闊嘴（又名施闊口），母陳英。家中排行第一，弟施明和、施明雄、施明德、施明信，妹施明珠。 |
| 1942 年<br>（昭和 17 年） | 本年 | 開始隨父施闊嘴習醫看診。 |
| 1943 年<br>（昭和 18 年） | 本年 | 就讀高雄市堀江國民學校（今高雄市鹽埕區鹽埕國民小學）。 |
| 1945 年<br>（昭和 20 年） | 春 | 二次大戰末期，由於美軍頻繁空襲，舉家疏散至高雄州鳥松庄田草埔（今高雄市鳥松區仁美里）避難，後又遷至大竹坑山區（今高雄市鳥松鄉大竹里）。 |
| | 11 月 | 國軍於高雄港登岸，父施闊嘴帶領全家臨街歡迎。 |
| 1946 年 | 本年 | 就讀高雄市東園國民學校（今高雄市新興區大同國民小學）。 |
| | | 舉家搬入高雄火車站前新居。 |
| 1947 年 | 3 月 | 國軍為鎮壓「二二八事件」，將高雄火車站附近兩百多位戶長押至站前廣場，父施闊嘴亦在列，後被當時擔任國軍連長、曾被其救治的患者所救。 |
| | 本年 | 就讀高雄市三民區三民國民學校（今高雄市三民區二民國民小學）。 |
| 1948 年 | 本年 | 就讀臺灣省立高雄中學。期間接觸五四作家作品，並養成逛舊書攤的興趣，陸續購入演義小說、言情小說、偵探翻譯小說，進而廣蒐世界文學名著譯本，包含當時列為禁書 |

|  |  | 的俄國文學。 |
|---|---|---|
| 1950 年 | 冬 | 父施闊嘴遭密告檢舉於家中地下室開設武術功夫班，廣收門徒，預備以武力推翻國民政府，而被特務押走。經母親陳英奔走，三週後獲釋返家。 |
| 1952 年 | 本年 | 高雄中學畢業後，賦閒在家看書、養鴿。曾於高雄郵局短暫任職郵差工作，但不滿三週即辭職。<br>北上跟隨臺灣師範學院藝術系（今臺灣師範大學美術學系）教授廖繼春學畫。 |
| 1953 年 | 7 月 | 14 日，父施闊嘴逝世。 |
| 1955 年 | 本年 | 進入海軍士官學校受訓，後入左營海軍擔任報務通訊一等兵，於基隆、淡水、花蓮港、馬祖、白犬、東引等地駐防。期間結識詩人管管、瘂弦。 |
| 1958 年 | 12 月 | 紀弦詩作〈贈明正〉發表於《現代詩》第 22 期，在序言中稱施明正為「藝術上的同志、文學上的同志」。 |
|  | 本年 | 自軍中退役。<br>於高雄火車站前經營施闊口接骨院及明春旅社。 |
| 1959 年 | 本年 | 與蔡淑女結婚，育有二女施雪郁、施蘊蘊，二女名字皆為詩人瘂弦所取。 |
| 1961 年 | 5 月 | 詩作〈獸的苦悶〉以筆名「雪桑」發表於《現代詩》第 34 期。 |
| 1962 年 | 6 月 | 詩作〈風，樹，老婦的皮〉以筆名「雪桑」發表於《野火》詩刊第 2 期。<br>8 日，畫作〈綠‧羣〉入選第 25 屆臺陽美術展，於臺北市藝林畫廊展出。 |
|  | 7 月 | 15 日，受施明德「亞細亞聯盟案」（又作「臺灣獨立聯盟案」）牽連，遭特務自家中強行帶走，翌日施明雄亦被捕。<br>31 日，與施明雄被移送臺灣警備總司令部軍法處看守所。 |

| | | |
|---|---|---|
| | 8 月 | 詩作〈黃・臉　綠・羣〉以筆名「雪桑」發表於《野火》詩刊第 3 期。 |
| | 10 月 | 與施明雄被以參與叛亂組織起訴。 |
| | 本年 | 獲美國新聞處邀請前往紐約舉辦畫展，因被捕入獄，改由席德進赴美展出。 |
| | | 與蔡淑女離婚。 |
| 1963 年 | 11 月 | 28 日，與施明雄皆被判刑五年定讞。 |
| 1964 年 | 4 月 | 由海路移監臺東泰源監獄。在獄中開始嘗試寫小說，並投稿鍾肇政主編的《臺灣文藝》。 |
| 1967 年 | 2 月 | 母陳英憂鬱成疾逝世。 |
| | 6 月 | 16 日，出獄。後以家傳推拿術為業。 |
| | 7 月 | 短篇小說〈大衣與淚〉發表於《臺灣文藝》第 16 期。 |
| 1968 年 | 本年 | 與鄭瑪利結婚，育有一子施越騰。 |
| 1969 年 | 10 月 | 短篇小說〈白線〉發表於《臺灣文藝》第 25 期。 |
| | 11 月 | 詩作〈幻滅之一〉發表於《野馬雜誌》第 7 期。 |
| | 12 月 | 短篇小說〈魔鬼的自畫像〉發表於《野馬雜誌》第 8 期。 |
| 1970 年 | 1 月 | 短篇小說〈我・紅大衣與零零（上）〉發表於《臺灣文藝》第 26 期。 |
| | 4 月 | 短篇小說〈我・紅大衣與零零（下）〉發表於《臺灣文藝》第 27 期。 |
| | 本年 | 因投資岳父事業失利，與妻鄭瑪利發生口角，導致其離家出走，此後與子施越騰相依為命。 |
| 1975 年 | 11 月 | 遷居臺北。 |
| 1977 年 | 夏 | 於臺北忠孝東路二段開設「施明正推拿中心」。許多人聞名而來，成為與各領域人才交流的媒介。 |
| 1980 年 | 2 月 | 與王順慧結婚。 |
| | 3 月 | 與施明雄旁聽施明德美麗島案審判。 |

|  | 4 月 | 因美麗島大審期間推拿中心時遭情治人員騷擾,與子施越騰、妻王順慧遷居高雄,翌年春方返回臺北。 |
|---|---|---|
|  | 6 月 | 短篇小說〈遲來的初戀及其聯想〉發表於《臺灣文藝》第67 期。 |
|  | 8 月 | 合集《魔鬼的自畫像》由臺北文華出版社出版。 |
|  | 10 月 | 短篇小說〈島嶼上的蟹〉以本名「施明秀」發表於《臺灣文藝》第 69 期。 |
|  | 12 月 | 詩作〈色彩的葬禮〉、短篇小說〈渴死者〉(以本名施明秀)發表於《臺灣文藝》第 70 期。 |
| 1981 年 | 5 月 | 詩作〈面貌的鳴奏——協奏與變奏〉以本名「施明秀」發表於《臺灣文藝》第 72 期。 |
|  |  | 短篇小說〈渴死者〉獲吳濁流文學獎第 12 屆小說獎佳作。 |
|  | 6 月 | 14 日,應邀出席臺灣文藝雜誌社主辦的「臺灣文學的方向」座談會,與會者有巫永福、鍾肇政、鄭清文、趙天儀、詹宏志、李魁賢、陳銘堯、鍾延豪等。會議紀錄後刊載於《臺灣文藝》第 73 期。 |
|  | 9 月 | 〈試評林天瑞畫展及其他聯想〉以本名「施明秀」發表於《臺灣文藝》第 74 期。 |
| 1982 年 | 2 月 | 詩作〈潑婦的面貌〉、短篇小說〈煉之序〉發表於《臺灣文藝》第 75 期。〈煉之序〉本預作為長篇小說〈煉〉的序文,因題材涉二二八過於敏感,暫時停筆,最終未能完成長篇。 |
|  | 5 月 | 詩作〈一九八二年四行戀詩〉以本名「施明秀」發表於《臺灣文藝》第 76 期。 |
|  | 12 月 | 詩作〈無題〉、短篇小說〈喝尿者〉以本名「施明秀」發表於《臺灣文藝》第 78、79 期合刊。 |
| 1983 年 | 3 月 | 詩作〈巨靈之亡——悼金潤作〉發表於《臺灣文藝》第 |

81 期。

短篇小說〈喝尿者〉獲吳濁流文學獎第 14 屆小說獎正獎。

4 月　3 日，應邀出席臺灣文藝雜誌社於臺北耕莘文教院舉辦的
「臺灣文藝創刊二十周年紀念演講——臺灣文學的過去與
未來」，會中獲頒吳濁流文學獎，致詞時誓願廣為藝文界
人士繪像，捐予鍾理和紀念館作為館藏。

5 月　得吳濁流文學獎代感言〈人之來〉發表於《臺灣文藝》第
82 期。

6 月　詩作〈候鳥〉、〈無奈的恐悸〉、〈初戀〉、〈戀穴〉、〈一九八
二年四行悲歌〉發表於《笠》第 115 期。

10 月　短篇小說集《島上愛與死》由臺北前衛出版社出版。

1984 年　1 月　詩作〈一九八三年悲歌〉發表於《臺灣文藝》第 86 期。

3 月　21 日，短篇小說集《島上愛與死》遭臺灣警備總司令部
查禁。

9 月　詩作〈隱刃者〉發表於《臺灣文藝》第 90 期。

詩作〈峯頂〉發表於《臺灣詩季刊》第 6 號。

1985 年　1 月　短篇小說〈指導官與我〉發表於《臺灣文藝》第 92 期。

4 月　弟施明德為抗議「江南案」，在獄中展開長期絕食。

12 月　合集《施明正詩・畫集——魔鬼的妖戀與純情及其他》由
臺北前衛出版社出版。

本年　開始寫作小說〈放鶴者〉，後遭好友鍾延豪車禍辭世打
擊，及友柯俊雄勸誡暫時不要再以敏感的牢獄題材創作，
故而擱筆。

1986 年　5 月　〈創作文學藝術的世界花園〉發表於《臺灣文藝》第 100
期。

7 月　短篇小說〈鼻子的故事上篇：成長〉發表於《臺灣文藝》
第 101 期。

詩作〈候鳥〉日文版（渡り鳥）選入北影一主譯『台灣詩集——世界現代詩文庫』，由日本東京土曜美術社出版。

11 月　短篇小說〈鼻子的故事中篇：遭遇〉發表於《臺灣文藝》第 103 期。

1987 年　2 月　〈李敏勇青年期小說集《情事》及其他印象〉以本名「施明秀」發表於《文學界》第 21 期。

8 月　短篇小說集《施明正短篇小說精選集》由臺北前衛出版社出版。

1988 年　1 月　14～17 日，出席於臺中文英館舉行的「第三屆亞洲詩人會議」。

4 月　22 日，獲知弟施明德被強制插管灌食，在獄外同步絕食聲援。

8 月　2 日，因長期絕食致肺衰竭住院，後因肺部遭感染引發敗血症，於 22 日逝世。

24 日，詩作〈流放〉、〈孤獨〉刊載於《自立晚報》14 版。

9 月　17 日，施明正追思會於臺北第一殯館舉行。

18 日，施明正追悼會於高雄三民公園舉行。

18 日，詩作〈候鳥〉刊載於《臺灣公論報》7 版。

10 月　「施明正小說作品討論會」於在室男文化咖啡閣舉行，由趙天儀主持，李喬、李魁賢、陳千武、李敏勇等人出席與談。

12 月　《臺灣文藝》第 114 期製作「施明正紀念特輯」，收錄李敏勇〈苦難的歷史・犧牲的形象〉、鄭清文等〈施明正訪問記〉、李篤恭〈始於賴和・終於賴和——悼念施明正兄〉、利玉芳〈詩二首〉、〈施明正小說作品討論會〉、馬鳴〈哀悼施明正〉、趙天儀〈施明正的繪畫世界〉。

| 1989 年 | 1 月 | 〈一個美術的殉道者──哀畫伯潤作大師之死〉刊載於《臺灣文藝》第 115 期。 |
| 1991 年 | 4 月 | 7 日,「施明正的文學與繪畫」座談於臺北菊之鄉茶藝館舉行,由黃明川主持,施明德、李昂、林惺嶽、林文義出席與談。座談紀錄〈相互撕裂的魔鬼與天才──施明正的文學與繪畫〉刊載於本月 18～19 日《自立晚報》19 版。<br>10 日,遺作展「島嶼的熱戀」於臺北木石緣畫廊展出,至 30 日止。 |
| | 9 月 | 21 日,遺作展「用熾熱的生命擁抱土地」於高雄串門藝術空間展出,至 10 月 6 日止。<br>短篇小說〈喝尿者〉日文版(尿を飲む男)選入山口守主編『バナナボート:台湾文学への招待』,由東京 JICC 出版局出版。(澤井律之翻譯) |
| 1993 年 | 12 月 | 短篇小說集《施明正集》由臺北前衛出版社出版。 |
| 1997 年 | 2 月 | 23 日,畫作於民進黨「擁抱臺灣」募款拍賣會中,首次被拍賣。 |
| 1999 年 | 9 月 | 短篇小說〈渴死者〉英文版(A Hankering for Death)刊載於 The Chinese PEN 第 109 期。(張惠娟翻譯) |
| 2003 年 | 4 月 | 短篇小說集《島上愛與死:施明正小說集》由臺北麥田出版公司出版。 |
| 2005 年 | 本年 | 單元戲劇《文學過家說演劇場 15 渴死者、喝尿者:施明正》由臺北公共電視事業文化基金會製作發行。 |
| 2012 年 | 7 月 | 20 日,國家人權博物館籌備處主辦「臺灣文學人權講堂」系列講座,由彭瑞金主持、黃文成主講「禁錮的身體‧死亡的巨獸:施明正的政治文學」,於景美人權文化園區舉行。 |
| 2015 年 | 4 月 | 22 日,國家人權博物館籌備處主辦「打破暗暝見天光── |

人權文學講堂」系列講座，由向陽主持、宋澤萊主講「喝
尿與渴死：施明正的監獄小說」，於臺北教育大學國際會
議廳舉行。

| 2016 年 | 1 月 | 23 日，改編自施明正生平的電影《錢江衍派》於臺南絕對空間展出，展期至 3 月 6 日。 |
| | 5 月 | 4 日，電影《錢江衍派》獲簡子傑提名第 15 屆臺新藝術獎第一季名單。 |
| | | 20～22 日，電影《錢江衍派》於臺北當代藝術中心展出。 |
| | 11 月 | 18 日，張佛泉人權研究中心、人權學程、哲學星期五志工團、青平臺、慕哲社會企業共同主辦「2016 張佛泉人權講座──人權與文學」系列講座，由沈清楷主持、朱宥勳主講「壞掉的人，藏起來的傷──陳千武、施明正與舞鶴」，於臺北慕哲咖啡館舉行。 |
| | 12 月 | 5 日，「壞掉的人，藏起來的傷──陳千武、施明正與舞鶴」由陳俊宏主持、朱宥勳主講，於東吳大學外雙溪校區國際會議廳舉行。 |

## 參考資料：

・方美芬編，〈施明正生平寫作年表〉，《島上愛與死：施明正小說集》，臺北：麥田出版公司，2003 年 4 月，頁 425～427。

・施明雄，《施家三兄弟的故事》，臺北：前衛出版社，1998 年 5 月。

・宋澤萊，「施明正年譜」，〈渴死者──施明正絕食到死的原因以及其小說的時代意義〉，《打破暗暝見天光》，新北：國家人權博物館籌備處，2016 年 10 月，頁 236～247。

輯三◎
研究綜述

# 施明正研究綜述

◎林淇瀁

## 一、施明正文學概述

　　詩人、學者林瑞明在《施明正集》的序文中形容施明正是「以生命撞擊藝術的『魔鬼』」，認為他「在臺灣文學史上，具有無人可以取代的重要位置」；小說家、評論家宋澤萊則從諷喻的技巧，突出施明正善於運用反諷，「全面挑戰、譏諷他認為的偶像、暴君、魔鬼」，稱譽施明正的文學「實在是一種奇蹟」，是「臺灣諷刺文學的代表作家」，「在三百年臺灣文學史裡，他占有非常醒目、非常耀眼的地位」──無論以「魔鬼」稱之，或是以諷刺文學來看待其作品，都說明了施明正文學異於當代臺灣作家的獨特性。

　　這樣的獨特性，源自於施明正的悲劇人生，和因為這樣的人生所形塑的相互矛盾而又相互融合的人格特質。施明正以小說、詩和繪畫受到矚目。他的小說，早期受現代主義影響，後期則以寫實主義的諷喻手法，揭開臺灣白色恐怖時期政治犯圖像，成為宋澤萊所稱譽的「諷刺文學的首席」；他的詩，無論早期現代主義作品或後期的浪漫寫實，則一如我在為《施明正詩・畫集──魔鬼的妖戀與純情及其他》的序〈變奏者〉中所說，「自成系統地描摹出了他的愛恨思感，也強烈寫下了他在妖戀與純情的矛盾中自我療養的悲喜」。他既浪漫而又畏縮，既畏縮而又狂傲，在他半百的人生中，政治與愛情，不勻稱地構築了他的人生圖式，文學因成為他自我療癒的寬闊世界。

　　施明正出生於高雄，16 歲之前是虔誠的天主教徒，17 歲從高雄中學畢

業,因為追求文學藝術,而與 1950 年代現代派運動的領導者紀弦認識,開始他的文學創作,但也因此遠離教堂,以詩為信仰。然而,這段充滿夢與美的時光並不長久,1962 年,27 歲的他就因與施明雄、施明德兩位胞弟涉入「亞細亞同盟案」(或稱「臺灣獨立聯盟案」)而中輟。他和兩位胞弟均以「參加叛亂組織」的罪名遭判徒刑,他和施明雄各被判五年,施明德則遭判無期徒刑。這樣的巨變,導致他的人生由彩色變成黑白,浪漫華美的心靈也因此受到嚴重挫傷。

在獄中,施明正持續寫作,他嘗試投稿給吳濁流創辦的《臺灣文藝》,當時小說選稿者是鍾肇政,根據鍾肇政的回憶和施明正自述,施寫於臺東泰源監獄的處女作〈大衣與淚〉就曾獲鍾肇政的鼓勵,而於他出獄後(1967 年夏)發表。此後幾年,他的小說〈白線〉、〈我‧紅大衣與零零〉等,也都陸續發表於《臺灣文藝》,這使他奠定了作為臺灣小說家的位置。

1979 年,44 歲的施明正北上,在臺北市忠孝東路主持「施明正推拿中心」。同年 12 月 10 日,發生美麗島事件,他的胞弟施明德成為政府緝拿的「要犯」,而同時施明正描寫獄中所見的小說〈渴死者〉也以「施明秀」的署名發表於當月出版的《臺灣文藝》(70 期)。此時,《臺灣文藝》已由鍾肇政主持,這篇小說的創作,來自鍾肇政的鼓勵和催生。次年,施明正因而獲得吳濁流文學獎佳作。〈渴死者〉所揭露的白色恐怖年代獄中圖像和書寫,也成為鄉土文學論戰之後臺灣文壇最矚目的話題。

受到這樣的鼓舞,施明正其後又發表了一系列作品。〈喝尿者〉使他獲得吳濁流文學獎正獎,並於 1983 年由前衛出版社推出他的短篇小說集《島上愛與死》,轟動文壇,出版不久,即為當時的警總所查禁。

〈喝尿者〉、〈渴死者〉這一系列監獄文學的發表,在 1980 年代具有非凡的意義。在鄉土文學論戰之後,政治小說和監獄小說抬頭,使得寫實的、批判的本土書寫大受鼓舞,扭轉了臺灣文學受到政治抑壓的局勢;對施明正來說,這也是他一吐人生最大的怨氣和冤屈的人生書寫。他以充滿嘲諷、挪揄和扭曲的筆法,揭露了高壓統治者的醜陋和橫行逆施;也通過

回憶，讓政治的恐怖與人性的卑屈，在極其細緻的文字中一覽無餘。後續的作品如〈指導官與我〉、〈鼻子的故事〉等，也都屬於他這系列兼具生命回憶的書寫。

　　小說創作，使得施明正的人生在悲劇之中開出了鮮豔奪目的花朵。這些作品都是在施明正為人按摩、推拿、治療之餘，自我療癒的成果。除此之外，他仍深愛著年輕時就執著其中的現代詩。1985 年他出版《施明正詩・畫集──魔鬼的妖戀與純情及其他》，要我為這本集子寫序，我在閱讀時，深刻感受到，異於他的監獄小說，他的詩充滿孤獨的氛圍，以及來自宗教的救贖情懷，一如他的〈凱歌〉一詩所說：「為死後的殘留，詩人喲／別再迷戀妖戀，您得趕緊／趕在死亡之前，繪下生命」。

　　施明正的詩，是一位受到政治迫害者內在心靈的告白。他對天主又愛又恨，出獄後一度失魂落魄，只在痛苦時才呼喚天主，直到出版詩集時才再回到天主懷中。他的詩〈乞〉這樣寫著：

　　　由活在永恆的十字架
　　　那人之旁，自我放逐，而又歸依
　　　形成了我的病歷表
　　　記載著我人格昇降的
　　　病例。自模稜的人際
　　　乞活的我，唯有越騰人菌

　　　越騰到無菌的零下高處
　　　那不勝孤寂的嚴寒
　　　我乞憐悲憫及於眾生，恆向人群

　　這種矛盾，存活於聖靈和「魔鬼」之間的矛盾，是他自剖的「病歷表」，是他文學生命的總體驗證。

　　然而，施明正最終還是選擇了絕食。1988 年因為胞弟施明德在獄中展開無限期絕食抗議，施明正開始以只喝酒、不進食的方式跟著絕食，最後因為肺衰竭送醫不治而死。他的死，讓胞弟施明德改變了對他是個「懦夫」的想法，看到他的勇敢和純粹。他的死，卻也讓臺灣文學失去了一個足以完整呈現白色恐怖時期臺灣統治者黑暗面的小說家。

## 二、施明正文學研究概述

　　關於施明正文學的研究資料，大約可以分為三大類：

　　第一類是研究施明正文學的專書專著，截至目前為止，仍無專書，碩論則有三部，一是高雄師範大學國文學系國文教學碩士班趙宜瑩所撰《美麗島事件與冤獄小說——以施明正、呂秀蓮和姚嘉文為例》，以施明正〈渴死者〉與〈喝尿者〉、呂秀蓮的《這三個女人》與《情》、姚嘉文《臺灣七色記》等作品，探討三人所寫「冤獄小說」與政治之間的關聯；二是臺灣師範大學國文學系在職進修碩士班蘇怡菁所撰《施明正及其小說研究》，針對施明正小說的創作風格、題材內容、主題意識進行探討，兼及他小說中的自傳性與小說人物心理分析；三是政治大學臺灣文學研究所的游昇俯所撰《臺灣懺情小說（1960～1987）》，以「懺情小說」文類概念探討王尚義、七等生、陳映真、施明正的書寫策略，並藉此探掘臺灣現代主義在抑壓政治氛圍下的變貌。

　　第二類是有關施明正生平資料篇目。下又可分為「自述」、「他述」、「訪談」、「年表」四類。施明正自述部分收五筆，多為詩集序和後記，其中〈鼻子的故事〉具有回憶錄性質；他述部分多為文壇友人所撰，或為近身觀察、或為追悼懷念、或為選集簡評、簡介等，其中最特別的是施明正胞弟施明雄與施明德所撰之文；年表部分，有方美芬編〈施明正生平寫作年表〉（分別收入《施明正集》、《島上愛與死：施明正小說集》），以及蘇怡菁編〈施明正生平與創作年表〉（收入碩論《施明正及其小說研究》）。

　　第三類是施明正作品評論篇目，又分為「綜論」、「分論」兩類。其性

質則可細分為介紹、評析和論述三種，從一般性的施明正生平介紹、作品評析到學術期刊、研究論文，基本上大多不離施明正及其文學成就；又因施明正曾遭逢政治迫害，所寫小說與白色恐怖監獄經驗有關，乃成為評論之所聚焦。此處不細說，請詳下節。

## 三、關於施明正研究資料彙編

　　施明正研究資料相較於同時期作家相對稀薄。這與他遭受政治抑壓，出獄之後身心受創，創作量有限，自有關連；加上他的小說多以自身陷入政治監獄的所見所聞為題材，經驗特殊，性質敏感，尤其在戒嚴年代，更非一般評論者所能或所願論述，這使他一直甚少受到學界和論者的關注。

　　本彙編根據現有已蒐集之研究資料，從中選取相關文章、論述與研究計 23 篇。選取的原則，在文學生涯部分，有作家自述，以及施明正胞弟施明雄、施明德兩人的追憶，外加文壇前輩、好友鍾肇政、王昶雄、葉石濤、陳千武、瘂弦、李魁賢、李敏勇、向陽等的追憶、側寫之文，合共 11 篇；另選林瑞明、彭瑞金、宋澤萊與黃娟四篇評論，均係對施明正其人及其文學相當了解的學者與作家之論，具有重要參考價值。學術論述部分，選入王德威、黃文成、朱偉祺、楊凱麟四位學者探看施明正文學與政治關聯的論文，可供深入理解施明正文學在臺灣文學史上的意義。

　　施明正以小說聞名，詩與繪畫則是他的最愛，本彙編收朱宥勳分析其單篇小說〈渴死者〉、向陽點描其詩集、杜十三評其畫作之文，借此讓讀者對其小說、詩與畫有全盤性的理解。最後，特別選入施明正去世後，1991年友人為他的畫作舉辦遺作展，並舉辦座談會（黃明川主持，林惺嶽、李昂、施明德與談，陳昭如整理）的紀錄，以供了解施明正文學之外的藝術成就。選文分述如下：

　　1.施明正〈願我有那永恆的愛心——吳濁流文學獎得獎感言〉（自述）

　　2.施明雄〈大哥與我〉（他述）

　　3.施明德〈他用生命揮潑了最亮麗的畫〉（他述）

施明正的自述，係他 1981 年以〈渴死者〉榮獲吳濁流文學獎佳作時所

撰的得獎感言，他以〈願我有那永恆的愛心〉為題，以看似歌頌實則調侃嘲諷的扭曲文體，寫得獎的心境。他強調「中華民族」、「自由中國」、「國父遺志」、「可歌頌的長官們」……等等，都在突顯他的得獎在威權年代的不易，和他對吳濁流基金會評審「無懼可能蹲踞於時局過敏禁忌」，「不顧可能存滯於意識中的常識，面對無形的危機感，所可能造成不利於自己的紀錄」的感謝。這大概是絕無僅有的得獎謝詞了。

施明雄的〈大哥與我〉寫於施明正絕食過世之後，追述兄弟親情、入獄，以及施明正的愛情、婚姻，坦白直述，令人動容；而施明德的〈他用生命揮潑了最亮麗的畫〉則是為施明正遺作展所寫，字句之中對於施明正為他絕食充滿兄弟不捨之情。這三兄弟年輕時一起入獄，最後大哥施明正以死明志，三篇文字可並讀，也宜細讀。

其他的「他述」部分，鍾肇政是對施明正寫作影響最大、激勵最多的文壇前輩，選入的〈牛雜湯之憶及其他──悼老友明正〉追憶施明正生前與他的真情相知，字中帶淚；也是文壇前輩的王昶雄所撰〈另一種格式的「渴死者」──人間無明正，心中有明正〉同樣寫於施明正過世後，他比較施明正之死與三毛之異，談施明正之嗜酒、談「反骨世家」、最後談施明正的殉道，鮮明地寫出了施明正生前種種及其人格特質；葉石濤〈談施明正〉，以史家之論，指出施明正的小說「大多描寫極限狀況下的人性的扭曲和乖離，帶有存在主義文學的某種自我毀滅傾向」，說「他的小說本土性性格薄弱，倒是國際性性格強烈」，自屬高度推崇之語；陳千武的〈憶施明正〉，從他的詩作切入，高度肯定施明正詩藝，指出自喻為魔鬼的施明正的天使性格與純真；瘂弦的〈憶雪桑──與我一起寫詩的哥兒們〉是口述，由王則翔記錄整理，「雪桑」是施明正年輕時寫詩的筆名，瘂弦追憶施明正年輕時在高雄與創世紀詩社詩人來往的點滴，對青年詩人施明正的浪漫和對詩畫藝術的狂熱追求有相當鮮活的描述，足以補充施明正 1962 年 7 月因「亞細亞聯盟案」入獄之前的文學青年圖像；李魁賢的〈行動美學的詩人〉可說是對施明正近身觀察所見，他寫出了施明正「熱愛生命，卻對自

己的生命揮霍」的狂熱，肯定施明正「以絕食者的姿勢奉獻出他的生命」的行動美學的意義；同樣是詩人的李敏勇則在〈歷史會明晰他受難的形象——追悼施明正〉文中，透過詩，看到施明正「以藝術的實踐，以獨特的行動美學所完成的創作」，「透過長期的自我毀滅以及短期的自我摧殘而完成的犧牲，卻完成了重大的政治意義以及文化意義。」向陽的〈孤獨憂鬱的「魔鬼」施明正〉則是追述與施明正來往過程，見證了施明正晚年的生活與圖像。

　　透過這些來往密切的作家，對施明正的感性的追憶之文，我們才能了解像施明正這樣狂熱於文學之愛與美的追求的作家的生命真實。

　　同樣是文壇好友，同樣也對施明正文學生命熟知的作家，而以知性評論來論述施明正者，如詩人、學者林瑞明在前衛版《施明正集》所寫序文〈以生命撞擊藝術的「魔鬼」〉，以簡明扼要之語，分析並定位了施明正小說的價值；彭瑞金的〈施明正和他的白色恐怖經驗文學〉從四篇施明正所寫小說，析論其中的白色恐怖時代牢獄經驗和美學意義，見解細密而深刻；宋澤萊的〈渴死者——施明正絕食到死的原因以及其小說的時代意義〉則是巨幅評論，相當詳盡地論述了施明正小說及其絕食之間的關聯性，並給予極高的評價，是全盤了解施明正文學不可多得的評論；黃娟的長論〈政治與文學之間——論施明正《島上愛與死》〉，收入《施明正集》，此文以細膩的文本分析綜論施明正小說的深層世界，是小說家論小說家的知者之言，也是值得一讀的評論。

　　在以學術規格寫出的論文部分，王德威的〈島上愛與死——現代主義，臺灣，與施明正〉，試圖從現代主義生發的角度來討論施明正創作生涯與臺灣現代主義的關聯。他從施明正與紀弦的交往、施明正小說中呈現的「斷裂，橫的移植，身體銷磨，意義潰瘍」等現代主義特質，以及他的愛欲、頹廢、「魔鬼主義」、死亡主題……等，來印證「施明正的三十年文學生涯正好涵蓋了現代主義到臺灣的一頁始末，一場島上愛與死的寓言。」主張施明正「絕食而死的意義，因此不應局限在抗議某一政權而已」。這個

論點，大異於前述宋澤萊、彭瑞金、黃娟的觀點，讀者可相互參照。

黃文成的〈威權統治下的案例紛陳：施明正論〉，原收其專書《關不住的繆思——臺灣監獄文學縱橫論》，此文肯定施明正的生命與獄中文學作品是「臺灣監獄文學史中重要的一個主角」，文末則呼應王德威所述「施明正彷彿終於要以自己決定的死亡完成他對現代主義的詮釋」的論點。

相對的，朱偉祺的〈白色恐怖時期的歷史記憶與創傷書寫——以施明正小說為例〉，以施明正的小說所記憶的歷史，對照白色恐怖時期公布的法令，驗證施明正小說中所留下的歷史價值，以及其中透露的創傷，指出此一創傷乃是對執政當局的控訴；不僅是施個人的創傷，也是臺灣歷史的創傷。

楊凱麟〈施明正，身體政治學者——書寫的身體政治與政治身體的書寫〉，則從「身體政治」的向度，指出施明正特異於其他作家的，「也許不是其小說中的政治成分，而是性與政治的不可區分」。此文以後現代主義分析施明正小說，指出施明正書寫的「最終核心，其實是政治」、「導致施明正創作的，同時也導致他的死，死亡已成為他最終的作品，且取代了他小說中一再宣稱卻始終未能完成的所有已具篇名的小說。」本文的論點與見解，介於宋澤萊與王德威之間，讀者可就三篇論點細加參酌。

最後，本書所選朱宥勳〈理解的間隙——施明正〈渴死者〉〉、向陽〈變奏者——點描施明正《魔鬼的妖戀與純情》〉、杜十三〈天使、魔鬼與武士——看施明正的畫有感〉，分別從施明正小說、詩與繪畫切入，三篇各有論點，亦可與前述各評論參照閱讀。陳昭如整理的〈相互撕裂的魔鬼與天才——施明正的文學與繪畫〉座談紀錄，也一併作為參照文獻。

## 四、結語

施明正，自稱為「魔鬼」，實際上是個「天使」。他年少時的政治犯經歷，徹底影響他的一生，使他在錯置的白色恐怖年代中，為求自保，而形成一個被他的弟弟施明德視為「懦夫」的無用之人，使他嗜酒如命，終日

不離酒瓶，以愛欲狂歡澆灌殘生，在世俗的眼光中等如「魔鬼」，而他也習於「魔鬼」之喻——此一殘缺的、殘敗的人生，都在他的小說、詩與畫中，以不同的形式不斷展現，最後終於因為書寫而讓他卑屈的人生，以絕食至死的意志，得以自卑屈中昂然站起，讓他的悲哀和苦痛回到最純淨的天使的本源。

政治與現實社會，折磨施明正一生；文學書寫則成為他後半生最美麗的救贖。他被威權統治扭曲了他的人格，被特務和無所不在的統治者的眼睛監視，導致他只能在文學、藝術和愛欲之中尋求解脫，也因此形塑了他與其他臺灣作家不一樣且特異的書寫風格。他的文體，和他的生命、和臺灣戒嚴年代的威權文化一樣扭曲、矛盾且糾雜不清，荒謬是其中共同的特質。不僅文體如是，敘事如是，就是風格也如是。

在文學上，他受過現代主義深刻的影響，詩和繪畫中都殘留著年輕時追求現代主義的留痕。人的存在意義和社會的荒謬情境，搭配政治上的迫害和抑壓，用現代主義的視角解釋他的書寫並不困難。

然而，現代主義其實是他的護身符、偽裝色，一如他在日常生活中、在施明正推拿中心高掛蔣經國像、言必出「三民主義統一中國」一樣，作為盾牌與假面，借以自我保護。放下護身符、拿掉偽裝色，施明正的人和他的文學，才是真實的。施明正可以是魔鬼，寫他的繫獄經驗、寫他所見所聞的獄友（包括指導官這一類）的卑微生命和殘敗人性；可以是天使，寫他浪漫的愛戀、寫他對繪畫、詩的執著，最後以絕食來呼應在政治上誓死抵抗的兄弟，用生命來回答他胞弟施明德說他是「懦夫」的不屑，以死呈現己身的明正。這才是真正的施明正，一個渴望以死對抗荒謬家國的詩人。

輯四◎
重要評論文章選刊

# 願我有那永恆的愛心
## 吳濁流文學獎得獎感言

◎施明正

　　以一個中華民族臺灣人的我，能在澎湃著無比榮幸的感覺中，獲得深
感至豪的吳濁流純文學佳作獎，這純粹以實力修得的，遠勝於博士學位
（那桂冠）。它一向都頒給偏重於鄉土文學體裁、風格的純文學作品，絕對
不亞於日本芥川純文學獎的純粹，能被我這專以自己的拳頭敲打自己，抖
出人類普遍潛伏於無底深淵那無可奈何的人性暗流，我得感謝所有的評
委，以他們每人握有的神聖一票，無懼可能蹲踞於時局過敏禁忌，這在於
「明哲保身，潔身自好」之我的心態，且不顧可能存滯於意識中的常識，
面對無形的危機感，所可能造成不利於自己的紀錄，那安全資料，正證明
了我所熱愛的自由中國，異於極權政體，也因之我的〈渴死者〉，能在同胞
的人際關係溝通未能全面展開，並加速開花結果，以達　國父遺志——大
同世界之時，也好讓全國的各種族，結合在非暴力的文明埋性之下，培養
出守法的可貴精神，配合制法者崇高的，可遠溯到堯舜那令全人類每一想
起必然肅然起敬，本能地低頭敬禮那古風，生為我們這一代的中國人，必
須為我們那些作為人類典範的可親的先祖們，交出我們用真誠的心，一如
我所碰到的恆常把自己的職責視為神聖如父母對待子女似地給過我的可歌
頌的長官們那般，制定出放之四海皆可問心無愧，也能不辱古中國人的優
良典範，並進而在這物慾邪說橫行，拜金爭權皆在講究效率和方法的電腦
時代，讓我們為全人類被科技競爭沖昏了頭，因而感染了無生命的金屬和
合成化學物中毒症的浩劫中，以合唱耶穌的愛心，堯舜的讓賢，和老莊的
無為，孔孟的仁恕，釋迦的修圓⋯⋯和托爾斯泰盡放農奴，力行傾家蕩產
皆送農奴，以及我先父闊口師一生追模耶穌可貴精神之一的：愛萬件物像

愛自己一般……

# 大哥與我

◎施明雄*

　　流浪北美，落腳加拿大七年，做了六年的雜貨店生意，一年 365 天，一天 14 小時的艱苦工作。今年七月初脫手，賺了一點小錢，本想帶妻小旅行以慰幾年來的辛勞。沒想到 8 月 23 日，當我們全家正在多倫多市北邊二小時車程的安大略省有公園露營，突接惡耗，大哥明正崩逝。啊！53 歲的人，竟然會走得這麼早，令我不敢相信。後來，得知老大的死，卻是因為陪伴四弟明德的「絕食抗議」。自今年 4 月 22 日首次參加街頭運動，援救施明德後，即開始默默進行「絕食」、「禁食」的義行，最後終於完成伊的願望。大哥這麼悲壯的獻身，給我衝擊巨大，心靈的感受，無法以筆墨描繪。在寫一些與大哥的往事之前，先獻一首小詩，以慰伊在天之靈，願伊安息。

**給老大──明正**

　　老大──明正

　　您曾自稱是阮家中的魔鬼異端；

　　　　您作壞事曾自我告解，

　　　　亦向眾人自白剖析，

　　　　浪漫放蕩，

　　　　從未看別人眼色。

　　儘管有瀟灑豪爽的過去，

　　但自歷經臺灣巴士底獄煎熬以來，

　　　　您變得膽小如鼠，

*施明正三弟，白色恐怖政治受難者。發表文章時為加拿大民進黨海外黨部評委召集人。

　　常說電話竊聽、書信被拆，

　　　特務尾隨附身、殺手蓄意襲擊……

　　出了小監獄，

　　　卻自閉在大型的囚籠。

　　今日誰亦想不到，

　　　您竟然會走烈士的坦道；

　　　搶走老四明德「絕食抗議」暴政的光采！

　　您的墓碑：

　　　不僅有「奉獻者兄弟」的讚語，

　　　更應有勇士抗暴者的銜號！

　　您來時活活躍躍，

　　　走時壯壯烈烈、英勇無比。

　　　希望會捲起洶湧的回響……

　　大哥；安息！安息！請安息！

　　　願您口頭常說的──

　　　　希望咱的國家早日成為有愛心

　　　　和諧充滿公義的所在。


　　大哥大我四歲，為家中的長子，又是阿爹 50 歲時才得到的第一個男孩子，加上當時家父醫業興隆，財高德望，伊和我們四個生在戰前的兄弟，過著幾年非常舒適的童年生活，阮兄弟自小深受父親的影響頗巨，日本占據臺灣時，家父九歲，祖父因參加抗日失敗後，不久憤恨傷心而逝，使父親終生憎惡日人殘暴統治，一生不學日文、精研漢文漢醫拳術，在高雄打狗、臺南府城等地行醫救人，後來因涉嫌「東港事件」，二次被囚禁刑求鞭打，好在伊練得一身好武功，不畏惡刑，再則因醫好日人州知事兒子的脊椎骨折，最後雖被無罪釋放，但心靈的創傷與痛恨異族統治之情懷，可說深植肺腑，伊的經歷言行，影響阮兄弟反抗強權暴政的統治巨大無比。

　　大哥年幼聰慧，外表俊美，人見人愛，所得的褒獎愈多，愈形成伊恃

傲怪僻的個性，阮家兄弟在統治者的掌握中，雖具有「叛亂」不良的紀錄，但阮兄弟從小既不鬼混、亦絕未涉足嫖賭之場所。大哥二哥十七、八歲時，喜歡在課業餘泡高雄市大圓環邊的幾家冰果室，兩位大哥年少時英俊瀟灑，常獲得冰果室女店員的青睞，為此幾次和一些不良惡少打起架來，兩位大哥頗得阿爹的武功真傳，在空手搏鬥方面，從未輸過人家。

明正一生可說從未領過薪水袋。我記得很深刻，伊中學畢業後，無心在學歷上求得功名，待在家中看書養鴿子。阮阿爹看不過去，替伊找到一份高雄郵局郵差收信的工作，目的是讓伊了解「錢財」的難求，但伊上班騎腳踏車到四處郵筒收信時，總要求我陪伊一塊上班，我記得剛好放暑假，可以幫忙伊。可是上班不到三禮拜，伊就辭職不幹，連一文錢都未領到。

此後的大哥明正，跑到臺北跟隨師大廖繼春教授學畫，醉心文學、藝術的領域，亦同時追尋伊愛「美女」的生涯。除此，伊亦精心學習阿爹的漢醫接骨推拿術，使伊能夠一生不用看「老闆」的眼色，得能隨心所欲地從事自己喜歡的工作。

大哥最快樂的年代，應是在當兵前的那幾年。學畫、創作、寫詩、追求美麗的女人。伊慣常手捉一瓶報紙包裝著的臺灣烈酒「椪加龍」（橘仔酒），穿著十分漂亮，有時獨自一人，有時跟一大堆朋友，到當時高雄市最高的建築物——大新百貨公司的頂樓冷飲咖啡室去沉思或是高言闊論，伊的許多羅曼史，大部分都自白在伊的作品中。

當海軍常備兵三年，認識了後來窩藏幫助四弟明德的許晴富先生。伊和晴富兄以及三位漂匹的臺灣青年，在海軍士校捲起一陣風潮。大哥在文學藝術的境界上可圈可點，然而在其他處事上卻迷糊透頂。士校電信班畢業的伊，被派到海軍魚雷快艇當電信兵，有次奉命在馬祖沿海巡邏，遭遇「匪」艇襲擊，恰巧伊值班電訊室，艇長下令發電報告上峰，但大哥卻一字都不能發出，好在另有老兵班長在旁協助替伊解困，事後被關禁閉及禁假，沒有送軍法審判已算萬幸。所以在兄弟中，伊算是阮施家中，唯一長不大的孩子。今年 4 月 22 日施明德再度絕食，伊毅然勇敢踏上街頭，救援

四弟，這次回臺奔喪，在伊的診所內，發現許多陳情書與請求書……這些以前都是我分內的工作，現在已由大哥替代，並且做得有聲有色，最後竟然以身殉道，祈求臺灣社會的和諧與公義，使我不時想到伊的這次勇壯慷慨的義行，就淚如泉水沿頰而下。啊！大哥，您這在我心目中，是永遠長不大的兄弟，卻這麼勇敢地壯烈地成仁……。

服完兵役的大哥，除繼續追尋文學藝術外，每日仍醉醺醺地度日。退役那日，從臺北帶回來大嫂蔡淑女女士，一位很賢淑的婦女，兩人沒有經過世俗的婚禮，就如膠似漆地生活在一起。第二年生了長女雪郁，再年餘又生次女蘊蘊。如果記憶不差的話，這兩位姪女的名字，都是詩人瘂弦取字命名的。當時，大哥明正除繪畫外，最醉心現代詩，而伊的詩人朋友大都是軍中的，如管管、商禽、瘂弦……其時都住左營海軍軍區內。除外，當代的名詩人紀弦，也是大哥飲酒聊談的詩友。

大哥有一個不好的怪僻，喝醉酒一言不合或是妻子稍微頂撞一句，伊便拳來腳踢，像許晴富兄就曾和伊動過手。而伊的三位先後離異的妻子，更是飽受過伊的苦頭。我最痛恨伊這一招。但亦最奇怪，伊從未向我動過手。或許在伊面前，我未曾喝醉酒過，或許伊最疼惜我這個和伊同樣有「希臘式」高鼻的三弟。雖是有那個怪僻，但第二天當伊酒醒時，你質問伊、指責伊，伊會向你道歉並請求原諒。大哥有一個最好的榜樣，伊一生從不賭博，即使農曆過年，家中大小都會玩「四色牌」或是「天九牌」，伊從不涉足，連看都不看一眼。記得很清楚，當我們從「政治苦獄」出獄後的某一年，伊投資第二任妻子瑪利父親的事業，在桃園龍潭蓋販厝，結果血本無歸，妻子離開伊，伊攜帶幼小的兒子越騰，南下和我及妹妹妹婿一起過春節。吃完年夜飯，我約了幾位朋友來玩天九牌，事先知道伊身上一文不名，我塞了一千元給伊，伊一面喝酒一面看我們賭博，起頭我贏了不少錢，禁不起我的慫恿，伊竟然下了一生的第一次賭注，我想當時也許與伊在事業上失敗而導致破產的情況有關吧！可是很不幸，伊的一千元在五、六分鐘內就輸光了。最後，我只得再補伊一千元，伊滿臉通紅地躲到一邊去喝悶酒，連瞧都不再瞧牌桌一下，那次可說是伊人生第一次，亦是

最後一次的賭博。

　　我最喜歡大哥的素描，尤其是人物素描，給伊畫過素描的親人朋友，大都會讚嘆伊的神采之筆。美麗島事件後，伊逃難和我住在一起，由於伊的怪僻，所以沒有一個女人能和伊和平相處，就連內人也和這位大伯不相往來。內人最痛恨男人向女人動腳動手（指打罵），偏偏大哥就有這個壞處。在高雄住不到一年，伊又搬回臺北重新開業，在高雄時，伊給我畫了一張素描，一生唯一的一張，但伊沒有送我，想不到伊這樣早就離開人間，何處向伊要畫？！

　　大哥的另一個好處是老實與為人清正。伊從未騙過人，也從未向家人或父母偷過錢，但唯一騙人的地方，仍是伊在診所內的牆上，掛著蔣家父子的相片，向來伊診所的陌生人說：「他們是我的老闆，沒有他們，我無法在這個地方活下去……」。這就是伊最悲哀的所在，也是四弟明德最厭惡伊的原因。不像我，厭惡這個特務抓耙仔滿滿是的地方，我就離開它，跑得遠遠的。幾年前，我託人回臺灣聘請伊到巴西當推拿醫生，或許那時還未解嚴，恐怖危機仍在，伊竟然將我的朋友趕走，並錯認我的朋友是「國特」，害我被朋友記了一恨。

　　大哥有一個最令人不可理解的所在，凡是跟伊上過床的女人，伊不僅向好友也向兄弟坦白述說，甚至自述在伊的作品中。在〈魔鬼的自畫像〉中，我亦成為「主角」一員。喜歡伊的女人不計其數，可是能跟隨伊和伊終老的女人，卻一個也沒有。或許是伊口不擇言？或許是伊不知憐香惜玉？或許是伊不喜歡永遠只擁有一個同樣的女人？……。總之，伊是一位怪人，怪人就該有「怪異」的所在，坦白講，伊的確傷害過不少人，尤其是女人，所以四弟明德特別在訃文中，加註：「明正活時愛過人，亦傷害過人，希望受伊疼惜的人會懷念伊，曾受伊傷害的人亦能寬恕原諒伊。」

　　不過，我有一點安慰，在 1988 年 9 月 18 日，當大哥的靈車遊行到高雄市中正四路與自立路口時，一位穿著時髦高尚的婦人，拿著一束鮮花，穿過擁擠的人群車隊，跑到伊的靈車，向伊獻花，獻完花後，退回路旁，向伊注深深的敬意，我走在靈車後，看得一清二楚，我不認識那位貴婦

人，但依然情不自禁地向她搖手點頭致謝，並衝動地想請問伊的芳名地址，因為大哥悲壯坎坷的一生，雖然有過許多愛過的女人，然而去世時，卻連一位送終的愛侶都沒有，好在有那位貴婦人。大哥，雖然您不在意這些，但是三弟還是替您覺得安慰。究竟尚有疼你的女人，在您要歸土時送鮮花給您，並深情向您致哀，請安息吧！大哥。

大哥一生和我最投機和好，伊從未打罵過我。但我之所以坐五年「政治牢」，卻是伊忍受不了刑求，才將我供出來的。當時，辦案人員要伊指出五個最要好的朋友，伊點來點去，只有林天瑞、許晴富、塗ＸＸ、陳ＸＸ四人，後來禁不起特務的威脅和打罵，不得不將我這個從臺北回高雄度暑假的三弟牽進去。收押伊後，就馬上來逮捕我，就是因為有伊的供詞，害我百口莫辯，雖然有國防醫學院校方的「不在場證明」，證明我沒有請假回高雄參加所謂「叛亂組織」成立的「餐會」，可是愚蠢可惡的軍法官聶開國，依然將我判處五年有期徒刑，一生就這樣背著「政治受難者」的頭銜，浪跡天涯四方。

在青島東路三號軍法處看守所坐牢時，伊的首任妻子淑女嫂，因為飽嘗政治犯家屬的苦楚，並為避免眾人的歧視，向伊提出離婚的要求，理由是伊犯了「不名譽的罪行」，大哥瀟灑地一口就答應了。五年後，大哥出獄不久，大嫂（我很懷念這位賢淑有愛心的大嫂，還有他們兩位美麗的姪女）雖曾回來團聚，但因為剛出獄的關係，生活成了問題，不久她們又離開了。

再度得到自由的人，最怕再失去自由，大哥大概是被關怕了，出獄後的伊，整天疑神疑鬼，猶如過街的老鼠，驚心動魄地過日。有一次顏明聖兄要出來競選國代，（明聖兄第一次坐三年的「感訓牢」，亦是大哥在牢獄中不慎說出，被同房難友密告出賣的）作為好友，又是難友的伊，理應出面幫忙拉票才是，但是伊卻將責任推向我，我和么弟明信出力助選時，伊不敢來競選總部。聽政見發表時，站得遠遠的，後來雖是高票落選，但總算打出知名度。第二年的市議員選舉，明聖兄雖然被可惡的檢察官收押牢內，仍以八千多票，全臺灣最高票當選高雄市市議員，差第二名莊文樺有

四千餘票，轟動全臺灣，也是開全世界第一次候選人不在現場競選而能當選的先河。那次的競選總部就設在我的住所——高雄市民族一路 277 號（現改為 75 號，我出國後已售出）競選的頭二天，經費無著落，只有一部三輪馬達貨車，助選員只有廖正雄君，李君，和其他寥寥數位。可是第三天我的一位好友（姑隱其名），是文宣高手，伊以「請將您神聖的一票判決顏明聖無罪！」並且發宣傳單給市民，明聖嫂秀鑾姊特到三鳳宮「斬白雞宣誓」：顏明聖並無貪汙五千元臺幣的意圖。亦是開「斬白雞宣誓」的肇始。選舉時選舉後，大哥明正雖是十分關心，有錢時出多一點，無錢時少出，成功時和兄弟朋友會高談闊論，但伊總是言不由衷地躲這避那，是一位最不適合住在臺灣的臺灣人。

　　美麗島事件發生後，伊特加小心謹慎，一有風吹草動，即打電話給管區的警員。那位警員看伊驚死，竟然軟土深掘，每天必來伊的診所內開口求酒喝。有一天我北上參加開庭，那警員和阮喝到半夜，喝掉半打紹興酒事後竟然要阮召妓給伊狂歡。阮拒絕時，伊發怒摔酒瓶掀桌子。大哥竟能忍受得了，第二天我向警總告狀，派人調查事實後，那警員被降調到衛生隊去當警衛。

　　最令我不能忘記的，大哥有尖端的神經嗅覺，美麗島大審時的二二八前夕，我準備搭夜車回高雄看妻兒，伊卻脫口而出：「老三，今天是二二八前夕，你待在這裡，不要回去，危險！」

　　翌日，我們參加庭審時，林義雄律師祖孫三命案的慘事就發生了。事後，我們檢討和回憶過，在那事件的前幾天，有許多陌生人曾到大哥的診所求診過，而且都是新患者，並且都是十分輕微的病患，如手腕稍微扭傷。而有些在阮眼中一眼就可判斷那是佯裝腳踝挫傷的患者，更奇怪的是那一群人都是操有腔調的臺灣福佬話，並且問東問西：「你們有功夫？有拳頭？」「練什麼拳？」「為何室內擺有木刀木劍？」……。好在那時診所常有四位男人：大哥、我、一位劉世龍兄的大兒子，當時在大哥處學推拿術，長得強壯魁梧，另一位沈姓的患者，被大哥治好脊椎背痛後，天天來陪阮過日，並要求大哥收伊為徒。也許謀殺林家祖孫的人，一定在那些天

內，勘察過所有美麗島家屬的住處，最後認定林家一處最容易作案，才採取行動，因林家在一樓，翻牆即過，進退方便，而且一家全是弱小婦女。

林家慘案發生後，大哥便帶著新妻子阿慧，兒子越騰南下和阮一家住在一道，伊租三樓，二樓是我的推拿診所，地點在高雄市建工街百瑋大樓。

那時，伊開始寫政治小說，〈渴死者〉，亦即渴死的人，是阮兩人在閒談回憶政治獄時想起來的真實故事。遺憾的是那位主人翁的姓名竟然無法想出來。事後我詢問當時關在軍法看守所第五房的難友，也沒有一人能想出來。大哥不僅寫小說，亦寫政治詩。最近，我才知道伊的二首詩如〈候鳥〉等，曾被翻譯成日文，刊載在日本著名的『文藝春秋』上，而伊的小說集，在加拿大的圖書館中，都能借閱到，在伊短短的 53 年生涯中，伊總算替阮施家爭到了在文學界、藝術界應有的地位。伊死時，政治界人士亦以「臺灣民主烈士」之崇高聲譽來肯定伊。

阮的小妹以「生為臺灣瀟灑豪爽的男子漢」、「死為壯烈英勇高貴的臺灣魄」來祭弔伊。我則以「您是不吶喊的壯士，揮筆直搗統治者的心窩」、「願壯烈殉道的生命，換民主自由公義的臺灣」，四弟明德則以「他用生命鑄下畢生最輝煌的詩」、「他用生命揮灑畢生最亮麗的畫」來懷念伊紀念伊。

最後，我要大聲吶喊：「大哥，請您保佑明德，讓您的殉道與犧牲，能換得四弟明德的自由與解放！」

──選自施明雄《施家三兄弟的故事》
臺北：前衛出版社，1998 年 5 月

# 他用生命揮潑了最亮麗的畫

◎施明德*

　　他用生命鑄造了最輝煌的詩；

　　他用生命揮潑了畢生最亮麗的畫。

　　兩年多前，在三軍總醫院的戒護病房內，聽到大哥在家中悄悄地伴我絕食，突告昏迷，終於不治於醫院，我垂淚寫下上面兩行文字。

　　大哥是個天才型的藝術家、文學家。從少年時代，他就沉迷於詩、小說、雕塑和畫的創作天地裡。在他五十年的人生中，沒有任何事物或權勢，曾經像藝術那樣，擄獲他的心靈和生活，即使一度將他囚於獄中的政治力；他也用了那麼奇特、浪漫的死亡方式，對它做了最生動的反擊和踐踏。

　　在大哥逝世滿了九百天，我們總算有個比較自由的氣氛，來替大哥舉辦一次畫展。我們誠摯地邀請大家，再來和這位悲情畫家乾一杯！

——選自《民眾日報》，1991 年 4 月 14 日，11 版

---

*施明正四弟。發表文章時任臺灣人權促進會會長、美國聖地牙哥州立大學客座教授，現為人權工作者。

# 牛雜湯之憶及其他
## 悼老友明正

◎鍾肇政[*]

　　聽到明正逝世的消息，我默坐椅上面對懸在牆上的他的畫作哀傷沉思良久，不覺又老淚縱橫了。

　　他曾有過雄心，說是要在島內外遍設美術館、作家紀念館，以期有助於人類和諧、世界和平。他也應許在舍間遍掛他的油畫作品，成立第一座紀念館。那還是去冬的事，我們運來了八幅。小小的客廳，兩幅巨作就已占滿了一面牆。我的臥室，女兒的房間，都有了最美的點綴。可惜小小的書齋，被書櫥給占據了太多的空間，不再有多餘的牆面——不，是有，書櫥書架上頭還有小小空處。幾時，再去搬些素描、小品吧，我想著。

　　我們臥室裡的那一幅，該叫「怒濤拍岸」吧。灰暗的天空，蒼黑的大海，近處是激起的水花與蜿蜒的巨浪，右邊岩石作勢欲撲，似巨獸，亦似怒龍。整個地看去，有一股黯淡，卻含蘊著即將迸裂的沉潛的意志之力。那會是潛藏的詩人的憤怒嗎？

　　另一幅，明正啊，如果你允許我擅自取名，那該是「奇萊之鹿」吧。又是一片蒼黑鬱鬱的起伏傲峰。前面又是沉潛的白。那是合歡的雪吧。那麼奇突地，畫家在那一片巍峨的山上安排了一隻飛奔而下的白色獸。明正啊，記得你說那是即將從吾土吾鄉絕跡的鹿。有人說那是飛鷹。我卻覺得更像是「協和號」巨機。

　　蒼黑與白，該是你那幾年心情的反射吧。

---

[*]小說家、文學評論家。曾任龍潭國民小學教師、《民眾日報・副刊》主編、臺灣文藝雜誌社社長兼主編、東吳大學東方語文學系兼任講師、臺灣筆會會長、臺灣客家公共事務協會理事長。

　　還有。在北海道，你的觀照裡已經沒有了令人森寒的蒼黑黝暗，代之的是蒙住清亮的一抹輕淡的灰，連海也加上了微灰的鈷藍。大部分還是讓白據有。那是北國的雪。任何人欣賞你的畫，都不難發現你對白有所偏愛。我相信那白代表的是藝術家的純潔。那該是你所嚮往的吧。我也從你平日的言行上看出這一層，因為你對從事藝術的人，永遠那麼謙卑。

　　於是你畫著畫著，經常帶著一冊素描簿與一大把削好的鉛筆。尤其每逢什麼聚會，你必在一旁默默地捕捉線條，移到白紙上。在數量上，你說你要壓倒畢卡索。我相信在質上，你也會壓倒他的，只要假以時日……

　　如今我該向誰要呢？

　　不不，有啦。今年元月間，那一次你到舍下來，特地帶來了一冊新的素描簿，迅速間畫了三幅，並表示這一冊是要留在我這兒的。你早知道我的意思，除了巨幅的以外，還需要一些小件的。還說以後每次來，都會再留下幾幅，直到一整冊畫滿為止。

　　我知道這是你對我這名老友的殊遇——這一冊只完成了三幅的素描簿，還有八幅油畫為起頭的第一座紀念館，都是我引為驕傲的殊遇，該也是獨一無二的。唉唉，你遍設美術館紀念館的理想，只完成了這未成的第一步啊。

　　記得在那次之後迄今八個月，你只來了寥寥兩次。我知道你這近半年來事情特別多。你也披著綵帶上過街頭。可是這僅有的兩次，你沒有說要畫，我也忘了拿出你放在我家的素描簿。我真該打該揍啊。
不過我也還有一座塑像——是我自己的。那是你的雕塑作品最得意的一座，你自己說的。通常三小時左右可以完成一座的，你卻為它花了將近五個鐘頭，可見你特別用心地完成了這件作品。

　　可是，雕像運回來以後，老妻卻把它放在房間的一個角落，還用一塊布蒙起來。那是因為它表情顯得那麼淒苦之故。面對我那淒苦相，她也許受不了，因而必須如此。我倒寧願打造一隻座臺，把它擺在客廳最顯著的地方。因為我就有過那麼一段淒苦的歲月。真不知你是有意抑無心，把我

那時的心靈捕捉住了。

　　我還記得你在延豪的棺木下跪下來，然後仆臥下去打滾的一幕。我實在不忍心你那麼悲慟欲絕，而且那也只有使我更傷懷。哦哦，正是我度過了那段幾乎生機盡失的日子後不久的事，你堅決要為我塑像。或許你從我臉上看到什麼吧，所以才會那麼執意，非要我同意不可。

　　──有個時候，我幾乎拿不定主意該把它留下來呢，或者毀棄？我總覺得，面對它，徒增傷痛，留之何益。可是轉念一想，便又覺得人間萬事，無一不隨日月以俱逝，能撲捉住剎那間的心懷，正是藝術的可貴處。如果我不能坦然面對它，那我豈不是枉活了六十幾個星霜了嗎？這便是我心境轉變的經過。不過打造一個臺座把它擺在客廳的心願，只有俟諸來日了。

　　連日來，老妻叨唸了好幾次有一次你來舍間過夜的事。次日早晨，她為你準備了一鍋清粥。你如獲至寶，連喝了兩碗，還顯得那麼興高采烈，就好像有多麼久沒吃到稀粥似的。老妻發揮了她的想像力，感慨地說：真不知有多久沒有人為他熬稀飯了……。

　　你老是一瓶在手，對吃食顯得那麼清心寡慾，在餐桌上總是吝於舉箸。唯獨龍潭的牛雜湯──一種純客家風的口味──對了你的胃口。每次你來，咱們總是相偕到廟坪的那家小攤子吃一頓。我相信那是唯一使你食指大動的料理。你說了無數次這樣的話：龍潭有你和這種牛雜湯，所以我非來不可。你還不憚於說：每隔一段日子，嘴就饞了，一定得跑一趟龍潭吃吃牛雜湯。然後不管是什麼時辰，你都會叫一輛計程車直奔龍潭。唯一記罣的，是不是過了打烊的時間……

　　我真不懂怎麼老寫這些零零碎碎的事。我有更多更多有關你的記憶，而且更堂皇的，更能顯示出你的不凡的……。

　　我也真沒料到你會選上這樣的死。老實說，作為你的老友之一，這是我不能諒解的。不是嗎？你是千不該萬不該，就這樣一走了之啊。

　　也許，你有意把剩下的陽壽轉給你的四弟。

　　你們兄弟倆，把反對者的境界提升到聖者的層次。

　　這樣的死，還能在哪裡找到！

　　走筆至此，我有無以為繼的哀傷淒楚。就讓淚水再次迸流吧。

　　這兒我仍要寄語明德：務祈珍惜你的生命啊。你必須活得更久更久。
因為那也是明正的期望！

1988 年 9 月 5 日刊登於《民眾日報》

──選自鍾肇政《鍾肇政全集 18‧隨筆集（二）》

桃園：桃園縣文化局，2000 年 12 月

# 另一種格式的「渴死者」

## 人間無明正，心中有明正

◎王昶雄*

## 明正與三毛

　　我曾經讀過〈談三毛之死〉一文，感觸良多，頓時使我聯想到施明正之死。自找不歸路的兩者之間，有同也有不同的地方。相同的，兩人都是作家，雖然後者是集小說、詩、畫、醫於一身，但小說的分量最重。不同的地方很多，第一，三毛是福氣透頂的幸運兒，自從《撒哈拉的故事》發表以來，真是紅透半邊天，藉靠著強勢媒體的大肆助威，她建立了極高的知名度，不但名利雙收，在藝文圈內「通行無阻」。她是執政黨媒體的寵兒，是執政黨溫室裡的花朵，施明正的命運卻恰恰相反，他生長在白色恐怖的時代，因其四弟施明德的關係，竟以莫名其妙的罪名被捕，在刑求下變成叛亂犯，在五年的牢獄中所產生的恐懼，連出獄後，也有時籠罩在恐怖的陰影裡。他的文學作品，都是描寫往年被壓縮、扭曲而變形的人性，它呈現了活生生的黑暗時期的真貌。他的劫數，彷彿形成了一個「業障輪迴」，使他更執著地沉酗於醇酒的世界。酒竟是他創作的催化劑，也是他受屈辱心態的一種反抗心理反射。

　　第二，三毛的作品，除風花雪月之外，還有一把黃沙，問題是這把黃沙，非來自她所屬的出生土地，〈談〉文的作者再進一步分析，三毛當年將

*王昶雄（1915～2000），本名王榮生，臺北人。小說家、散文家。曾任《臺灣文學》編輯、淡水純德女中歷史教師、淡水文化基金會顧問、「北臺灣文學叢書」主編，為文學團體「益壯會」創辦人、「臺灣筆會」發起人之一。

近「知天命」，原可突破溫室的瓶頸，走出溫室之外，將自己與臺灣的苦難「脈息」相連，但她不但沒有這樣做，而且她與現實生活有遙遠的疏離，她有意無意地更看不到有心人用生命血淚挖出的諸多醜惡的史實。施明正則不然，他雖不喊口號，但他的行動充分反映了窮追真理，熱愛鄉土，更為了顧念民主自由、苦心孤詣，鍥而不捨，他的書生風骨，由此可見。

第三，找死的方式不同，三毛所挑的是自縊。自從荷西歿後，她覺得寂寞終古，無限淒冷，生既無歡、死又何懼？其實，自戕者的情緒複雜，難以言喻，不許做任何臆測。至於有人把她的死美化為文學上的「浪漫淒美」，真是「荒腔走板」的說法！三毛理應寫出真正動人的文學作品，但她竟然用自盡為生命譜下如此的破敗之筆，未免太可惜哩！施明正的死就不一樣，在三年前，他宣稱要以絕食呼應他的四弟之後，拒絕進食，但在絕食期間，仍然以酒果腹，導致了加速死亡的主因，只有能穿過死亡的精神，才能在這困厄時代追尋到真正的生命之光，即使一度將他囚於獄中的政治力，他也用了另一種格式的死亡，對這缺乏公義的社會做了最生動的反擊，他一生都背負著十字架，便與他經常掛在胸前的那條十字架金鍊一樣。

## 明正與杯中物

《莊子》裡頭有一佳句：「君子之交淡如水」，當然我從不敢自擬君子，但是與摯友施明正相交，確為淡得比水還淡。他到底有幾次婚姻，有幾個紅粉知己，確否在外頭拈花惹草，用情不專等等，這些私人祕密，都不是我所關心的問題，他本來不肯提及這些情事，我也始終採取不聞不問的態度。彼此見面次數並不多，但心靈很能溝通。

施明正多年來養成酒不離口的習慣，他的身邊總是如影般跟隨著一瓶洋酒，出獄後稍事沉寂，卻未減少酒量，他經常成箱的買進洋酒，甚至自早到晚當茶喝，他急酒、慢酒都來，別人醉倒了，他依舊坐在椅子上，雙目注視著醉者的醉態。其實，他也醉了，只不過他的意志力特別強，能把

身體支撐在沙發上罷了！

在施明正的生命中，除了朋友，酒是占有很重要地位的：在診所裡，通常是一邊替人推拿，一邊喝酒。特別幫許多患骨疾的作家朋友醫療，一概免費，但是你一定要喝他的酒，不會喝的也要喝，他寫稿或畫畫的時候，必須要有兩種東西，一瓶摻開水稀釋的洋酒和一盒雪茄菸，酒使他在飄飄乎羽化中尋求靈感；而雪茄菸使他吞著上升的灰白煙霧，如夢似幻，也讓他遐想，儘管每個老友都勸他少喝一點，但他只好「敬謝不敏」，每天依然如故，他根本率性而為，不信「向死神低頭」那一套。

我嗜酒不至於「如命」，而且量也非「海」字，因此，我對於像他那種豪飲、暴飲的人，最好「退避三舍」。但是有一天，我和他共「醉」宵夜，和往常一樣，彼此酬酢之間大談天下事，他到底是勸酒能手，我往往上他的當，我敬他，他灌我，於是酒是一杯一杯的盡，瓶中的酒逐漸消失。醉意和豪氣，同時滾滾地湧出，在這場混戰，勝負自明，作為霸主的他，齜牙咧嘴地譏笑這隻「醉貓兒」，那嘻嘻哈哈的笑聲，也響透了整個推拿工作室，也響散了夜裡長空的浮雲。

施明正是面色微黑輪廓分明的臉型，留有山羊鬍子，特別那兩道鋒芒逼人的眼神深深印入我的腦海，有時露出了一種嚴肅的表情中，多少帶些壓抑性的畏怯，我和他初見面時，他給我的一個總括印象是：不僅風趣、熱情、善於待人接物，而且還是個自我意識極強的人，我聽慣了他自己一再誇你為藝術天才，但他那種自大狂般的瘋言豪語有其誠摯、可愛的地方，他總自我期許這輩子要爭取文學、醫學、和平等三個諾貝爾獎；又說要在鄉土遍設美術館、作家紀念館；更打算畫 100 幅是以十字架作為主軸意象的自畫像等，由此可以看出他性格狂放的一面。

## 明正與反骨世家

由於施明正是富豪家子當中排行老大，自幼嬌生慣養，在家時儼然土皇帝，唯我獨尊，等到出門一跑，三江六碼頭，英雄好漢到處是，所謂

「在家像條龍，出門像條蟲。」父傳的推拿功夫，自有根底；他又從小就具有藝術天分，興趣廣泛，無所不涉，國小時代便如飢似渴地讀高爾基、魯迅等禁書；年輕時，對世事凡人都瞧不順眼，開口就「什麼東西」，緩和一點，也得「幸虧我在！」有時真個臉紅脖子粗，兩眼發直，但人家都讓他三分，一則似乎摸透了他的個性，發完脾氣就完了，「嘸啥苗頭！」再則，他那做事認真的傻勁，卻也夠小夥子們欽敬的。

施明正自初出茅廬以來，縱浪於芸芸眾生中，對於弄權者的霸道、縱慾、無恥等，頗多體味、感慨和痛恨；由於「疾惡如仇」的個性，他由憤世而玩世，因此，有人背地裡罵他為「瘋子」，「狂藝之人，不以狂為狂」，瘋子也可以自豪了。他雖有富豪子弟的任性和浪漫，但從幼就受到天主教規的薰染，在放恣中也有其拘謹的成分。

高雄施家是臺灣出了名的「政治犯之家」，父親施闊嘴曾為南部的抗日領袖。施明正是藝術上、文化上的一個「異數」，也是「良心」，在白色恐怖的歲月莫須有的「亞細亞聯盟」案，跟兩位弟弟一同入獄，他與三弟判五年，四弟則判無期徒刑。

他與施明德雖是兄弟，但二人的性格相差很遠；大哥把浪漫呈現在藝術上，四弟則是投注於社會改革；大哥平生直情逕行，動輒就大發雷霆，四弟卻是撓之不濁、澄之不清，汪汪若千頃陂的人，二人坐牢的坐法也不同，坐牢對大哥來說是一種傷害，但對四弟來說，是一種鍛鍊、閱歷，更是要付出的代價。四弟頭次出獄後，不死心的又投入政治運動時，大哥怨嘆說：「我揮淚跟他疏遠了！」談到政治總是很害怕，可是有時以「奉獻者施明德的大哥」自許，情緒不穩定，由此可知，坐監對他造成沉重的打擊，甚至也讓他有了自甘頹廢的傾向，這是他個性脆弱的一面；最後以絕食進行抗爭，終於悄悄地走向了「殉道之旅」，這是他剛毅的一面；他有用綺夢編織的青春年華，也有坎坷曲折的傷痕歲月。

名氣遠不及四弟響亮的這位少壯藝術家，後來，已無當年跡象，隱忍地以「推拿師」做幌子而打發日子，不知情的患者很難從他安詳的表情

上，探視到他的真面目。

## 明正與藝術

施明正服刑期滿出獄後，經過一段蟄伏時期，才重新提筆，不再出馬便罷，一出馬就聲勢驚人，被形容為「休火山爆發」。他的小說，一直是很忠實地表達了他在生命中的浩劫，大多是用第一人稱，主角是他本人。他是個過分自戀的人，因此，他的創作重重覆覆都是在寫他自己的來歷和體驗。可以這麼說，他的創作是靠著精神的壓迫、打顫而擠迫出來的。

在〈大衣與淚〉、〈我‧紅大衣與零零〉、〈遲來的初戀及其聯想〉等小說，是描寫他的身世和他本身的浪漫故事。他對文學、美學的觀點是介乎魔鬼與天使之間的，《魔鬼的自畫像》、《島上愛與死》諸作中所表現的氣勢和遐想，確有不少屬於匪夷的創意，〈渴死者〉和〈喝尿者〉是監獄小說，先從題目來看，就夠震懾人心，因為筆調平淡，更能襯出其內容的深刻，加強了震撼力。這些都是他在文學創作上，留下了熱情而撼人的精心作品。

把「文以載道」一語加以延伸，作廣義詮釋，「文」是指文學和藝術，「道」則指的是人生觀或宇宙觀，藝的領域固然講求「術」，但不該止於「術」，正如日人把它昇華到像「茶道」、「花道」或「歌道」。文藝作品不具載道的內涵，其成就將極有限，充其量成為「藝匠」而不能成為藝術家，藝術家為「性靈中人」，如果像施明正的作品，能夠靈感造化，並重人性的話，表現自必更為突出。對於他的詩作，有人這樣稱道：其隱晦的生命情結和逐夢般心影的一種坦率的投射和敘放。

他勤寫文學作品，將時而得來的靈感導入文學性的畫境，開始畫畫，其間諸多得失、愉快與落寞感，時常湧上他的心頭。畫作以油畫與素描為主，油畫多為人物、風景、人物畫，最出色的是自畫像，那畫中有話、特立獨行的神情，令人神魂顛倒；死前的最後一幅畫是《十字架上的奉獻者》。素描是他拿手畫藝之一，他曾為臺灣作家繪製一系列的速寫像，都收藏在鍾理和紀念館，他也給我畫了好幾張，都頗傳神，我們常常看到他在

文人聚會裡，帶著一本素描簿，默默地為與會的作家們畫像。

　　名作家李昂指出，施明正的畫是有點與「文人畫」相彷彿，我也很有同感，因為在藝術上，文與畫二者最為相近，文人是以筆墨來表現他的心靈，而畫家則是抒寫胸中的逸氣，所以，文人中每多畫家是合乎情理，作家兼畫家的施明正，在表現自我之際，同時也表現創作精神，他心目中的靈思妙想，畫家較「畫匠」為多，因為畫匠妙在形似，而畫家偏得玄理，其妙處在於形象之外。

　　畫是不會有「完成」的，這是施明正一貫的見解，這種不斷追求超脫，與隨時鞭笞自己心靈的苦行僧相似。他喜歡鄉土的山和海，一直以有情之眼凝視這塊土地，所以他的畫有一種反璞歸根之趣，非常溫馨動人，不過，溫馨的畫面背後，往往隱藏著對俗世的無奈。

　　施明正常以有藝術的純粹性與獨創性自負，他對自己的要求極高，他常說從無一張自認滿意的畫。他性以狂狷出名，平生瞧不起那為畫展而作畫的人，他要堅持清高，這是他不開畫展的因由之一。如果要開的話，一定要是世界級第一流的，在這樣的期許和壓力下。他不願輕易開畫展，這是理由之二。他畫的速度，快慢不一，無拘無束，自由自在。他約略完成了一幅畫，好像廚師端上一道佳餚，但這並非供人分享，而是「孤芳自賞」的。

　　施明正死後，他的遺作好不容易才在木石緣畫廊展出，這是求之不得的畫展。據名畫家林惺嶽指出，施氏的畫好像一幅都沒有完成，因為，為了表達自己的感受，無須公開展覽，使得作品便有一些遊戲性的傾向。因此，他尚未完全讓繪畫的顏色奔放出應有的鮮麗力量。如果會讓他再活得長些的話，畫風在日後會有更深沉的呈現。林畫家最後話裡有話地這樣提示：對於他的畫無須太快下結論，應讓觀眾來挖掘、評斷，也許會有新的發現。

　　像施明正一個苦守著長夜孤燈的藝術良知，在現實社會裡，所得到的喝采，可能遠不及一個「初生之犢不畏虎」的「黃口」畫像。除了藝術被

商業牽著鼻子走之外，畫家出售作品，本是天經地義的事。畢竟藝術是文明結晶，而從事藝術工作，也是艱苦坎坷的行程。因此，叫好又叫座的作品，能撫慰藝術家受創的身心，也能彌補因「純純」而失去的現實空虛。這是對林畫家「弦外之音」的我的詮釋，他的看法，值得我們深思、探討。

## 明正與殉道

　　三年前的一個晚夏拂曉時分，我望見一位不該走的傳奇人物揚長而去，逗留人間 53 年，足夠寫成一部高潮迭起的中篇。他生前自稱是「聖潔」和「瘋狂」的結晶，他的一生，是他筆下所有多采多姿的重要角色的綜合，如今擺脫了一切苦集、害怕，一了百了，再無拘束。

　　當施明德在獄中持續進行絕食時，施明正也伴四弟默默地進行他獨特而悲壯的絕食抗爭。施明正絕食期間，酗酒照樣，因心肺衰竭，急救乏術而撒手西歸。這竟成為自我毀滅抗爭，他的死，也可以說是一種變形的自戕。他嗜酒，酒終究吞噬了他的健康，甚至奪走了他的生命。任憑他文武功夫再高強，也逃不出「出師未捷身先死」的命運。在他抗暴生涯中，雖然沒有激昂的宣言或誓語，但他卻嚴肅地實踐生命的愛與死。

　　施明正出獄後，他常自嘲「百無一用是書生」，不喜歡於在權力漩渦中與人爭衡，卻暗中宣揚民主自主的理念，明正、明德雖是昆仲，但在不同的領域形成截然不同的風格，大哥一向讓人感覺懦弱。可是，以絕食抗爭不撓，終於體力不支而毅勇地走向「殉道之旅」。他的死亡，使在獄中的四弟刮目相看，原來大哥才是施家最勇敢、最敢向當權者討回公道的勇士。這是氣魄過人的行為，唯有胸懷成仁赴義的勇者，才能決行，這種獻身於不成功則成仁的精神，叫人如何不為之心折？「不怕死」真是談何容易，他所以這樣做，主要是等於佛家所說的「我不入地獄誰入地獄」，儒家所謂的「知其不可為而為之」的精神。

　　令人惋惜的，是施明正死在鼎盛之年，他的生命宛如兩頭燃燒的蠟

燭，光度強，結束也快。真是千不該萬不該在此時此刻結束了他只有一條的生命，假如他不擇選這條「殺身成仁」的不歸路，四弟還是總有一天可能會出獄的。我們所樂聞的，並不是「誰都得死」的消極厭世的覺念，「誰都得生」才是人人心聲的昇華。

　　未能免俗，為施明正的遺體，在北市第一殯儀館景行廳舉行了一個他會喜歡的葬禮。三年前的 9 月 17 日，在彌撒、悼文和親友追禱聲中，完成他人生最後的告別式，他可以說是「求仁得仁」。這一天，愛他恨他的男男女女，都淚流滿臉，為「施酒魔」，也是「施烈士」送終。送葬的一位好友，一邊熱淚盈眶，一邊把從靈柩中取出的一瓶洋酒打開「來吧，我們來和明正喝最後一杯酒！」於是，不管你是否酒徒，一人都喝一口，吞下了淒酒，眼角滲淚，哭別了明正。「明明精通文學舉酒熱心腸，正正備嘗甜酸苦辣硬骨漢」，這是我寫的刻畫他生前生活而深入探及這位硬骨（不是白面）書生的人生情境的輓聯。

　　袁了凡有句箴言：「一念猛厲，足以滌百年之惡，譬如千年幽谷，一燈纔照，則千年之暗俱除。」每個人，特別是受苦受難的人的心中，恐怕有一個「千年幽谷」，但看他能不能用良知和勇氣的火柴燃亮他的心燈，把那「千年之暗」驅盡。文人的懦弱，主要是讀了死書的緣故，處處背書，事事拘禮，受了一肚子委屈時，謅幾句：「無奈朝來寒雨晚來風。」在危及存亡的緊要關頭，又偏說：「寧可人負我，我不負人！」如此迂儒，如果以擺脫桎梏身段的施明正的眼光看來，怎樣能逃得了文人的悲哀呢？有人形容得蠻妙，我們把兩臂舉平，兩腿分開，就變成偉大的「大」；兩肩斜垂，兩腳靠攏，就形成渺小的「小」。偉大和渺小，是我們自己造成的，與別人無干。

　　（施明正遺作展於 9 月 21 日至 10 月 6 日於高雄串門藝術中心展出）

——選自《自立晚報》，1991 年 9 月 21～22 日，19 版

# 談施明正

◎葉石濤\*

　　中秋節前夕，串門畫廊要舉開施明正繪畫遺作展，同時在下午四時開個座談會，談施明正的文學作品與繪畫。這個座談會的構想不錯，共邀了幾位畫家和幾位作家共同發表意見。施明正是高雄人，所以認識他的作家和畫家不少，即令跟他沒有交往，大多數的文藝界人士對他多少有點認識。以我而言，大約在 1970 年代的初期，我就跟他有過來往。當時他靠推拿謀生，對藝術有狂熱的愛好。不過，他那時候已經染有酗酒的惡習，終日離不開紅標米酒，倒也是個事實。好似他心裡有個虛無的黑洞，從這兒湧上來的空虛、沮喪和恐懼，使得他非以酒來麻醉自己不可。恐懼來自於他坐政治牢的經驗，他時常覺得時時刻刻有人跟蹤他、監視他、要吞噬他，這使得他永無寧靜的心境。在這樣的精神狂亂中他仍完成了為數不少的人物素描、繪畫和小說作品。最近在日本出版的一本臺灣現代文學日譯本《香蕉船》（『バナナボート：台湾文学への招待』）也收錄了他著名的短篇〈喝尿者〉。

　　由於鍾肇政沒來，我就不得不硬著頭皮來主持座談會。畫家批評施明正的畫作，作家評估他的文學作品雙管齊下，倒也有不同於一般座談會的別出心裁的風味。

　　綜合畫家們的意見而言，施明正的繪畫有一定的水準是無可否認的。雖然施明正並沒有受過正統的學院派訓練，但他在自我摸索的過程中的確

---

\*葉石濤（1925～2008），臺南人。小說家、文學評論家。曾任《文藝臺灣》雜誌社助理編輯、國民小學教師、成功大學臺灣文學研究所兼任教授、中華文化復興總會副會長，為《文學界》雜誌創辦人之一。

受到許多大師的影響，特別是畢卡索等巨匠。他的色彩應用很陰鬱，表示他心裡有糾纏不清的情結。大致而言，他的繪畫不是屬於專業畫家的系統，而是素人（amateur）畫家的傾向濃厚，又不同於以本土民俗信仰為基本的非知識分子的素人畫家，他有深厚的西洋人文涵養。

施明正的文學作品以臺灣文學的傳統而言，是旁系的，並不屬於主流。臺灣文學向來是以寫實主義文學來反映現實人生的。施明正的小說大多描寫極限狀況下的人性的扭曲和乖離，帶有存在主義文學的某種自我毀滅傾向。他的小說舞臺雖大半以臺灣的過去集中營生活為背景，其實把背景換成德國納粹統治下的集中營抑或蘇聯布爾雪維克的古拉格群島皆行得通。因此，他的小說本土性性格薄弱，倒是國際性性格強烈。

描寫史達林時代政治冤獄批判蘇聯極權主義的英國作家凱斯妥勒（Arthur Koestler）的名作《中午的黑暗》，這一類的作品應該是跟施明正有濃厚血緣關係的作品吧！

——《臺灣新聞報》，1991 年 10 月 5 日

——選自葉石濤《葉石濤全集 9・隨筆卷四》

臺南，高雄：國立臺灣文學館，高雄市文化局，2008 年 3 月

# 憶施明正

◎陳千武[*]

　　施明正是臺灣文學界的奇葩、人傑。

　　每次參加文學年會或文藝會，碰到他，他都有點緊張、親暱且很朗爽地，跟我交談幾句。總是說，他主持「推拿中心」，應接與照顧病患很忙。只能允許他很短的時間，溜出來看看久違的朋友。有文藝集會，他必排除一切前來參加。因為他認為文學界的朋友，才有真心交朋友。作家、詩人最偉大，背負著建立臺灣前衛性獨自思想的任務，創新、苦撐、具本土精神的信念不變，令人尊敬。說完，他便從背囊拿出威士忌酒瓶以及素描畫筆和畫紙簿。然後打開酒瓶蓋，先喝一口黃色液體，就面對預約的與會作家，開始畫肖像。接受他畫像的作家、詩人，都覺得無限的光榮。

　　在臺中召開的文藝會，他也從臺北特地趕來參加過幾次。尤其在 1988 年 1 月舉行的亞洲詩人會議，他匆匆忙忙來到會場，為亞洲詩人畫了幾張肖像。我記得日本有名的女詩人青木奈俄米（青木はるみ），特別穿了高貴漂亮的白地花紋和服，讓他畫到會開完，人都散了還不走。那時，施明正認真、和善、全神貫注於畫面上的姿勢，留在我的眼眸裡，成為我對他印象的最後一個鏡頭了。

　　施明正雖然如此喜歡畫畫，但要稱他是畫家，寧可稱為詩人較適當。事實，他是一位在臺灣詩壇地位超然的詩人。於戰後的詩壇出現得相當早，才有機會與紀弦、瘂弦、辛鬱等幾位外省詩人交過朋友。

---

[*]陳千武（1922～2012），本名陳武雄，南投人。詩人、小說家、翻譯家。發表文章時為臺中縣文化基金會諮詢委員。

　　1985 年出版的《施明正詩‧畫集》，題為「魔鬼的妖戀與純情及其他」，是一本相當高水準的詩集。集裡豐富的插圖與優美的篆刻印章，姑且不談。僅抽幾首詩篇，就可以看出施明正的為人，所遭遇的不幸而不屈服的堅毅精神，明朗不拘泥的詩思，和善的性格。例如，題為「不滅」的詩，

　　（第一聯略）
　　誰說雪鄉沒春色
　　請看北海道的不凍湖，豈不
　　泛藍著永恆的澄清

　　誰說你我碰壁啦！
　　我說命運不應像星球互撞
　　毀滅。愛之星群啊！

　　咱們絕不自滅
　　宇宙之闊，人世之窄
　　怎能讓咱們互撞引爆消失

　　詩人的心胸能容納「宇宙之闊，人世之窄」，而堅持泛藍的春、永恆的澄清，不願你我碰壁，命運不應互撞引爆消失。顯然就是人類愛與愛和平的表現，使我們了解施明正的個性，善良得像天使那麼溫和、理智而可愛。
　　施明正的本性像天使。可是，為甚麼他在這本詩集裡，處處把自己喻為魔鬼？他故意把天使喻為魔鬼，是一種反諷刺，等於諷刺魔鬼也就是天使？如不了解施明正對目前的社會、政權，以及對人生的一切，持有超然客觀的批判與分析，從他的詩語直接得到的是，善與惡、美與醜、極權與弱者、俗與雅之間的衝突與混淆。誰都知道從他的四弟（明德）連累殃及的災難，以為他應該憎恨魔鬼。但他的詩，從頭到尾沒有「恨」的意味。只依據他善良的本性含有的愛而表現。愛成為他的詩（包括人生）出發的根源。

看看〈幻象〉詩的第一聯，

> 我愛，女妖的我愛！
> 請別悲傷！廿世紀的現在
> 早沒異端裁判所判取
> 淫亂，判的只是政治的良心犯

以理來說，裁判政治良心犯的法官是魔鬼。從愛到淫亂，再引伸魔鬼，這一連串的思考方法，構成他的詩的骨架。

不論他是否基督徒。看他的詩喊出：

> 主啊！願黑色的怨恨被明日的旭光驅散

就覺得他的詩想，十分嚴肅而神聖。博愛的他不願有「怨」與「恨」的存在，並在詩裡沒有「恨」的意義性表現。所顯示的是背負著十字架的犧牲精神，令人起敬。

〈擊與愛〉一詩的後段，說得很清楚：

> 我卡死在妖戀的慾甕引魔入體
> 讓鬼入魄的是我魔鬼的自畫像
> 上下艷紅的雙瓣花唇疊成我的十字架

施明正表現慾的放縱，十分大膽。對於人的原始性，毫無一點顧忌似地，直言直破，有慾甕也有慾罐（詩「惑」），以不是比喻的比喻，直截了當地說出一句，「是你啊我愛」的心語。可是，他對自己的受難，以及親人的受壓迫，都無發出仇怨的愁情。透過他的詩，僅能看到他把情緒保持得那麼清靜，風度翩翩。頂多只輕淡描寫了幾句感慨而已。如：

主啊！願試探的酷刑永遠消失，或者
主啊！願花似醉般可淫亂的橫笛賜給悲憫

我曾跪過
……
跪過我生活的典獄長在硬地板

誰在窮追不捨
是什麼在窮追不捨
被窮追不捨的我的大腦喲
請保重

我有一個典獄長，魔鬼說
我有一個女典獄長，她是我的異性

　　施明正的詩的語言。是尖銳、嚴厲而粗豪。但他的詩想，卻是溫順、寬容而仁愛。這是他的外在與內在的微妙的對照。且經過嚴肅的自我批判，演成外在與內在的激烈鬥爭。但由於他有如天使般，溫和善良的性格，常常讓步，終於認輸。他在〈色彩的葬禮〉一詩，早已預言過：

誰能深覺他被包圍
在色彩繽紛的世界
當他無可奈何，不情願地
突然被垂蓋下來的黑幕似的死
所吞噬

　　自喻為魔鬼的施明正，被包圍在色彩繽紛的世界，從正面看是一位實

質的天使，離開我們去了。說一句最俗氣的祝福——安息吧！

　　　　　　　　　　——1988 年 9 月‧《自由時報》


　　　　　——選自陳明台編《陳千武詩思隨筆集》
　　　　　臺中：臺中市文化局，2003 年 8 月

# 憶雪桑
## 與我一起寫詩的哥兒們

◎瘂弦口述*
◎王則翔記錄整理**

## 左營，《創世紀》的「革命策源地」

《創世紀》創刊到現在已經六十三年，創刊地在左營。我們的故事，要從左營老窩說起。

當時左營的行政區是跟高雄連在一起的，稱左高區；而左營的聲望似乎比高雄還要更響亮一些。那時三軍基地都集中在南部，海軍基地左營，陸軍基地鳳山、空軍基地岡山，鼎足而三，國軍主要活動都集中在這三個區域。辦《創世紀》的三個人服務單位都在海軍軍區內，都是小軍官，張默、洛夫是中尉，我是少尉。他們兩個寫詩已有一段時日，我開始比較晚；在兩位老哥的引領下，我一頭扎進《創世紀》，傻小子睡涼炕，全憑火力壯，一幹就是六十年，不曾掉隊。在我們心目中，好像三個人一輩子都在一起，一輩子就辦了《創世紀》這一件事。

《創世紀》辦了六十年還在辦而且愈辦愈紅火，被臺灣文壇視作一個奇蹟，有人甚至說那是值得向世界展示的一個文學經驗，所以六十週年慶的時候，活動辦得特別熱鬧[1]，驚動了不少朋友。臺北活動辦完，又特別南

---

*本名王慶麟，詩人、評論家、編輯家。現已退休，旅居加拿大溫哥華。
**文訊雜誌社專案助理。
[1]2014 年 10 月 18 日，創世紀詩社在張榮發基金會舉辦「創世紀詩社 60 週年社慶大會」，系列活動包括內湖公共藝術作品〈迴〉揭幕、紀州庵文學森林詩人手稿及照片特展、《創世紀詩雜誌 60 年紀念專號》、《創世紀 60 年詩選》等 7 本相關書籍出版等等。

下，因為左高區的朋友說《創世紀》是屬於南部的，應該到老家來熱鬧熱鬧。很多老朋友都見了面；獨缺雪桑，遍插茱萸少一人，大家都感覺美中不足，特別想念這位老哥們。

　　記得《創世紀》創辦不久，雪桑就跟我們在一起，大家非常要好，跟我個人的關係更是密切。他本名施明正，雪桑是他的筆名，一位寫現代詩，畫現代畫的高手。他雖然過世多年，但他的作品仍然很有影響，文友們還是常常提起他來，我對他更是十分地懷念，想到過去的種種，心情也特別沉重。當時大家都是二十出頭的年紀，一天到晚「混」在一起；他雖然沒有參加《創世紀》的編輯工作，但他卻提出不少編輯上的建議，彼此無所不談，談文學、談藝術、談交女朋友，大家趣味相投，引為知音。那時候每個人創作的熱情都非常高昂，現在年輕人常說飆車什麼的，我們當年是飆詩。常常拿出彼此的作品，相互欣賞。雪桑的詩寫得相當好，但他從不輕易示人，述而不作；就是寫了，也很少發表，不像我們到處投稿，印象中他很少投稿。我曾勸他交一些詩給《創世紀》，他始終沒有答應，只說「不成熟，以後再說吧。」但是，你絕對可以發現，他是個對藝術有強烈熱情的人，只是自我要求嚴格，因此不輕易發表作品。像我跟他這麼親近，對他的作品，讀到的也不多。由於沒有發表，外界人很少知道他與《創世紀》的關係。

## 浪漫主義美男子

　　中國古代對於美少年，常常用「美丰儀」來形容，雪桑實實在在配得上這三個字。那個時候大家都是年輕小夥子，誰不愛美，但都穿不起西裝，也沒有別的衣服，都是下面穿著軍褲，一般人也看不出來是軍褲還是一般的褲子，上身披件價廉的香港衫，也就滿街跑了。但雪桑卻不然，在我的印象中，雪桑總是穿得整整齊齊的，整套呢料黑色西裝，打領帶，左口袋還放著一條非常漂亮的手絹，露出三角的邊邊，好一個考究的紳士！舉手投足間特別吸引女士們的青睞。

　　當時的南部，還很少有咖啡館，有的話我們也去不起；我們活動的地方主要是冰果店。所謂冰果店就是吃刨冰、喝點冷飲聊天的小店，現在的人已經很難想像那種地方了。炎夏日子，冰果店門口的招牌旁還畫著冰水結冰下淌的圖樣，旁邊寫著四個大字：冷氣開放，霓虹燈管閃呀閃的，格外有吸引力，我們一進去冰果店就不想出來了，那叫「孵冷氣」。

　　有一次在冰果店，來了一群女生，其中一個女生過來問我們說：「你們是不是臺大的？」大夥兒一聽心裡暗自高興，臺大對我們來說是一個遙遠的夢想，是門檻極高的學術殿堂，我們想去但根本進不去。我問：「你怎麼知道我們是臺大的？」那女生眼睛發直地看著雪桑說：「我不知道，但他一定是臺大的。」我又問：「那你怎麼知道他是臺大的呢？」那女生回說：「就是不一樣嘛！」

　　的確，一群人裡面，最引起注意的就是雪桑，真的稱得上氣質非凡，一眼就能看出他不一樣。我想中國傳統小說裡指的「鶴立雞群」大概就是這個派頭吧。

## 施闊口接骨院

　　我們除了常常在冰果店裡閒聊，更多的時候是在雪桑的家裡。他家在高雄火車站的正對面，是平房，有十多個房間的旅館。門口掛著一個招牌──「施闊口接骨院」，那是雪桑父親的名字，老先生開醫務所起家，是一位非常有名的接骨推拿醫生，已經過世多年。他生前把醫術傳給了下一代，由雪桑繼續行醫，接骨院還是掛著父親的招牌，四壁還有他父親的遺照、墨寶，以及病患們致謝的匾額等等。除接骨院醫務外，旅館的經營，也都交由雪桑主持。

　　除了接骨院雪桑親理之外，旅館業務他則授權給助手，剩下時間幾乎都用在文學和藝術上，寫詩、畫畫、讀書以及會朋友。

　　施家有好幾個兄弟，其中一個弟弟施明德也相當優秀，就是對臺灣的政治有很多不同想法的那位。當時明德還年輕，我印象中他總是穿著整齊的軍裝，臂章上還繡著砲兵學校的字樣。因為年齡的關係，這位雪桑的老

弟,那時跟我們還搭不上話;我印象最深的是,有時候我們幾個聊得正來勁,雪桑就讓他去幫大家買香菸。多年後他介入政治活動,被當局列為問題人物而流亡出走,成為臺灣有名的異議人士。好多年後我在臺北遇到他,他問我認不認得他,我說:「當然認得,以前你哥哥都讓你幫我們買香菸!」說完我們二人撫掌大笑。其實明德人很爽朗,很敏感,只是對文學沒有太大興趣,後來見到他時,他已經有政治獨行俠的形象了。

話再回到雪桑跟我一起玩的早年。那年代左高區計程車很少,私家車更少,我們出來都是坐公共汽車。公共汽車晚上 11 點就收班了,常常我們高談闊論過了 11 點,回不了營房,索性就在雪桑家裡過夜。若是旅館房間沒賣完,他就安排我們住在空房裡,有時候一人一房,也挺享受的;要是生意好,每個房間都住了人,只剩兩個甚至一個空房間,我們就用流亡學生的老辦法,在地上打地鋪,幾個哥兒們連床大被地,聊上一夜,不知東方之既白。

我們在他家裡談得最多的永遠是現代詩、現代畫,什麼超現實主義、波特萊爾的《惡之華》、梵樂希的詩和理論、T. S. 艾略特的長詩〈荒原〉等等。現代畫則談康丁斯基、畢卡索、馬諦斯等等。影響這件事是很奇怪的,全知全解影響小,半知半解反而影響大,所以雖然我們對現代主義一知半解,但心中的火卻是很旺的。雪桑因為懂一點日文,所以他發言的內涵就比較豐富,而常常成為談話的中心人物。

雪桑的詩和畫都是表達戀愛的題材比較多,這和他浪漫的性格有關係。他畫單線畫的素描比較多,我感覺,他的抽象畫跟楚戈的不相上下,都有一種才華飛躍的感覺。但還是那個老問題,他從來不開畫展、不發表作品,我每次催他,他總說他的作品還不成熟,以後再說吧。在我看來,他的畫比當時很多有名的畫家,段數都要來得高些;只是他的作品都擺在家裡,擺在他家旅館一間永遠上鎖的小房間裡,那小房間我進去過,堆滿了書。雖是好友,我也不好意思去翻看他的文件。另外,他也很少花功夫像其他畫家一樣經營他的名氣,因此知道他畫畫的人不多。

　　提到畫畫，雪桑當時最讚賞「東方畫會」[2]，他告訴我說東方畫會的一批青年畫家，多半是李仲生的學生，因為沒有錢，沒辦法擁有自己的畫室，於是就找到一個二戰時期日本軍方留下來的一個很大的防空洞，大家在裡面畫畫。洞中沒有窗戶，還要從外面牽電線，吊好幾個大燈泡在上頭，一群人大熱天就打著赤膊、穿著短褲在裡面揮汗作畫。雪桑對於他們這樣的藝術幹勁極為欣賞，我印象裡他好像也去過那邊幾次。東方畫會在氣味上和《創世紀》是很類似的，都是現代藝術的狂熱分子。

　　而當時另外有一些保守的人士，對所謂的「現代藝術」、「現代文學」感到不順眼，便罵現代詩和現代畫是破壞傳統文化的雙頭蛇，甚至還說搞現代藝術的人思想有問題，給篤信現代主義的這批哥們扣帽子。最令人不解的是，「東方畫會」有位畫家秦松，他的一幅作品〈太陽節〉，在巴西得了獎，卻被一些保守人士抓小辮子，說他思想不正確，害他無法前往領獎。[3]雪桑對這件事非常火大，他最痛恨政治干涉藝術的惡風。

## 司馬中原的文學茶座

　　有些時候我們也到鳳山去，軍中作家寫小說著名的司馬中原，為那裡的陸軍總部設計一個定期性的文學茶座，張默、洛夫、雪桑和我曾多次受邀擔任座談講員，活動規模很大。司馬在總部任職，他的家眷也在那裡。當時軍中規定，要到 35 歲結婚上頭才有配給眷舍、眷糧，提前結婚的話就得自理生活；司馬就是提前結婚，所以即使他當時已經出版長篇小說《荒原》、《狂風沙》等，文名大噪，他家裡還是窮得叮噹響，連牆壁上的破

---

[2]1956 年由李仲生畫室學生發起成立，初始以畫展形式活動，1957 年 11 月正式成立畫會，並於第一屆東方畫展發表成立宣言〈我們的話〉，指出：「我國傳統的繪畫觀，與現代世界性的繪畫觀在根本上完全一致，惟於表現的形式上稍有差異，如能使現代繪畫在我國普遍發展，則中國的無限藝術寶藏，必將在今日世界潮流中以嶄新的姿態出現。」以西方現代主義的前衛藝術手法，結合中國傳統內在精神，推動了臺灣繪畫的現代化運動。其中李元佳、歐陽文苑、吳昊、夏陽、霍剛、陳道明、蕭勤、蕭明賢等八人，被當時《聯合報》專欄作家何凡譽為「八大響馬」。
[3]1960 年，秦松以版畫〈太陽節〉獲巴西聖保羅雙年展榮譽獎；然因其〈春燈〉、〈遠航〉兩件作品被疑有汙辱元首之嫌，其畫作被取下查扣，獲獎取消，並於日後接受調查。亦連帶影響到當時正召集成立的「中國現代藝術中心」胎死腹中。

洞都是用紙板糊的。

　　司馬家的幾個小孩那時候還很小，很聰明也很野，在家裡跑來跑去，看見客人就跑過來說：「叔叔給我一毛錢。」司馬也不大管小孩子，都是隨便他們自己去發展的；後來他們家的小孩長大後各自都有很高的成就。

　　司馬中原辦這個文學活動確實下了很大功夫，連場地布置都有美工設計。我們不敢怠慢，每次去都穿得整整齊齊的，想著作家嘛，總應該要給人一種自由瀟灑的形象，但也只是上身香港衫，下邊軍褲一條得了；但雪桑是穿著他整套黑西裝，打著蝴蝶結領花，真是帥哥一個。他發言的時候都很有準備，事先把演講稿寫得整整齊齊，演講的時候就把稿子給丟了，給人一種不拘小節、口若懸河的感覺。常常散會後，我把他的稿子收起來拿回家裡替他保存，可惜後來我住的眷村淹了大水，那些稿子（包括他的詩稿）和我的讀書札記都泡了湯了。

## 玉山之將崩

　　隨著生活圈子的擴大，雪桑的酒量越來越大。我常對人誇口，喝酒很少有人超過我；但是跟雪桑不能比。通常我們都是中午 12 點以後才開始喝，他是上午 10 點鐘以後就舉杯了，晚上出來更是不醉不歸。

　　他有一次喝醉了對我說：「瘂弦吶，我非常喜歡你，非常非常喜歡。你記住我的話，從明天起，你就學習臺灣話。要說得跟臺灣人一樣好，等到事情來的時候，你到我家來……」這個話他說過我就忘了，反正大家吃了酒醉言醉語總胡說八道，我也沒把他的話當一回事。

　　幾年後我調到臺北，在政工幹校影劇系擔任教官，隨後洛夫也到臺北工作。張默去得比較晚，最後也到了臺北，《創世紀》編輯部主力遂正式北移。雖然三個人都離開了南部，不過，任何時候只要回到南部，我們就一定會到《創世紀》的老家左營軍中廣播電臺看看，也一定到高雄去找雪桑，免不了一起買醉、吹牛；但待不了太久，幾天後就得匆匆趕回臺北，大家不能像過去一天到晚膩在一起了。

## 政工幹校

我到臺北工作，還是在軍方單位。政工幹校雖然是軍校，但是它並不是一個完全以軍事科目為主的學校，它的課程設計也兼及軍事以外的文科。那時海峽兩岸正在政治角力，政工幹校的創設有點像是要跟對岸魯迅藝術學院[4]較勁的意味。政工幹校有音樂系、影劇系、美術系、新聞系、中文系、外文系、體育系，講起來還比魯迅藝術學院涉及的學術範圍要廣泛。但幹校的名字實在取得不好，什麼政工幹部學校，聽起來好像是一個情報學校，其實不是。當然軍事的課程也是有，但專業的課程更多而且經過相當細密的設計。

雪桑早知道我是幹校影劇系出身，但由於這名字的關係，他也一直認為幹校是學情報、政工的。事實上幹校當時的老師都是一時之選，校方採兼課制，幾乎把臺北各大學的名師都請了來，第一個請的就是梁實秋。梁先生說：「世界上只有長途汽車，沒有長途教授的。」於是學校就用軍中的吉普車去接他；不單是梁，所有兼課的老師學校統統以軍車接送，於是大家都來了。

我工作的影劇系除了梁實秋以外，還有俞大綱，講中國傳統戲曲，美學專家姚一葦，講現代戲劇，抗戰時重要劇人王紹清、京劇大師齊如山、莎士比亞專家李曼瑰等，教授陣容之強，很少學校能比。

雪桑最崇拜梁實秋。梁實秋一邊講莎士比亞，一邊講笑話，他說：「吝嗇的人吶，是開了燈，怕費電；關了燈，怕費開關。」又有一次梁實秋來會餐，席上我們向他敬酒，敬了酒之後，他客氣，向我們回敬。輪到我時，我說：「我已經喝多了，我喝半杯好不好？」梁先生說：「好，那你喝下面那半杯好了。」大家一聽都樂了。

---

[4]1938 年 4 月於延安成立，〈魯迅藝術學院創立緣起〉一文指出：「藝術是宣傳、發動與組織群眾的最有力的武器，培養抗戰的藝術工作幹部已是不容稍緩的工作，因此創立魯迅藝術學院。」設有戲劇系、音樂系、美術系、文學系等，附設有文藝工作團、實驗劇團、歌舞團、美術工作團等。

　　有天夜裡我跟雪桑聊天，提到幹校的種種，他聽得津津有味；不過他感興趣的科系，不是影劇系，而是美術系。他問我軍人以外的社會青年能不能報考？我說可以，不過畢業後可能會分發到軍中工作。對於這一點他表示不喜歡，最重要的是他要經營父親留下的接骨院和旅館，於是他念幹校這個想法只好打消。為了彌補這個遺憾，我去幹校要了很多專書和講義給他，特別是美術系的上課資料，他都認真讀了，過了很多年還留在書房裡，上面圈圈槓槓做了很多註記，這一層閱歷對日後他的美學素養和畫風，影響很大。

　　後來我、洛夫、張默搬到臺北內湖新村，《創世紀》進入內湖時代；而雪桑在高雄很少北來，大家不常見面。加上有兩年我去了美國愛荷華大學進修，我們各自也都結婚成家了，慢慢地大家就來往少了。

## 一角的山色

　　幾年後，我突然收到雪桑的一封信，說他現在住在一個地方，行動不便，每天只有放風的時候，才能看到一點點的山色。他信上說：「我每天抬頭望過高牆，只能看到山的一角。我在那一角山上卻看到了千百種的綠色。」他是畫畫的人，觀察自然、顏色、線條什麼的，是他最感興趣的；而他竟然在那有限的風景裡，看到千百種的綠色。那雖然是一個非常詩化的意象描寫，但在那詩意的形象背後隱藏了多少感慨！我從他信上的語句推敲，愈發覺得大事不妙！儘管信裡沒有說什麼，只說好久不見，很想念我如何如何。我看那封信上，還有指導員蓋的公家印章，信址沒有寫地名，只有軍中郵箱的編號，郵戳蓋的地點在臺北，是一個我不知道的地方。從種種的跡象判斷，我想他是被關起來了。在那戒嚴的年代，人命不值錢，很多人手裡拿本魯迅、郭沫若、茅盾的書都被關押起來。那時候我突然想起那快要淡忘了的，他過去喝醉酒和我說過的那番話，內心更是忐忑不安，好幾個晚上睡不著覺。不久，第二封信來了，他告訴我，他一個月只能寄四封信回家。我想他難得的寫信機會，給我寫了兩封，寄家裡的

信就少了兩封。他對我們的友情是這樣看重，我非常感動。

　　我想，他是個純粹的藝術家，怎麼會和政治扯上關係，一定是有什麼誤會，或是什麼樣意外的牽扯，才導致這樣的結果。那個時候如果朋友們誰成了政治犯，等於得了傳染病，人人走避，多好的朋友也極力撇清，走得遠遠的。政治犯是很嚴重的，若承認你跟政治犯是朋友那就更嚴重了。簡直是風聲鶴唳、草木皆兵，哪怕是一點點可疑，就要你的好看，任何的罪過都可以放在你頭上。

　　接著，一連好幾天，我就像是莎士比亞劇本〈王子復仇記〉中的哈姆雷特，心中一直追問「生存還是毀滅？這是一個值得考慮的問題……」擺在我面前的問題是：「我要不要回雪桑的信？」我要回了他的信，可能我也成了問題人物，說抓起來就抓起來，說定罪就定罪。但是我想，以雪桑跟我的交情，如果不回他的信，我還是他的朋友嗎？還算一條漢子嗎？考慮最後，我心一橫，回信！鼓起勇氣就寫了封回信給他。那封信是用中式的信封，左下方寄件人就寫上了我的所屬單位全銜：「國防部總政戰部政工幹部學校　影劇系　中尉教官王慶麟　寄」，就這麼付郵了。意思我擺明：「要辦就辦吧。這是我的朋友，我要回他信。」我常形容自己是「二楞子（河南土話）」，這次，咱們真的是楞到底了。那封信雪桑收到以後，非常高興，他回信說我的信對他是很大的鼓勵和安慰。

　　後來有朋友知道我回信的事，跟我說：這很了不起。當年雷震因為政治問題被關了起來，寫了很多信給胡適先生，希望胡適先生能去牢裡看看他。胡適先生只說「雷震先生知道我在關心他。」老是在那幾句話上打轉，就是不去探監。當時，胡適先生還是雷震主辦的《自由中國》雜誌的發行人哩。曾任該雜誌編輯的聶華苓形容胡適對探監問題「只在人情和鄉愿之間打轉」，就是不去看看，一次也沒有！[5] 其實以胡適先生的身分地位和德望，去探個監當局能拿他怎麼樣？講起來反而不如你瘂弦一個低級軍

---

[5] 編按：聶華苓，〈雷震與胡適〉一文提及相關記述，可供參照。該文收於聶華苓，《三輩子》（臺北：聯經出版公司，2011 年），頁 193～207。

官小青年了！對這話我的想法是：這兩件事不能拿來評比；胡適先生是前賢，各人有各人的行事原則，把這兩件事擺在一塊，我感覺不合適。但你若問我這一輩子做過什麼勇敢的事，給雪桑寫回信，確實算得上是一件。

我和雪桑陸陸續續又通了兩三封信，每封信上都有指導員蓋的章，意思像是表示看守所還在掌握我們的情況。我當時覺得，雪桑是個藝術家，跟政治扯不上關係；不過我轉念一想，這中間總該有一些辦法可以來解危的。於是我就設了一個計，施出了「絕招」，在信裡我問雪桑：「你們那裡有沒有中山室⁶？中山室就是閱覽室，那裡面應該有很多書，不妨看一看。特別是有一本《勝利之路》⁷，你一定要讀，這本書很重要。」雪桑是個聰明人，一看到我這個建議，他就知道我真正的意思了。不久，他在回我的信上說：「我念了好多遍，《勝利之路》寫得真的好。」

我不曾建議他念波特萊爾、梵樂希、魯迅，那些最時髦的書，讓他念這樣的書，他當然知道我的用意。後來經過一段時間，是不是這本書的影響我不知道，他果然就被放了出來。出來的時候我們提到中山室讀《勝利之路》的事，雪桑連說：絕招！

## 雪桑的世界

出獄後他也到臺北來了，在忠孝東路開了間「施明正推拿中心」，繼續做推拿。那時候他酒喝得更厲害了，不是一杯一杯地喝，而是一瓶接著一瓶，對著瓶口喝。他的病逝，跟縱酒有很大的關係；一個是縱酒，一個是女性，他在女性身上也花了很多的精神，不是他找女性，而是女性找他。那樣放浪的世界儘管美麗，但卻損害了他的健康。

後來我才知道他們施家在政治上的被懷疑的詳情，是雪桑和明德哥倆一起被關進去的。哥哥先出來了，而弟弟因為喜歡談論政治，關心臺灣前途的傾向鮮明，引來更大的反制，他曾易容逃亡，走向一條險路。這是大

---

⁶為軍中進行政訓、文康活動的場所，內有設置書櫃或書架，擺放書籍及軍中刊物供官兵閱讀。
⁷蔣經國著，1954 年由國防部總政部出版。

家都記得的。不過,他跟明正是兩樣的人,明正是純粹浪漫主義的文學家和畫家;明德卻有他自己政治上的堅守。無論如何,我認為政治想法是無罪的,但我們國家那時候就是這樣,有一點懷疑那就是要命的。我曾研究過臺灣情報人員的出身,他們有很多是早年上海青紅幫出身,對領袖絕對忠誠沒話說;但多半沒有智識,見風就是雨,不能舉一反三,了解時代的變化,壞了不少事情。

我跟明德本來沒什麼來往,跟雪桑後來是變得更加親密。我常常到他診所去,等他推拿完了,我們一起吃飯,在忠孝東路那一帶活動。那時候他藝術方面的進修並沒有停止,不過詩沒有怎麼寫了,倒是畫畫得很多。我鼓勵他開畫展,他卻仍然保持一貫的謙德,像對詩創作的態度一樣,他還是說作品還不成熟,以後再談。我甚至覺得他在繪畫上的成就,可能比詩還要高。但因種種因素,雪桑的畫跟詩,傳播不廣。我呼籲朋友們應該各寫一些紀念他的文章,如果知道他的畫跟詩,更應該鉤沉一番,發潛德之幽光,有計畫地整理他的作品,為這位天才藝術家呈現他完整的文學藝術事蹟。

欣聞《文訊》為他出了一部書,這是何等重要的事,為這位可敬、可愛的朋友,重建他的歷史,使他能夠有一部代表性的書傳世,比什麼都有意義,像張默、洛夫、司馬中原這些還在世的幾個跟他交往過的老友,都該寫篇文章紀念這個朋友,來呈現出雪桑整個的文學成就和為人瀟灑飄逸的風貌,以及對朋友的真情、義氣,那麼他在臺灣的文學藝術地位,就不會再是一個遙遠模糊的傳說。

後來聽說施家在高雄火車站對面的房子賣了,施闊口接骨院的招牌拆了,雪桑夫人也走了。有次我到高雄出了火車站,施家當年的旅館原地都變成了高樓大廈。想到雪桑,我欲哭無淚,有時候高雄那一帶我都不太想去了。但,我還有一個夙願:回臺灣到他的墳前跟他說說話,鞠個大躬,說:「雪桑,我來看你了。」

雪桑的葬禮在臺北第一殯儀館舉行時,我人在臺北,當我到了現場弔

唁，他的親友們，特別是一些政治上的人士都投我以驚訝的目光，怎麼會有一個外省人來參加他的葬禮？他們不知道我跟雪桑是好友，是生死之交，不了解我們共同擁有的回憶和夢想，以及我們一起面對的那個時代……。

我今年已經 85 歲，對很多老朋友相繼過世，很怕去想，因為受不了。但對雪桑之大去，我卻常常想起，我曾好多次夢到雪桑和我年輕時在一起的情景。

在過去老時代有種說法，如果兩個人感情好的不得了，就說我們是哥兒們。是啊，如果有人問雪桑瘂弦是誰？他一定會說：「他是我哥！」

本文記錄整理於 2017 年 11 月 27 日

# 行動美學的詩人

◎李魁賢*

　　施明正是朋友當中少見的富有浪漫氣質的文學家。

　　他值得被稱為文學家而無愧，因為他不止是文人，他的興趣不在舞文弄墨，他熱愛寫作，是熱愛生命的具體表現方式之一，他為了要替生命做見證而寫作，這種使命感使他全力以赴，常常廢寢忘食，弄得筋疲力盡，非寫到完成不肯罷休，接著只好休養生息，準備下一次的寫作。

　　他的寫作生命就是這樣一次又一次的高潮起伏，常常在最短期間內完成精彩的小說，然後休息很長的時間做準備，或者在短短時間內，創作一大堆的詩篇，每天完成好幾首詩，他的生命力常常在醞釀蓄積一段期間後，猛然爆發。

　　他以文體家自許，很在乎自創的獨特文體，有時候揮揮灑灑一瀉千里，句子長得令人喘不過氣，但流動性很快，像半山瀑布，展現強勁的衝擊力量。

　　事實上，他的長處不僅在於文句的創新性，他所創造的人物角色也表現了在狂熱的性格，即使在屈辱的受害條件下，也有一股不屈服的意志在反抗外在的壓力。

　　有一段時間，他特別喜歡暢談他是行動美學的實踐者，他以實際行動表現他的愛，他的關懷，他的感恩，然後自己肯定這種行動的美。例如，他極端讚賞他的四弟施明德，表揚他，稱他為奉獻者，共同體念行動美學的高階行為，為保護奉獻者而付之行動終於也受到政治迫害，同樣是一種

---

*詩人、評論家、翻譯家。發表文章時為臺灣筆會副會長，現為世界詩人運動組織亞洲區副會長。

奉獻者的行為。因此，他傾其所有，不留一點積蓄，全部奉獻給為奉獻者奉獻而受難的人，自己還耿耿於懷說還不能彌補難友的損失。

他的行動美學也表現在他的真情流露。他只願出現在他所認同的文學性集會上，聽到發言者說出共鳴的心聲時，他會忘情地鼓掌叫好，甚至起立喝采，而不顧旁人毫無反應。某些情況下，他也會激動得站起來說話，雖然口齒不算很流利，但出自肺腑的衷情，常常使人動容，連他自己也會說到嗚咽而欷歔不已。

他這種浪漫氣質的行動美學，逼著自己的生命和時間賽跑。在他說有生之年繪畫數量要超過畢卡索的時候，他一天要完成一幅油畫，幾十張素描。每次去他的推拿中心，就可以發現又掛滿了新的作品。

他到處鼓勵朋友努力賺錢來蓋美術館，對我這種沒有商業細胞的人，也列入對象，說一定要捐給我 100 幅畫，要我僱小貨車去挑喜歡的，到湊滿 100 幅為止。有一次完成一幅大約是 100 號的巨畫，擺在推拿中心的熱帶魚水缸前面很久，一直要我去搬來掛在我的辦公廳。這些都是他的寶貴財產，我怎麼敢要，被他逼得很緊的時候，我就故意拖了好久不去看他，好讓他淡忘。他為我繪了二幅肖像，我只拿了一幅珍藏。

他把醫病救人也列入他行動美學的領域，他認為生命最美，而救人、維護人的健康的行為更美。他疼惜臺灣文學藝術同道，不吝誇張地讚譽同道是肩負臺灣文化資材建設的人選，顯見他對臺灣的熱愛和執著。

他的行動美學也表現在嫉惡如仇的品德上，他所不屑者，絕不與之周旋或交往，對討厭的人物則疾言厲色，但對能夠剖腹相見的人才會吐露心聲。

他熱愛生命，卻對自己的生命揮霍，無論在創作或醫療行為上，毫無節制保留。我曾勸他注意生活的規律，他說時間不夠用，一天要當兩天用。後來我同意他，因為時間不能創造，如果一天當兩天用，就可以完成兩次的生命，這應該是行動美學的終極吧！

施明正，以短短五十出頭的時間，最後以絕食者的姿勢奉獻出他的生

命，其實，他的行動美學使他有意義地活過了百年。

《臺灣時報》，1988 年 9 月 7 日

——選自李魁賢《浮名與務實》
臺北：稻鄉出版社，1992 年 3 月

# 歷史會明晰他受難的形象

## 追悼施明正

◎李敏勇*

一個沒有歷史意識的族群或個人,是可悲的。

認識歷史,從而,在已經走過的肉體和心靈的軌跡去辨識開展的方向,一個社會才能積極地踏出自己的道路而不迷失。

臺灣的歷史是苦難的歷史。這個島嶼的人們奮發向上,敦親睦鄰,為了墾拓出一片美麗家園。但是近百年來,她的子民歷盡滄桑。在顛沛的歷程,一邊跌倒一邊發現。迄今,仍然未能對自己的前途有主體性的掌握。

認識歷史,從已經走過的先民的經驗去汲取教訓,不讓已經嘗試的錯失,和已經流溢的血淚再成為遺憾。臺灣人需要具備健全的歷史意識,才能光榮的存活。

歷史不是為了被後來的歷史家去研究而存在的。它是我們已經走過的路,已經穿經的身影。現在的立足點和未來的方向掌握都要依據對歷史的自覺去掌握。

二二八事件是臺灣戰後最大的歷史苦難,我們族群喪失了最多的菁英。這種歷史的夢魘,曾經是臺灣人精神史上的鬼影子。但是,在臺灣人發起二二八和平日運動時,它已經不是夢魘,而只是教訓。臺灣人不以報復的心去對待加害的族群;而從被害的立場去嘗試解開死結,透過自我治療去追求和平的降臨。這樣的精神顯示臺灣人心靈和智慧的成長,也呈現臺灣人性情和性格的完熟。

---

*詩人。發表文章時任臺灣筆會祕書長、《笠》詩刊主編、臺灣文藝社長及臺灣人權促進會執委。

　　二二八事件並不是臺灣人苦難歷史的結束。各種大大小小的政治性苦難仍然降臨臺灣人的身心。像美麗島高雄事件、五二〇事件，都在臺灣人的心版上烙下印記。迄今，仍未顯示統治者的政治智慧足以撫平這些傷痕。

　　苦難的歷史使臺灣戰後社會的發展呈顯畸形。政治力的困厄造成文化生態的破壞。雖然臺灣人自力救濟造成經濟的相當程度的繁榮。但是，因為文化生態的破壞，意義喪失健全發展，價值倒錯。

　　在苦難的歷史中，追尋正義和公理必須背負龐大的災難。施明正和施明德和另兩位兄弟，1961 年一起因政治的理由入獄，就是一個事例。施明正度過五年監獄生活後出獄，以行醫為生，他並是一個詩、小說、繪畫三絕的藝術家。而施明德於美麗島高雄事件後再度入獄，為此一事件唯一尚未獲釋的受刑人，目前處於絕食狀況，僅靠強制灌食維持生命，隨時處於危急狀態。

　　人權救援團體、臺灣的文學界、學界呼籲政治當局表現智慧而不要發揮權力讓施明德無罪釋放，均不獲當局同意。這種僵局引起朝野緊張，而且隱藏著危險性。政治運動者施明德的行止成為臺灣政治抵抗運動一個鮮明的受難形象。而他大哥，文學藝術家施明正，則提供了另一種奉獻典型。由於長期壓抑，處於政治困厄的精神狀態，後於施明德被強制灌食期間受到重大的刺激，終日只飲酒並拚命工作，因而身心衰竭入院急救，以至不治死亡，為其四弟絕食求死的行程給出最具體的回應與實踐。

　　施明正在他四弟施明德處於被強制灌食以維繫微弱生命，而且幾經救援無法獲釋的這段期間，發願要繪製百幅以十字架為意象背景的自畫像。雖然僅完成了三幅，但這三幅連作呈顯出受難人的形象，十分明晰突出。在政治困厄中的人的主題，襯托在十字架構成的信仰圖像裡，陳述出強有力的生命的證言。也吟唱出微弱而不幸的生命的悲調。毫無疑問的，提供我們解讀施明正最後生命行程的語言。

　　他最後生命行程的語言是他精神史的終章，構成在臺灣歷史行程的裡

面，成為島嶼歷史的縮影。如果，我們不能用這樣的視野來看施明正的死，就不能解釋他犧牲的意義；不能解釋他犧牲的意義，就無法認識臺灣歷史的投影。不認識臺灣歷史的投影，臺灣人就無法辨識應開展的方向，起動應前進的道路。

施明正是一個文學家、一個藝術家，他不是一個政治運動者，但他以藝術的實踐，他以獨特的行動美學所完成的創作——生命的犧牲，是透過長期的自我毀滅以及短期的自我摧殘而完成的犧牲，卻完成了重大的政治意義以及文化意義。值得我們用更廣闊的角度，更深遠的程度來加以凝視和考察。

歷史會明晰他受難的形象。為了在顛沛的歷程上開展出沃野和樂土，島嶼臺灣的人民應該從他受難的形象去體認歷史意識，從他受難的形象去和已經留在歷史的所有受難的形象鋪成軌跡，才能話出個人和族群的尊嚴和榮光。

## 施明正的詩

> 是的，我們是九月的候鳥到達
> 西太平洋的孤島，我們喘息
> 我們欣羨島嶼的美麗風光
> 我們駕著和風，化成浪花，在綠島的藍空翻騰
>
> 我們長著讓人妒羨的翅膀
> 我們不必護照，我們隨時越騰人造的國境
> 我們沒有職業，沒有房屋
> 可是到處是糧，隨地是家
>
> 我們沒有牢獄，沒有密告，誣告
> 沒有死刑、勞役、剝削
> 我們自找自吃，頂多只在兒時剝削過雙親的口糧

當然我們也沒有暗殺

因此我們也就沒有線民與警察
更沒有冒充特務的流氓
我們雖有人類羨慕的自由，可是佈著陷阱
把我們烤成一串串鳥仔疤的，竟是高呼自由
與和平的人

——〈候鳥〉

打從自織的愛網逃出的我喲
豈不知仍被罩於更大的網罟
因我無時無處不在吐著愛絲
綑縛我自己的不僅是您的鍊

迴避更大情愛那試煉場的我
我喲我逃入愛網的糾纏如蠶
眼看眾多苦鬥於歷史的良心
已不得不付出被無情的摧殘

——〈囚〉

站在音樂的波濤上
吉祥如基督
我的心遊於鮑羅定廣大無垠的
「中亞細亞草原」

我出自蠕動的追慕透過指頭
像青色的狼煙
在深寂的暮色中
遍地升起

魔術似的

在病榻
我的巨掌在人們疼痛的身上
拔刺
透過指頭的訊息

曾像弄蛇人的舌尖
弄醒了修女心裡冬眠的蛇
也像基督拯救
瞎子　跛子　癱子以古老而現代的推拿
拯救唯見肉身的自己

——〈囚禁的基督〉

抓剝指爪的是誰
是鷹身，那靜靜的美體
是專注于抓剝的靜穆

是飽餐後的剔牙
是磨鈎、磨劍
是為免於飢餓慣性的預習

我卡死在妖戀的慾甕引魔入體
讓鬼入魄的是我魔鬼的自畫像
上下艷紅的雙瓣花層疊成我的十字架

——〈擊與愛〉

悲憫呀！悲憫，悲憫生之不易。
悲憫歡樂的難得，悲憫我愛的孤寂
悲憫您外靜內亂不穩的習性
悲憫您年華消失風韻猶存的睹注，那魚

悲憫我的愚蠢，因我曾憤怒

悲憫我從一再提升中墜落

悲憫我氣可吞河的心胸驟然萎縮

悲憫我竟也像您慘被嫉妒所傷


主啊！願主賜我寬恕，我哀禱

主啊！願主給您寧靜，清澈的感性理性

主啊！願不義的意圖那髒手，遠離

主啊！願黑色的怨恨被明日的旭光驅散


主啊！願正義的歡樂像彩霞永浮人心

主啊！願陷害的烏雲恆被義掌拂開

主啊！願試探的酷刑永遠消失，或者

主啊！願花似醉般可淫亂的權笏賜給悲憫

──〈賜〉


──選自《笠》第 148 期，1988 年 12 月

# 孤獨憂鬱的「魔鬼」施明正

◎向陽*

一

　　突然想起施明正（1935～1988），這位自稱為「魔鬼」的秀異小說家、詩人和藝術家。當我下筆寫此文時，翻查資料，才驚覺此日 8 月 22 日也是他為聲援獄中絕食的四弟施明德而絕食，終至以肺衰竭過世的日子。算來，他離開這個讓他痛苦的土地已經 28 年了。

　　28 年後的此際，想起本名施明秀的施明正，是因為正在編輯為國家人權博物館籌備處主編的《打破暗暝見天光》一書，這是我策畫主持的人權文學講堂演講的結集，其中特別規畫了一場由小說家宋澤萊主講的「渴死者——施明正絕食到死的原因及其小說的時代意義」，另有一場請施明德講「不被監獄馴服的自由人」，兩場演講中施明正都被提到，我閱讀已經處理好的講稿，特別是宋澤萊的長稿，一開頭談的就是施明正絕食到死的原因：

　　　　一個是他想要救援正在三軍總醫院絕食的弟弟施明德，所以他本人也只好用絕食來向國民黨政府施壓，不料卻不獲回應，因此只好繼續絕食，歷經四個多月終於死亡。另一個原因是他的身體不好，在長期的酗酒之下，身體非常虛弱，本來就沒有絕食的條件，他卻不加以注意，因此絕食到最後，引發肺衰竭，呼吸困難而死。這兩個原因可以算是首要的原

*本名林淇瀁，作家、詩人。臺北教育大學臺灣文化研究所教授。

　　因，也是直接的原因，但不能說是絕對的原因或是唯獨的原因。

　　宋澤萊在這兩個可能的原因之外，特別指出施明正的絕食還有文學的原因，分別是「難以背負的冤屈以及難以面對的荒謬世界」、「叫人顫慄發狂的特務偵伺與騷擾」、「難以承擔的自我屈辱和他人給的屈辱」、「視獄中的自殺為一種行動美學」等原因。宋澤萊的分析，讓我想到我在 1985 年到 1988 年間熟識的施明正，的確是通過他的書寫（小說與詩），還有他的舉止言談，透露出這些絕食自殺的預兆與訊息，只是即使是在他晚年與他常有往來的我，當時也未必能清楚這些「預兆」，如今事後追想，施明正晚年的身影，如在眼前，更覺不捨。

二

　　我與施明正認識，是在他大量發表小說創作之際，1980 年代，施明正在臺北忠孝東路開了「施明正推拿中心」，並在《臺灣文藝》發表〈渴死者〉，獲吳濁流文學獎小說佳作（1981 年），同年由文華出版社出版他的詩畫小說合集《魔鬼的自畫像》，其後又發表〈喝尿者〉而獲吳濁流文學獎正獎（1983 年），並由前衛出版社出版他的短篇小說集《島上愛與死》（出版後即遭警總查禁）。當時我擔任《自立晚報》副刊主編，報社在濟南路二段，與他主持的推拿中心近在咫尺，走路只消幾分鐘路程，但初時也只有電話聯繫，並不算熟。

　　真正與施明正較常往來，應該是 1985 年的事。當時我常到他的推拿中心，與他聊天，我們談的多半是詩、他的小說，偶爾也會觸及政治；這年 6 月，他準備出版《施明正詩・畫集——魔鬼的妖戀與純情及其他》，希望我為他寫篇序，我因此熟讀了他的詩作，並以「變奏者——點描施明正的《魔鬼的妖戀與純情》」為題，指出他的詩「自成系統地描摹出了他的愛恨思感，也強烈寫下了他在妖戀與純情的矛盾中自我療養的悲喜。」

　　但當時我沒注意到的是，我在序中引了他兩首詩，其實也都透露了一

如宋澤萊所分析的「渴死」訊息。共中一首〈乞〉這樣寫：

> 由活在永恆的十字架
> 那個人之旁，自我放逐，而又歸依
> 形成了我的病歷表
> 記載著我人格昇降的
> 病例。自模稜的人際
> 乞活的我，唯有越騰人菌
> 越騰到無菌的零下高處
> 那不勝孤寂的嚴寒
> 我乞憐悲憫及於眾生，恆向人群

　　這首詩表達了施明正內心的孤獨，以及對於充滿「人菌」的人間世的無奈，而有著「越騰到無菌的零下高處」的心境，儘管詩末說「我乞憐悲憫及於眾生，恆向人群」，實則已透露了他告別「模稜的人際」的渴望、想要奉獻生命來救贖人群；另一首是置於終篇的〈凱歌〉，我節錄了三行：「為死後的殘留，詩人喲／別再迷戀妖戀，您得趕緊／趕在死亡之前，繪下生命」，當時我認為這是他「強旺的生命力」，是「他的執著狂熱」的精神所在，如今想來，這卻又好像是他為晚年的絕食預發的訣別詩啊。

　　一如他的小說總是充滿自傳意味，他的詩可說是內在心靈的告白。施明正出生於天主教家庭，16 歲之前是虔誠的天主教徒，之後因為追求文學藝術，投入詩神繆思的懷抱，18 歲遠離教堂，32 歲出獄之後失魂落魄，只在痛苦時才呼喚天主，直到創辦推拿中心之後才再回到天主教，這就是他在詩中說「由活在永恆的十字架／那個人之旁，自我放逐，而又歸依／形成了我的病歷表」的背景；然而他總是存活在聖靈和「魔鬼」的矛盾之中，他對文學、藝術、愛情的浪漫追求，最後卻因為 1962 年與施明雄、施明德兩位胞弟共同涉入「亞細亞同盟案」（或稱「臺灣獨立聯盟案」），以

「參加叛亂組織」的罪名被判五年徒刑而中輟（同案施明雄五年、施明德無期徒刑），並且導致他人生的巨大轉折和心靈的嚴重挫傷。

我認識施明正時，正是他來到臺北重建自己人生的階段。最深刻的印象是他酒不離手，一杯一杯地喝，彷彿把酒當成了開水；其次是，一進入他的推拿中心，就可看到牆上掛著蔣經國照片，他言必稱「三民主義統一中國」、「偉大的領袖」，這在他的小說中也是常見的，如小說〈指導官與我〉中就有不少類似的片段回憶，他寫到美麗島事件之後，自己經常整個月足不出戶，「想到寫過這類小說（〈喝尿者〉等等）的施明正，還能自由自在地喝著洋酒吸著洋菸、戀著愛、醫著病人，豈不是我自由中國之所以能夠以三民主義統一中國的明證。」

我可以強烈感覺他對曾經遭受的牢獄之災的恐懼，我們即使聊的是現代詩，他最尊敬的兩個詩人，一個是紀弦、一個是瘂弦，這兩位曾是他年輕時期寫詩的偶像，他也不時會脫口而出「三民主義統一中國」，我感覺那好像已經深深植入他的腦中，成為他的口頭禪，作為一種盾牌與自我保護的假面，那是在人生最黃金的階段落入白色恐怖牢籠的施明正唯一可以衛護個人自由的方式了。

隨著交往漸多，喜愛閱讀《自立晚報》的他，偶爾也會問我，「在自立報社工作會不會害怕？」這類的話，1984 年 3 月 13 日，我主編的《自立副刊》因為刊登林俊義雜文〈政治的邪靈〉一文被警備總部以「為匪宣傳」罪名查禁，其後不久我遭約談的事，他也知道。我大略把案情說了，並告訴他，「當然害怕」，他回答我：「你要感謝大有為政府仁慈恩典啊，你沒有被抓、沒有坐牢，這就是自由中國言論自由的充分證據啊。」我只能苦笑，在那樣的年代，他比我勇敢百倍，但他每每自稱是個「廢人」、「廢科」、「心靈殘廢者」，說完他也苦笑，又喝下一口酒。

三

美麗島事件之後，臺灣的政治開始了巨大的變化，黨外運動更加如火

如荼展開。這個階段的施明正內心的驚懼、恐慌可想而知，他的紓解方式就是以文學創作、畫畫、為病人推拿來療傷。這意外地使得臺灣文學出現了一個傑出的小說家，他透過自傳性很濃厚的小說，寫出白色恐怖年代臺灣人心靈中的懼怕、徬徨和無奈的傷痕，同時也見證了一個大扭曲年代的政治邪靈的處處存在。在詩中，他是一個變調的琴手；在小說中，他是一個暗啞的歌者。

施明正的快樂，只存活於未入獄之前；他的豪氣和英挺，也都留給尚未入獄前的時光。1986 年 2 月 18 日，在他的推拿中心，談啊談的，他興致很高地告訴我：「你沒看過我年輕時英俊的樣子吧？等我一下！」就走入臥室，拿來一張 22 歲時拍的照片，在照片背面寫下：「向陽：我 22 歲時，攝於海軍砲 111 艇泊在基隆　明正贈」。那時他進入海軍已一年，擔任電信一等兵，英俊挺拔，隨艦艇巡邏臺灣海域，意氣風發，又喜愛文學、藝術，受到紀弦、瘂弦的賞識，人生一片光明，那是一如施明正所說「現代詩盟主紀弦心目中的能詩能畫能酒能戀的美青年。」（〈指導官與我〉）2016 年的此際，我看著這張 30 年前施明正贈我的照片，讀他書寫此一時期遭遇的〈指導官與我〉，方才理解他對政治剝奪掉他的青春和人生的憾恨。

其實，就在這個時期，一如〈指導官與我〉所述，他的推拿中心，總不時會有不同單位的調查人員「來訪」，讓他不堪其擾，他之所以「三民主義統一中國」話不離口，應該也跟這有關吧。1986 年冬，施明正跟我提到畫家林天瑞（1927～2003），說他在「亞細亞同盟案」後受到偵訊時，因為被嚴厲要求須交出五個朋友的名字，先寫紀弦和瘂弦而不被接受，最後只好寫下林天瑞，導致林被約談，從此成為陌路，直到 1983 年農曆年後才復交；又說林天瑞被約談後，出現恐懼症，曾經屎尿失禁一個多月，繪畫生涯因此停頓，讓他深感對不起，幸好林天瑞療癒復出，將開畫展。他問我想寫一篇文章推介林天瑞的畫，不知可否？我說當然可以，我來安排刊登。

幾天後再見面，施明正已經寫好題為〈試論林天瑞畫展〉的評論交給

我，施明正在這篇短文中直指好友林天瑞過去的畫「總畫過了頭」、「畫僵了」，他以知己也懂畫的角度提了一些建議，接著才提優點，迥異於一般畫評的一味吹捧。施明正寫小說時的狂誕和浪漫在這篇評論中不見了，取而代之的是對至交老友的理解。文中提到同去看畫展的畫家盧亮光問他：「他（林天瑞）是否很寂寞、孤獨？」施明正如此回答：

> 他總有不少仰慕他的人。但是那些人根本無法進入他的殿堂。因為他把美術、文學當做是宗教那樣地敬仰著，而又羞於告訴別人，他是如此這般的人。因之，他總會以其反諷、逆說式地大開藝術、人生、自己的玩笑。

我看到這裡時，不禁笑了開來，這人不也是施明正自身嗎？他的小說不是一直就用反諷和逆說來嘲弄輾壓過他的威權體制和政治嗎？他和林天瑞都是白色恐怖統治的受害者，也都是文學藝術的追求者，他們在對方的作品中看到自己的靈魂，最後終因文學藝術的復歸而救贖了自身，也化解了畸形年代帶來的誤會與傷痕。

## 四

1985 年，江南案爆發，施明德在獄中展開無限期絕食，後來又被移到三軍總醫院強制灌食，此後即不斷反覆展開。人在獄外的施明正照常為人推拿、寫作，但他的內心也一定充滿著不安、焦慮和年輕時被關押的噩夢吧。面對著四弟施明德反抗威權體制的強者形象和當時社會對施明德的尊崇，他內心裡頭一定也有著某種說不出的苦楚、矛盾和悲哀吧。

我看到的他，總是和酒連在一起，喝酒或許是他回應這個讓他失去尊嚴的國家體制的唯一反擊。1986 年夏天，家母來臺北，因為為孫女把尿而腰椎受傷，我每天下午就陪家母到施明正的推拿中心，麻煩他為家母推拿。他一邊推拿，一邊與我說話，隔不久就喝一口酒，家母初時很難適

應，總覺得怪怪的，但推拿一個月下來腰傷就痊癒了，此後未再復發，他的醫術並未因為他長年的心靈創傷而有任何倒退，當他推拿傷患時，他的手就是醫生的手。

大約在這之後不久，有一天施明正跟我說，他要為臺灣作家塑像，約我找個時間過去推拿中心，我依約前往，他在推拿中心的一個角落已經放了一尊塑像，是詩人李魁賢的石膏像，當時常去看他的多是詩人，趙天儀、李敏勇和我都是。寫詩的施明正不改他對詩人的偏愛，就這樣，他要我坐他前方，一邊聊天，一邊喝酒，一邊塑我的頭像。其後送去翻模為石膏像，送我做紀念。

我與他最後一次見面，是在他過世前一個月吧，1988 年 2 月，報禁解除，自立晚報社創辦了新報《自立早報》，我也由副刊主編轉任《自立晚報》總編輯，必須總攬編政，指揮記者採訪和報紙編版，工作加重甚多，只能偶爾有空再去看他，七月中吧，他打電話來，約我去他那邊，剛好詩人王麗華也在，中午驅車到陽明山土雞城用餐。席間他依然談笑風生，但只喝酒不吃飯菜，我雖覺奇怪但沒問他原因，用餐後一起下山，我回報社工作。

再接到消息時，已是施明正為施明德絕食去世的訊息，這簡直難以置信，但若以當天他只喝酒不吃飯菜的情況來看，八九不離十，而我卻以為這是他長年的習慣，沒想太多，終至天人永隔方才意識到他是有意絕食且堅持至死。

施明正過世後，小說家黃娟在〈政治與文學之間——論施明正《島上愛與死》〉文中說，施明正的自畫像，只剩下這幾個字可以充當畫題：「孤獨、憂鬱和深深的寂寞……」這出自施明正小說〈遲來的初戀及其聯想〉的句子，的確是施明正生命最真實的寫照！

自稱為「魔鬼」的施明正用他的創作，說明了他的才氣和美善；曾被認為也自認為是「懦夫」、「廢人」的施明正則以他的決死，證明了他的執著與勇敢！一如施明德在他基碑上刻下的墓誌銘：

他用生命鑄造了畢生最輝煌的詩

他用生命揮灑了畢生最亮麗的畫

──選自《鹽分地帶文學》第 65 期，2016 年 8 月

# 以生命撞擊藝術的「魔鬼」

## 《施明正集》序

◎林瑞明*

　　施明正本名施明秀，1935 年生，高雄市人。高雄中學畢業，最高「學歷」，曾於 1961 年受其四弟施明德之影響，而以「叛亂犯」三兄弟同時繫身臺東泰源監獄。1967 年於泰源監獄寫了第一篇小說〈大衣與淚〉，發表於《臺灣文藝》第 16 期，展開了他的文學生涯。1970 年代初迭有詩作、小說發表，亦狂熱於繪畫、雕塑，具有多方面的藝術才能。一度蟄伏停筆多年，1980 年代再度出發，猶如火山爆發。1981 年以〈渴死者〉獲吳濁流文學獎小說佳作獎；接著再於 1983 年以〈喝尿者〉獲吳濁流文學獎正獎。這一系列的監獄文學，宋澤萊曾在〈人權文學巡禮——並試介臺灣作家施明正〉一文中，肯定其作品「刷雪了三十年來文學遠離護衛人權的恥辱」。施明正在臺灣現代文學史上，具有無人可以取代的重要位置。

　　施明正於第一篇發表的小說〈大衣與淚〉，已充分展現了文學才情，並且預示了未來的創作方向。在這篇三千字左右的短文中，他藉著在南下列車的假寐中，一對六十出頭的老夫婦，擔心他凍壞了，而為他披了件黑大衣；回想起自己的父親生前的種種，喪禮中的情形以及自己的狂熱於繪畫、自陷於情慾狂的深淵。施家一族的形貌已隱約浮現，〈魔鬼的自畫像〉系列作品在 1970 年以後發表，我們看到了施明正風格的私小說。和先前的〈大衣與淚〉不同的是，不再謹守以最少的文字做最大的表現之傳統寫作方式，而是以內在成長經驗和外部生存環境的變化，做盡情的表達，

*發表文章時為成功大學歷史系副教授，現為成功大學名譽教授。

以「魔鬼」自況，得以深入情慾的世界，勇於解剖自己的內在，實則是剖析了人性最為矛盾、複雜的一面。家族成員亦一一出現在他的作品中，個個具有叛逆性。在〈遲來的初戀及其聯想〉中，施明正追述了自己的家族史，中有一段提及「如果沒有先父的要求，和先母的力行，也許我們兄弟不至於如此多災多難，我們不也可以像平凡的芸芸眾生，過其平凡無懼的一生，不必追求、嚮往、執著於改善人類良知的諸多波濤裡。」施明正夾敘、夾議的文體，意識流的天馬行空打破了時空的次序，卻又在〈魔鬼的自畫像〉系列作品中，建構了施家家族史。在戰後臺灣文學的大河小說中，鍾肇政的《臺灣人三部曲》以龍潭陸家，李喬的《寒夜三部曲》以蕃仔林的彭家、劉家，來象徵臺灣人近百年來的命運；而施明正在他的短篇小說中則寫活了影響現代臺灣深遠的施明德家族，而且不加虛飾，呈現了有血有肉，有優點有弱點的傳奇性家族。

〈島嶼上的蟹〉，則是 1979 年美麗島事件之後，施明德成為全國通緝的江洋大盜以及美麗島大審之後的作品，追溯了因收留施明德而亦入獄的許晴富（Long）及施家兄弟年輕時代的青春歲月，血淚的作品而夾著自己的私生活、戀愛史。第一節中「苦戀劫」，我們看到了自稱具有「魔性」的施明德，其實深富人性，在這裡並且昇華為「神性」。「魔性」與「神性」之中，我們看到了活生生的施明正。掌握真實的生命，是施明正文學創作與藝術的原動力。

施明正少年時代即喜歡文學藝術，曾自言「窮我十生，逃也逃不出地深陷於如此迷人的文學藝術酒池那般，樂此不疲……」，但作為一個政治受害者，使他自認是「天生怕死」的人，每每需要以酒精麻痺自己：他的佯狂，其實含有自保之道。而這樣的「天生怕死」的人，在文壇前輩鍾肇政的鼓勵之下，也寫了〈指導官與我〉、〈喝尿者〉、〈渴死者〉……等系列。這是不在其境無法寫出，在其境而不具文學才情也無法表現的震撼人心的作品！

〈渴死者〉以大陸人為主角，年輕時代曾參軍抵抗日本的侵略，來到

臺灣之後，在中學當教官，有天在臺北火車站前，高唱某些口號，被以七條起訴，關入監獄，而成為「金屬哀鳴下的白鼠」。施明正在文中描寫這個對生命絕望的人：「可是，我總覺得這個人，像極了文學名著裡的悲劇人物。我注意到他在接到起訴書後，一直沒有打開過。他幾乎是我所看過的犯人中，東西最少的。沒有筆、沒有紙，沒有顯示他坐牢以前帶在身上的任何東西。」雖然只被判七年，但他決心尋死，嘗試以各種方式結束自己的生命，以鐵柵擊頭、以發霉變硬的十多個饅頭和不知幾加侖的水，好讓自己脹死。嘗試過各種方法不成之後，「就像蠟燭即將燃盡那樣，一匹壯年的困獸，在無眠無日地揮霍他有限的精力下，終於變為疲憊、無力、失神和虛腫。」令人驚心的是在這種情況下，這個囚犯，「脫掉沒褲帶的藍色囚褲，用褲管套在脖子上，結在常人肚臍那麼高的鐵門把手中，如蹲如坐，雙腿伸直，屁股離地幾寸，執著而堅毅地把自己吊死。」施明正以平淡的手法，精準的用字，寫活了〈渴死者〉。

〈喝尿者〉則以一姓陳的金門人為主角，因匪諜罪被捕，面對死亡的威脅，以告發獄友來獲取減刑，而以每天喝著自己的尿液來治療自己的「內傷」（贖罪感）。在這篇小說中成功地描繪了監獄世界，人性在牢獄中的扭曲。當施明正將各種不同的放屁聲響文字化，以型構監獄中的各色人等的特色，我們看到了他細緻的寫實能力，這樣的表現方式也是前所未見的。

施明正，這位自稱「魔性遠比神性多了三分之一」的現代傳奇者，於1988 年 8 月 22 日因肺衰竭而死於醫院。當時他的四弟施明德正在長年監禁中又一次進行絕食抗議。稍後家屬及各界以天主教儀式為他舉行了葬禮。生前結集出版的作品，依序是《魔鬼的自畫像》（臺北：文華出版社，1980 年 8 月）、《島上愛與死》（臺北：前衛出版社，1983 年 10 月，旋遭查禁）、《施明正詩‧畫集──魔鬼的妖戀與純情及其他》（臺北：前衛出版社，1985 年 12 月）以及《施明正短篇小說精選集》（臺北：前衛出版社，1987 年 8 月）。

——選自施明正《施明正集》

臺北：前衛出版社，1993 年 12 月

# 施明正和他的白色恐怖經驗文學

◎彭瑞金\*

　　施明正（1935～1988），出生於高雄市，其父為高雄名人施闊嘴，開設接骨傷科「診所」。施明正高雄中學畢業後，致力於追求「文學、藝術、推拿」，1962 年，因受其四弟施明德「亞細亞聯盟案」牽連，入獄五年。在獄中開始寫作，出獄後投稿《臺灣文藝》。早期的作品高度強調他的唯美主義及自我，像是浸泡在藝術酵素中過久的、有些酸味的文學。他寫詩、寫小說，也作畫，自稱，20 歲以前是「追求完美藝術的年代」。

　　他在「施明正詩、畫、小說集」，也是他的第一本作品集《魔鬼的自畫像》的〈自序〉中寫道：「追求文學、藝術、推拿三十幾年，愈追愈深、愈廣，愈追愈覺人生之苦短，在不斷的追求過程中，我自始就是一個追慕完美的理性主義者，因此，我的詩、畫、小說、推拿，已和我的生活融成一體。我們兄弟的生活，肇始於名醫先父施闊嘴有計畫的擇地、播種、萌芽、成株發葉。」施明正出獄後，肯定做過不少工作，1970 年代初，我第一次遇見他時，他正在龍潭與人合作蓋「販厝」，顯然並不成功，詩、畫、小說，也肯定無助於他的實際生活，只有得自父蔭的「推拿」解決了他作為前政治犯的現實生活問題。1980 年代以前，他在高雄開設「施明正推拿中心」，其後遷居至臺北。

　　由於熱中於繪畫、推拿，文學作品的產量並不豐富，1980 年代、臺灣文藝雜誌社出版的《魔鬼的自畫像》收入〈魔鬼的自畫像〉、〈遲來的初戀及其聯想〉等五篇短篇小說及〈與死者的對白〉等 11 篇詩作和畫作 12

---

\*靜宜大學臺灣文學系教授、靜宜大學臺灣研究中心主任。

幅，都是早期的作品。後來，雖又出版了《施明正詩‧畫集——魔鬼的妖戀與純情及其他》、《島上愛與死》、《施明正集》等，都屬於舊作的重新整理，增加的作品十分有限。

施明正早期的作品，是以高強度的自我意識和刻意誇張的藝術狂野熱情，顯得與眾不同，但過度的自負和誇張也讓人對他真正的文學成就抱持懷疑的態度，如果不是他在 1980 年代有如休火山復發，以截然不同的文學姿態復出文壇，或許世人永遠無法得知他文學的另一面向，也可能永遠無從理解他那以口吃式的文句、掩飾的真正文學心靈。他的休火山復發告訴世人，「前政治犯」的身分讓他不得不裝魔作鬼去扭曲、變裝、改造自己的文學，不論是如何勇於剖析、表白自己的內在，如何誇張誇示自己的情欲，如何故作叛逆、狂野的唯美主義……無一不是在掩飾他的前政治犯心靈傷痕。他的〈魔鬼的自畫像〉不無隱以「魔鬼」自況的意味，但這裡的魔鬼不是指為惡害人的魔鬼，而是指自我扭曲、矛盾、撕裂不成「人」形的魔鬼，是讓狂野與卑懦並存的魔鬼。施明正自承是天性膽小怕死的人，其實是被白色恐怖統治手段嚇破膽的前政治犯。從事後（施明正去世後）去觀察，1980 年代施明正的復出，是前政治犯覺悟下的突圍，他不再裝魔作鬼，他以〈喝尿者〉和〈渴死者〉直搗戒嚴時代的文學創作題材禁地。

1962 年的「亞細亞聯盟案」，施家兄弟有三人遭到判刑，其中施明德被判處無期徒刑，坐了 15 年牢，始因蔣介石去世、獲減刑出獄。1979 年12 月，美麗島事件，施明德又以首謀叛亂，再度判處無期徒刑。1987 年解嚴後，施明德遭囚禁前後合計已逾 21 年，仍不獲平反釋放，是時，綠島亦有囚禁逾 34 年之政治犯未獲釋放，施明德乃在獄中絕食抗議，軍監寧可把他移禁於三軍總醫院的豪華病房、強迫灌食，亦不釋放他。施明正亦在獄外絕食聲援，數月後，於 1988 年 8 月 22 日，引發肺衰竭去世。施明正於美麗島事件後，毅然決定走出白色恐怖牢獄的陰影，重拾文學之筆，開始在鍾肇政主持的《臺灣文藝》等刊物發表了〈遲來的初戀及其聯想〉、〈島嶼上的蟹〉、〈渴死者〉、〈喝尿者〉、〈指導官與我〉等多篇作品，而且都署

名「奉獻者施明德大哥施明秀」，施明秀是施明正的另一筆名。當時，很多人都不諒解，一向耽溺於唯美、頹廢的施明正，為什麼一定要去沾施明德的光？施明德 1975 年出獄後，跑去幫難友蘇東啟的太太蘇洪月嬌競選縣議員，順利當選，並以「許一文」筆名出版《增設中央第四國會芻議》，加上曾被長期囚禁獲釋的政治犯英雄形象，許多人都認為兄弟二人很難湊在一起。我也曾聽聞過施明德說，他出獄後很少和施明正聯絡，彼此說不上話，不同道。

其實，施明正寫〈喝尿者〉、〈渴死者〉兩篇作品時，便決定奮力一搏，豁出去了。這兩篇作品明顯逾越了戒嚴時代的政治紅線，它奮力扭轉（從統治者的立場則是扭曲）了政治犯的形象，也顛覆了威權統治的權威。〈喝尿者〉描寫一個以舉發他人為「匪諜」為「常業」的「金門陳」，遭到別人以其人之道還治其人，也遭他人檢舉為匪諜，進了政治犯的牢房。在偵訊時遭到刑求逼供、被打成內傷，得不到醫療，獄友告訴他的偏方是——每天早上定時有恆地把自己解的小便喝下去，是治癒遭毆擊內傷的好療法。金門陳沒有其他方法可想，為了療傷延命，只好乖乖地喝尿。獄友告訴他的偏方，不是作弄他，或許還真的有療效，早年也有日本人研究尿療法。但世俗對於吃屎喝尿有一定的觀感價值，總是認為那不是人應有的正常行為，簡單地說，那不是人所當為，只有無知的畜牲才會屎尿和食物不分。金門陳的遭遇雖不是特務走狗的通例，然而人人恨之入骨，是個不知多少人、多少家庭受其無故傷害、摧殘的惡人，得此惡報，總是天道好還。施明正以此嘲弄金門陳，也在嘲諷白色恐怖統治的荒謬。

〈渴死者〉是寫一個在宜蘭任職的軍訓教官，跑到臺北火車站喊「共產黨萬歲！」「毛澤東萬歲！」之類的反動口號被捕，不但無一語為自己辯護，反而一心求死，請軍法官趕快判他死刑，並且等不及法庭宣判，就一再求死。先是預藏了十幾個早餐的饅頭乾硬之後，一口氣塞進肚裡，再猛灌自來水，企圖脹死自己不果，撞牆自殺也不成功，最後還是乘人不備，以褲管在囚房欄杆吊死自己。戒嚴時代的白色恐怖總是以死刑、死罪威脅

人民，民不畏死，奈何以死懼之？〈渴死者〉一樣也在挑釁白色恐怖可笑的荒謬。

另外兩篇〈島嶼上的蟹〉及〈指導官與我〉，也和白色恐怖經驗有關。「島」是寫他的第三任妻子執意要和年齡相差 25 歲的施明正結婚，央請好友 Long（許晴富）夫妻到王順慧家作媒不成，而述及 Long 的長年往事、情誼。許晴富原名許聰敏，美麗島事件後，因共同藏匿施明德，被軍事法庭判有期徒刑七年。Long 和施明正是海軍服役時電訊班認識的五虎將之一，一起參加國慶閱兵，得到冠軍，是施明正最心儀的對象，是內外都美的「賭神」級人物，一生都活得瀟灑。

〈指導官與我〉寫臺灣的知識分子甘為特務，一輩子替統治者當鷹犬、獵殺人民。指導官是施明正在海軍服役時的指導官，即政戰官，因為和施明正爭勞軍康樂隊女軍官落居下風而懷恨，寫了施的黑資料，導致施被捕後，影響他的判刑。不意事隔多年，施在臺北開設推拿中心，施明德在美麗島事件後下落不明，指導官又以情治人員之身分，陰魂不散地找上門來，也因而讓他想起，他因案入獄時，完全就是某些臺灣人的大頭病，落入特務的圈套，像狗一樣咬來咬去，害人又害己。

施明正這四篇與白色恐怖時代牢獄相關的小說，或許都有真實的事蹟、人物可本，重點在於作者不顧自己「前政治犯」以及政治重犯家屬之身分，明知特務已找上門了，仍不顧一切要奮力揮擊。或許他在這個時間點上，已做出犧牲自己的準備，和他最後的絕食抗議至死方休一樣，是在完成他人生美學的最終章。

——選自王拓等《烈焰・玫瑰——人權文學・苦難見證》
新北：國家人權博物館籌備處，2013 年 12 月

# 渴死者
## 施明正絕食到死的原因以及其小說的時代意義

◎宋澤萊[*]

施明正是一個非常重要的作家，自從 1988 年他絕食而亡，到現在已經過了 28 年。但是稍早在 2007 年、2013 年時，還是有研究生用他的小說來寫碩士論文[1]，可見他的文學並沒有被人忘記。

這是一篇談施明正生平、小說的論文。特別由他的小說來探求他絕食到死的原因，以及他的小說的藝術特點、時代意義、歷史地位。

這是筆者一次最新的、深度性的回顧和發掘[2]，但願大家永遠記住這位了不起的臺灣文學家。

## 一、由施明正的絕食到死談起

這篇文章的起頭，我們要談的是 1988 年施明正絕食到死的原因；也就是說，假如施明正絕食到死這個事件是一個果，那麼它的原因到底有哪些？

在這個世界上，有些哲人是反對世上存在著因果關係這回事的[3]，簡言之，有人認為談因果關係是荒唐的。筆者卻是主張任何事情，尤其是歷史事件都存在著因果關係，並且認為一個因總是帶來許多不同的果，而一個

---

[*]本名廖偉竣，作家。曾為成功大學臺灣文學研究所博士生。
[1]分別是 2007 年的蘇怡菁著，〈施明正及其小說研究〉（臺灣師範大學國文學系在職進修碩士班）。2013 年的朱宥勳著，〈戰後中文小說的「日本化」風格：鍾肇政、陳千武、郭松棻、陳映真、施明正〉（清華大學臺灣文學研究所碩士班）。
[2]筆者從前曾經三次評論過施明正的文學。
[3]印度六家哲學中的勝論派說：「因中無果，因果亦非相繼。因為如說因中有果，則因果不辨；如因果相繼，則沒有確切之因果存在。」

果總是由許多的因所促成。當然，筆者認為歷史事件的種種原因，都無法被論斷為「絕對的真」。[4]就好比說法國大革命的原因，有人說是當時的專制政治所帶來；有人說是因為農民貧困所帶來；有人說是中產階級想擴張利益所帶來；但究其實，這些原因只能算是一種「推測」，因為法國大革命時的社會萬象已經隨著時光一去不返，無法重造模型再做一次實驗，我們怎能知道我們所說的法國大革命的原因是真或是假，我們只能說「可能是如此」、「也許是如此」罷了。施明正絕食到死的種種原因亦當作如是觀！

　　施明正的絕食到死，不論就他個人的生命史或臺灣的政治史、文學史來說，都是一個歷史事件。因此，筆者認為，它的原因不單純，是由許許多多的原因共同促成的。最容易被提及的原因有二：一個是他想要救援正在三軍總醫院絕食的弟弟施明德，所以他本人也只好用絕食來向國民黨政府施壓，不料卻不獲回應，因此只好繼續絕食，歷經四個多月終於死亡。另一個原因是他的身體不好，在長期的酗酒之下，身體非常虛弱，本來就沒有絕食的條件，他卻不加以注意，因此絕食到最後，引發肺衰竭，呼吸困難而死。這兩個原因可以算是首要的原因，也是直接的原因，但不能說是絕對的原因或是唯獨的原因。

　　首先，旁觀者都知道施明正根本可以不必為他的弟弟絕食，因為當時臺灣的戒嚴已經解除、獨裁者蔣經國已死、本省人的李登輝繼任總統、施明德有醫生為他灌食死不了、美麗島事件的政治犯都陸續放出來了……估計不久，施明德也會被釋放，根本用不著他絕食抗議，他的絕食只是多餘的。當施明正在他的診所絕食的時候，去看他的人不少，一定有人會把這個客觀的局勢分析給他聽。可是，施明正為什麼不聽，仍執意絕食下去，最後終於無法挽回呢？顯然，他絕食到死的原因沒有這麼單純。其次是，在絕食以前，早就有人警告他臉上出疹子，那是酗酒所導致的免疫失調疾病，必須注意[5]；而當他絕食時，來到診所勸他放棄絕食的人一定也會分析

---

[4]「絕對的真」是指某因是某果的充分且必要條件。
[5]臺灣作家李篤恭曾經在一次文藝聚會上，警告他說，他的鼻四周出現紅斑，那是酒精中毒所引發

他的身體狀況給他聽，一定有人想趁著他還不到肺衰竭的時候，先送他去醫院治療。可是，施明正為什麼不接受呢？他為什麼要繼續忍受絕食的痛苦，直到無法挽救呢？當我們如此一想，就知道施明正的絕食到死的原因不單純，其原因可能十分複雜，除了施明正本人，外人恐怕是無法那麼容易知道的。

　　然而，施明正終究是死了，更多的可能原因隨著他的死永歸大地，我們再也無法向他本人詢問。那麼該怎麼探求呢？所幸，他曾留下許多的詩、畫、小說，可以供我們探索，尤其他所寫的小說大部分都是自傳體，都是他的生活、生命的實錄，可以用來作為基本的資料，只要有些耐性，我們就不難找出更多的原因，拼湊出一幅更有深度的圖像，以供了解。當然，我說過這也只是「可能的原因」，而不是「絕對的原因」或「唯獨的原因」。在探求這些可能原因以前，先讓我們來看看他的簡單年譜，對他的生平有約略的認識。

## 施明正年譜

1935 年，1 歲　　出生於高雄，本名施明秀。

　　　　　　　　祖父施鉗，高雄林投圍人，為保護自己的田產，曾練武功，帶火槍巡視自己田地，並具備漢醫的技術，參加過抗日游擊隊。父親施闊口，當過農夫、木工，後來習武，成了有名的漢醫接骨師，也是漢醫考試官。他也投資土地的買賣，由於得法，因此致富。在日本統治底下生活 51 年，曾保護抗日分子，涉及東港事件，曾被日警刑求兩次，靠著勇猛的身體能保平安，一生不甘做日本奴隸。

　　　　　　　　戰後，二二八時，施闊口曾被國府軍隊逮捕，幸好有人營救，免於被槍殺的劫難；1950 年又被告密，認為

　　　　　　　　　　他企圖在診所糾眾叛亂，被關了兩個多月，後來被
　　　　　　　　　　釋，但是對「祖國」已經全然失望。
　　　　　　　　　　施闊口先與妻子生了五個女兒，因為沒有生男孩，只
　　　　　　　　　　好違反天主教的規定，在 49 歲時，又娶當時被公認
　　　　　　　　　　的美女陳英為妾，生了五男一女。男孩依年紀順序排
　　　　　　　　　　列是：施明正、施明和、施明雄、施明德、施明信；
　　　　　　　　　　施明正是老大。一女是施明珠。家族自祖父以來就信
　　　　　　　　　　天主教。

1943 年，9 歲　　就讀鹽埕國小。

1950 年，16 歲　　曾想過要為天主教殉道。

1952 年，18 歲　　一向因為家道富裕，施明正幼年時的新衣和玩具堆積
　　　　　　　　　　如山；同時人長得英俊，又是長男，遂養成「乖張」
　　　　　　　　　　的個性。高雄中學畢業後，沒有再念書，待在家裡養
　　　　　　　　　　鴿看書。父親想讓他了解金錢難賺，曾為他找了高雄
　　　　　　　　　　郵局的工作，但不到三個禮拜就不做了。

1953 年，19 歲　　父親過世。施明正成為戶長，名義上必須帶領四個弟
　　　　　　　　　　弟，不過，母親管理家庭比較強勢，使他無力管理家
　　　　　　　　　　務，落得輕鬆。因為酷愛藝術，曾放下家務，跑到臺
　　　　　　　　　　北跟隨廖繼春習畫。此時，他已學會了父親的漢醫接
　　　　　　　　　　骨推拿術，使他以後謀生不致遭到困難。值得注意的
　　　　　　　　　　是，直到他 21 歲入伍以前，此期間，他開始追求美
　　　　　　　　　　麗的女子，也有一堆高談闊論的飲咖啡的朋友們，過
　　　　　　　　　　著浪漫的生活。更值得注意的是：此時，他的手上慣
　　　　　　　　　　常拿著一瓶臺灣烈酒「柈加龍」——橘子酒，似乎已
　　　　　　　　　　經染上酒癮了。

1955 年，21 歲　　先進入海軍士官學校受訓，後入左營海軍擔任報務通
　　　　　　　　　　訊一等兵，在海城的炮艇上巡邏海域並且接送士兵出

任務，足跡遍及基隆、淡水、花蓮港、馬祖、白犬、東引。當兵時，寫詩、畫圖，仍然很文藝、很浪漫。但是處理實際的實務並不很行，由於懼怕被誤解與「匪方」互通音訊，導致他不敢輕易接近最重要的密碼簿和收發報機。曾經在馬祖海域進行巡邏時，遇到「匪艇」襲擊，在緊急狀況中手足無措，竟發不出電報，被關禁閉。由此事可看出，他帶有過分敏感、易遭驚嚇、逃離現實的文藝家性格。

| | |
|---|---|
| 1958 年，24 歲 | 軍中退役。 |
| 1959 年，25 歲 | 與蔡淑女女士結婚，之後生有二女。長女雪郁，次女蘊蘊，兩個女兒的名字據說是詩人瘂弦取的。此時，除了畫圖，他醉心現代詩，認識的詩人除瘂弦外，還包括管管、商禽、紀弦。 |
| 1960 年，26 歲 | 在高雄火車站前建國南路和老二施明和開設推拿中心，空閒時畫畫、寫詩。 |
| 1962 年，28 歲 | 7 月，因牽連「亞細亞同盟案」被捕，被判五年徒刑，罪名是受老四施明德的「影響」。所謂的「亞細亞同盟案」即是「臺灣獨立聯盟案」。 |
| | 1958 年左右，有三個主張臺灣獨立的祕密團體在臺灣成立，分別是出身高雄中學的陳三興等幾個人的「臺灣民主同盟」（由先前的「興臺會」改名而來）、臺中一中吳俊輝等幾個人的「自助互助會」[6]、高雄中學的施明德等二人的「亞細亞同盟」。1960 年 8 月，陳三興回到高雄，十餘人在施明德父親開設的明春旅社 |

---

[6]亦有人主張「自助互助會」遲到 1962 年舊曆年 1 月才組成，參見林樹枝著，《白色恐怖 X 檔案》（臺北：前衛出版社，1997 年），頁 177；但是筆者認為不對。

和施明德見面商談一些事，據說[7]是有意合併「臺灣民主同盟」、「亞細亞同盟」成為「臺灣獨立聯盟」，由施明德、蔡財源領導。

據涉案人黃憶源供稱：在商談時，沒有加入組織的施明德的兩個哥哥施明正、施明雄也在場，審判庭與予採信並判罪。1960 年，施明德考入陸軍官校。1961 年，三個組織正式合併為「臺灣獨立聯盟」，成員或在民間或在軍中。

1962 年 1 月，「臺灣獨立聯盟」在高雄體育場聚會，據說[8]有展開實際叛亂行動的規畫。不幸，由於陳三興所吸收參加的李植南向調查局自首，「臺灣獨立聯盟」成員未行動先曝光。5 月，高雄市警察局開始逮人，到 6 月 22 日為止，不論民間或軍中的成員全部被補。

審判結果：一個無罪。一個兩年徒刑。11 個五年徒刑。一個被判七年徒刑。三個被判十年徒刑。五個被判 12 年徒刑。施明德、陳三興被判無期徒刑。宋景松判死刑。施明正和施明雄則在 7 月中被捕後，先羈押在青島東路 3 號軍法處看守所。施明正的妻子請求離婚，他慷慨地答應了。

1963 年，29 歲　　在被羈押一年四個月後，於 11 月 28 日判決定讞，施明正和施明雄皆各被判五年徒刑。逮捕後的審判過程中，施明正曾辯稱他是戶長和長子，習俗上必須和來客一起飲酒吃東西，他也一再離席，下樓去照顧旅社事務，並沒有參加討論任何事情。施明雄則辯稱自己

---

[7]所謂的「據說」是指官方資料或有人如此主張，但是筆者不能完全相信這種主張。
[8]見註 7。

當時在國防醫學院念書，有不在場的證明，可惜都不被審判庭採信。

1964 年，30 歲　　4 月中旬，施明正與一行二百多個犯人由摩托車隊監送，經由臺北市區，到基隆港，然後搭海軍運輸艦，再經由花蓮港，抵達臺東泰源鄉的泰源監獄，這個監獄占地十幾甲，有高高的圍牆，形同堡壘，建在斷崖之上。施明正關在「仁監」的囚牢裡，光是「仁監」就有二百多人。在獄中開始嘗試寫作，並投稿鍾肇政主編的《臺灣文藝》。

1967 年，33 歲　　母親憂鬱成疾，2 月逝世。〈大衣與淚〉發表於《臺灣文藝》16 期。6 月 16 日出獄。出獄後的施明正，懼怕政治，刻意和政治保持距離，即使是聽好朋友的競選演說都站得遠遠的，談政治總是言不由衷。同時，由於懼怕再度被關，他整天疑神疑鬼，彷彿過街老鼠般膽顫心驚地過日子，由此可見其心中的懼怕，應該說五年監牢的壓迫已經摧毀了他的穩定精神狀態。此時以推拿術謀生，繼續畫畫、寫作，更曾拜訪鍾肇政，但也飲酒不停，常常過著醉醺醺的日子。

1968 年，34 歲　　與鄭瑪利結婚，這是二度結婚，生子施越騰。

1969 年，35 歲　　10 月，短篇小說〈白線〉發表於《臺灣文藝》25 期。

1970 年，36 歲　　1 月，短篇小說〈我‧紅大衣與零零〉發表於《臺灣文藝》26、27 期。2 月，短篇小說〈魔鬼的自畫像〉發表於《野馬雜誌》8 期。這一年由於投資岳父的房地產不順利，與妻子鄭瑪利發生吵架，施明正毆打妻子，導致妻子離家出走。日後，他只能和施越騰相依為命。

| | |
|---|---|
| 1977 年，43 歲 | 老四施明德出獄，共計在獄中待了 15 年。在臺北忠孝東路二段租屋設立「施明正推拿中心」。 |
| 1979 年，45 歲 | 由於懼怕再度入獄，也為了逃避祕密警察的告密，他在自己的推拿中心牆上掛著蔣經國的大幅照片，宣稱蔣經國就是他的「老闆」，掌控他的生死，沒有蔣經國他活不下去……等等，乖張的表現充滿諷刺，施明德曾為此譏笑他是「懦夫」。同時，也由於自己有推拿中心，施明正更瘋狂地寫作、畫畫，甚至常為來訪的友人畫肖像。他的作品深受女子王順慧的垂青，兩人展開一段戀情。年底，「美麗島事件」爆發，總指揮的施明德逃亡，轟動全臺，在風聲鶴唳的氣氛中，施明正擔心弟弟的安危，人幾近瘋狂。 |
| 1980 年，46 歲 | 由於深懂國府的殘蠻，施明正在 2 月 27 日預言將有不幸的事情發生，隔天果然發生林義雄家宅慘案事件。 |
| | 3 月 18 日，與施明雄旁聽臺北的美麗島大審。 |
| | 大審期間，施明正的診所內出現反常現象，每天都有一個或兩個操北京語的年輕人，假裝腳部扭傷，或手筋痠痛，登門求治，那些年輕人一眼就可以瞧出都是外省人身分，由於擔心這些人是要來做如林宅血案一樣謀害親屬的勾當，施明正家屬只好在牆角放木棍和酒瓶，用來警告那些不速之客。同時警察在推拿中心外面站崗，情況嚴峻。施明正整天心懷恐懼，半夜常睡不著覺，只能喝酒鎮住心情，或咒罵三字經、以手捶牆來紓解心中的痛恨！之後，情治人員照樣來推拿中心刺探，房東非常害怕，要求施明正搬家。為此，曾搬回高雄住半年，才又返回臺北推拿中心。在高雄 |

半年期間寫了兩篇小說，就是〈渴死者〉和〈喝尿者〉。6 月，短篇小說〈遲來的初戀及其聯想〉發表於《臺灣文藝》67 期。8 月，詩、畫、小說集《魔鬼的自畫像》一書出版（文華出版社）。10 月，短篇小說〈島嶼上的蟹〉以施明秀的真名發表於《臺灣文藝》69 期。12 月，短篇小說〈渴死者〉以施明秀的真名發表於《臺灣文藝》70 期。

1981 年，47 歲　　〈渴死者〉獲吳濁流文學獎佳作獎。11 月，老三施明雄被國府當局半強迫離開臺灣，放逐香港。原因是一家人常遭國民黨特務騷擾和侵犯，有時一天三次刺探施明雄家人，使他們生活在恐懼與毫無自由之中。

1982 年，48 歲　　短篇小說〈煉之序〉發表於《臺灣文藝》75 期。12 月，〈喝尿者〉發表於《臺灣文藝》78、79 期合刊本。

1983 年，49 歲　　〈喝尿者〉獲吳濁流文學獎正獎，導致《臺灣文藝》的編輯鍾肇政受到有關單位的「警告」。[9]出版第一本小說集《島上愛與死》（前衛出版社）。

1984 年，50 歲　　《島上愛與死》被警總查禁。9 月，詩作〈隱刃者〉用來悼念林家血案，發表於《臺灣文藝》90 期。

1985 年，51 歲　　1 月，短篇小說〈指導官與我〉發表於《臺灣文藝》92 期。
　　12 月，《施明正詩・畫集——魔鬼的妖戀與純情及其他》一書出版（前衛出版社）。這一年，老四施明德抗議「江南案」國民黨政府殘酷的暗殺行為與漠視人權，開始在獄中無限期絕食。

---

[9]這件事參見鍾肇政著，〈施明正與我〉，《施明正短篇小說精選集》（臺北：前衛出版社，1987 年），頁 9。

1986 年，52 歲　　7 月，〈鼻子的故事（上）〉發表於《臺灣文藝》102
　　　　　　　　　　期。
　　　　　　　　　　11 月，〈鼻子的故事（中）〉發表於《臺灣文藝》103
　　　　　　　　　　期。
1987 年，53 歲　　8 月，短篇小說〈吃影子的人〉沒有發表，直接收錄
　　　　　　　　　　於《施明正短篇小說精選集》（前衛出版社）中出
　　　　　　　　　　版。
1988 年，54 歲　　4 月左右，為聲援獄中的弟弟施明德的無限期絕食抗
　　　　　　　　　　議，施明正也在家中開始絕食，後送醫院。8 月 22 日
　　　　　　　　　　宣告不治，死因是「肺衰竭」。[10]


　　施明正的絕食死亡過程其實十分複雜。溯自 1979 年年末，美麗島事件
發生後，首要成員分別被判 14 年或 12 年徒刑；施明德也因美麗島事件二
度被捕入獄，又被判無期徒刑。1985 年，施明德抗議「江南案」，要求當
局禁止暗殺、解除戒嚴、釋放美麗島政治犯等等，開始在獄中無限期絕
食，後被遷移到臺北三軍總醫院強迫灌食，情況危急。之後，刑期較短的
美麗島成員在關了六、七年後也慢慢出獄了，刑期長的施明德還不能釋
放。

　　1987 年 7 月，戒嚴令解除，總統蔣經國原來也想給予無期徒刑的施明
德減刑或假釋，但施明德宣稱自己無罪，除非官方判他無罪，否則他不願
接受。此時的施明德事實上已經絕食了三年。1988 年初，蔣經國總統死
亡，由李登輝當總統，施明德繼續絕食，生命猶如風中之燭。施明正不知
道該如何有效援救弟弟，曾努力寫陳情書給有關單位，同時斷斷續續在自
己的家中絕食，以響應弟弟的絕食，朋友勸他都無效。

---

[10]施明正年譜根據下列幾本資料編成：1.施明雄著，《施家三兄弟的故事》（臺北：前衛出版社，
　1998 年）；2.施明正若干自傳體小說；3.林瑞明、陳萬益編，《施明正集》（臺北：前衛出版社，
　1997 年）；4.林樹枝著，《白色恐怖 X 檔案》（臺北：前衛出版社，1997 年）。尤其以《施家三兄
　弟的故事》最重要，因為施明雄是施明正的胞弟，對施明正日常表現最有了解。

　　由於施明正有酗酒的習慣，手不離酒，營養本來就不好，皮膚常起疹子，免疫系統有問題，平日又要為人推拿，耗掉大量體力，本來就沒有條件絕食。同時，他在家中絕食時，照常喝酒，結果酒精又耗掉他的僅存的體力。在家裡絕食了四個月，就很難再撐下去，肺臟開始衰竭，呼吸困難，終至於休克，只好將他送到附近忠孝東路二段的「中心診所」做緊急搶救。在醫院裡，醫生當然不可能允許他喝酒，但是在戴氧氣罩協助他的肺部呼吸時，遭到了感染，引發敗血症（全身性發炎），使他的病情更重，結果很快就死亡了。[11]

　　施明正死後，施明德改變了他對大哥的看法，說施明正不是懦夫，是勇者！

## 二、由文學看施明正絕食到死的原因

　　底下，我們要由他的小說內容或小說所寫的片段文字，來歸納他絕食到死的若干原因。當然我還是要強調這些都不是絕對的，只算是一些可能性。

### （一）難以背負的冤屈以及難以面對的荒謬世界

　　我們先看〈白線〉[12]和〈我‧紅大衣與零零〉[13]這兩篇短篇小說，前者發表於 1969 年 35 歲的時候；後者發表於 1970 年 36 歲的時候，距他出獄大概兩年左右。小說是用來描寫世界的「荒謬性」，這種「荒謬性」就是指人和他所處的世界始終格格不入——若不是別人誤解了他，就是他誤解了別人，導致常常要付出沉重的代價。兩篇小說都是以第一人稱「我」作為男主角，寫「我」和女人之間的「誤解」。使得「我」和女人終於不能破鏡重圓或再續前緣。對施明正而言，這兩篇小說很有自我解嘲的味道。我將這兩篇小說的內容大概濃縮如下，首先是〈白線〉這一篇：

---

[11]有關施明正在診所絕食的情況資料，是筆者訪問女詩人王麗華所得。當時王麗華常往來於「施明正推拿中心」，對施明正絕食過程有極清楚的理解。
[12]〈白線〉，《施明正集》，頁 7～20。
[13]〈我‧紅大衣與零零〉，《施明正集》，頁 59～144。

　　主角「我」是一個高雄的海員，在一場又一場的海難後，終於被困無人之島甚久。回到陸上後，又被檢疫室隔離，使他和妻子「汝汝」整整離別了五年之久。他的妻子早就在他「失蹤」時訴請離婚，改嫁給一個半百的老翁。

　　「我」回到了陸上自由後，有一次接到了汝汝的來信，說她在一家飯店裡房間等他。於是，在打獵之後，「我」身背獵槍，騎了摩托車，由高雄向臺南飛馳而去。

　　到了飯店的房間後，「我」輕輕推門，卻發現一個赤裸的年輕人壓在赤裸的汝汝身上，於是立即退出房間，去買一瓶鹽酸，又用紙包了大便，準備要懲罰這一對故意戲弄他的淫男淫女。「我」又進了房間，鎖了門。

　　那對狗男女爬了起來。「我」坐在沙發，端槍瞄準了那個男人的腦袋，先是命令男人用痰盂的水澆在汝汝的頭上，再用鹽酸澆在汝汝的雙腿之間。那男人竟然毫不猶豫地準備照做，「我」就看出男人不愛汝汝，於是改變主意，叫那男人把鹽酸蓋好，就地跪下。這時，汝汝非常生氣，掌摑那個男人，並且怒目對著「我」，要「我」立即開槍打死她。然後她說出真相：原來那男人是飯店的小開，趁著汝汝投宿飯店，在啤酒裡下藥想強姦她。

　　汝汝非常生氣，就又頭也不回地離開了他。只因汝汝痛恨這位前夫沒有在她亟需安慰的時候善待她，卻反向要用暴行對付她。

　　「我」最後叫小開吃大便了事。

　　「我」又騎了車，由臺南回高雄。在路上，因為路面太滑，出了車禍，在跌落地面時，見到一輛紅色的計程車衝了過來。只能祈禱如果自己這次不死的話，要對汝汝非常非常的好。

　　其次，則是〈我‧紅大衣與零零〉一篇：

　　故事的開頭寫男主角「我」有一天在逛百貨公司的時候，看到一件兩萬元的昂貴紅大衣，想買下來送給認識四年的女朋友「零零」。「我」很愛零零，加上她有美好的胴體，「我」曾經在畫室裡為她做了一尊全身塑像。

可是「我」當時窮，缺了錢，只好向母親借。母親要「我」先去做一個月的苦力，證明自己有賺錢的能力，才願意借錢。

零零本是一家塑膠工廠老闆的女兒，家境不錯。不幸的是，工廠這時發生爆炸，老闆癱瘓，經濟立即出現危機。工廠的楊副理家道殷富，想要借錢給老闆度過危機。不過，楊副理心懷叵測，想利用這個機會，先娶到零零，然後再接管老闆的產業。

「我」開始做苦工了，而且和工人相處良好，甚至能帶著工人們喝酒、談天、畫畫。「我」也不願意明白告訴零零，說做苦工是為了替她買紅大衣。這種行徑看在零零的眼中，就誤解「我」是自甘墮落。由於許久沒溝通，零零覺得「我」故意疏遠她。為了使工廠能得到紓困，零零就和楊副理訂婚了。「我」非常失望，整天借酒消愁，在逛街時，甚至還打破百貨公司的大衣櫥窗。

後來，「我」受到楊副理侮辱，憤而想去賺大錢。

「我」慫恿母親，抵押一塊地皮，和建築商蓋房子，果然賺了一大筆，當然有能力買雪弗蘭，也買了紅大衣，之後離開高雄，到臺北成立建築公司。零零由於始終得不到「我」的電話，甚至找不到「我」這個人，就和楊副理結婚了。不過到最後，父親的企業還是破產，歸於別人。在意識到丈夫不愛她時，零零就逃離高雄，到臺北下海當起舞女了。

在一段互相尋找的過程中，「我」和零零終於又聯絡上了，雙方約在原來的畫室見面，把彼此的誤會講清楚，且都有意再續前緣。

在小說的最後，女主角去她的人體塑像拿起「我」替她買的紅大衣時，猛然看到裸體塑像釘滿烏黑的釘頭，心臟部位也佈滿刀痕，於是心生恐懼，在「我」來不及向她解釋「由愛生恨」的道理時，零零在害怕之餘立即奪門而出，又逃走了！

這兩篇小說都表現出「我」與女人之間的誤解非常嚴重，而且誤解後都有激烈的破壞動作，男女雙方都非常衝動，導致難以挽救，除了付出極大的代價以外，沒有解決的方法。

　　從施明正實際的人生看來，這兩篇小說可被看成是他入獄時和第一任
妻子離婚的自嘲，也是與第一任妻子離婚的無奈的回顧。實際上，他可能
認為妻子和他離婚的原因，是彼此的誤會。不過，更深一層來看，他也可
能藉著這兩篇小說來表明他被判五年的徒刑，也是一場誤會。仔細想來，
他的整個冤案看起來就是一種雙重誤解：首先是他誤解了「在明春旅社與
弟弟一行人聚會」的性質，他本來可能認為他參加聚會沒什麼大不了，誰
知道那竟然是個滔天的罪行。其次是，他參加聚會本來是基於禮貌和人
情，並無政治企圖，可是檢方卻誤解他想參與叛亂組織。

　　施明正終其一生對於他被判刑這一件事耿耿於懷，可以說到死都是難
以嚥下這口氣。他是在 29 歲時被判徒刑的，但是在 51 歲（死前三年）發
表〈指導官與我〉[14]時，他還是看不開這件事。他說他是被檢方和同案的犯
人陳三興聯合陷害的。他說他實際上是不屑於理會在明春旅社聚會的那夥
人，他也沒有參加討論。他在〈指導官與我〉裡有兩小段是這麼寫的：

　　當時對於文學藝術、身材面貌、品德格調自視甚高的我，怎麼說也不可
　　能把當時還就讀於我的母校的這些後生小輩看在眼裡，不是因為他們是
　　只有十七、八歲的小傢伙，而我當時已是「現代詩」盟主紀弦心目中能
　　詩能畫能酒能戀的美青年，而是除了是醫病人之外，我在沉溺於詩畫戀
　　愛和酒精的熱情中，不屑於理會其他俗事。我……看不起結群成黨的惡
　　賤卑俗。
　　先父仙逝後，除了名義上是戶長，實際上又是先父傳下的傷科診所的接
　　班人的我，當就讀於炮校偶爾返家的四弟的要求，執意非做不行時，我
　　只能首肯。並吩咐女兒的媽媽，我的同居人，買些水果汽水等供給四
　　弟，招待郭姓帶來的陳姓和他的同學們。

---

[14]〈指導官與我〉一文見《施明正集》，頁 179～225。

　　施明正的辯白詞可能是真實的，他是被冤枉的。唯其是被冤枉，施明正才可能含恨得這麼久。這個冤枉的傷害是如此之深叫他難以吞下這口氣。這才是真正的人間的大荒謬！

　　我們由這些小說看起來，施明正所感到的世界的荒謬性可能是無遠弗屆的。大至他被判刑，小至他的婚姻生活，都難逃重重的誤解；最可怕的是，不知道何時，他又要受到「誤解」的重擊，叫他又要付出慘重的代價，要生活下去無比艱難。因此，我們也許可以說這種「難以背負的冤屈以及難以面對的荒謬世界」不免會使他產生「想要逃離這個世界」的想法，而絕食到死可能就是協助他「逃離這個世界」的辦法。

## （二）叫人顫慄發狂的特務偵伺與騷擾

　　在這裡，「特務」（施明正有時稱呼他們為「指導官」）是指政戰官、出賣者、祕密警察、暗殺人員甚至是指執法警察。「政戰官」是軍隊中考察軍人思想的特務，他會做成資料，考核軍人對於國府的忠誠度，必要的時候，能導致軍人受軍法的審判，並且這些資料終其一生都跟隨著該位軍人，作為退役後的個人資料。「出賣者」是指同一個案件的犯人為了減低刑罰，配合檢方，提供他的同夥的虛假犯行，以供檢方羅織罪狀。「祕密警察」是指民間的便衣警探，他跟隨在所謂的嫌疑犯附近，隨時刺探，以掌握該嫌疑犯的行動。「暗殺人員」是指在國府計畫底下，對重要的人物或其親戚、友人進行刺殺，以示懲罰。「執法警察」是指必要時奉命以「保護」的名義拘束嫌疑犯的行動。上述這幾種人在臺灣始終是手握生殺大權的人，特別是在漫長的戒嚴時代權力更大。施明正從服役開始，就不斷受到這幾種人的陷害與騷擾，終其一生無法擺脫。

　　由施明正的小說中，我們看到，特務們對他的陷害與騷擾是鍥而不捨的，背後有一群固定的人員或固定的組織在運作。他們對於施明正的資料非常清楚，對他的推拿、寫作、家庭、朋友、親戚都掌握得非常好。叫人特別感到驚訝的是，有一位特務幾乎跟蹤了他整個後半的人生，只要發生重大事情，這位特務就會出現。

在〈指導官與我〉這篇小說裡，提到了這種恐怖的偵查和騷擾，故事的大概情形是這樣的：

1955 至 1958 年間，他正在左營服役當兵，首先在士校受訓時，因為在榮團會上聲援同袍許聰敏（許晴富），被一位「指導官」扣他「陰謀分子」、「幕後指導者」的帽子，這些大帽子很可能如今還在他的個資裡，能叫人插翅難飛，能威脅你，叫你站或叫你坐，叫你往東叫你往西，影響你一生。

之後，到基隆報到後的兩、三個月，他被喚到炮艇裡，由一個長相類似於電影《齊瓦哥醫生》的主角奧瑪雪瑞夫（有一雙瘋狗似的眼睛）的年輕「指導官」訊問他。由於平日讀了不少的托爾斯泰和杜斯妥也夫斯基的作品，指導官就問他讀這些書的心得，同時要他說明對於「革命」的看法，費了一番唇舌的辯白才安全脫身。

1962 年，他被逮捕，在臺北青島東路的軍事看守所接受一位「尉官」的偵訊而坐立不安。這個尉官讓他知道他已經被牽扯進老四施明德那批黃毛小子的案件中，尉官已經編寫好一個他犯罪的偽劇本，要逼他說這是他的自白書。這個偵訊，使他年輕時代的勇敢性格完全喪失淨盡，成為懦夫，並且終生成為被監視的角色，除了追求文藝和戀情之外，他的人生變得消極。1979 年，「施明正推拿中心」成立，22 年不見，那位有一雙瘋狗似的眼睛的「指導官」又出現在診所，當然是來刺探施家兄弟的行動。

美麗島事件時，施明德逃亡 22 天期間，這位瘋狗眼的指導官又來診所詢問許聰敏的情況，當時，施明正並不知道許聰敏藏住了施明德，還答應要安排這位指導官與許聰敏見面。之後，瘋狗眼的指導官雖不再出現，不過施明正說：「我無法逆料，我何時何地會再蒙他垂青賜見。」

在這些特務中，最叫人難以預防的是「暗殺人員」。在「美麗島大審」期間，他的診所出入著許多奇怪的「特務」，由於「林家血案」剛發生不久，這些特務可能是前來製造血案，伺機要來殺害施明正家人的特務。[15]為

---

[15]這個判斷是親臨現場的施明雄的判斷。參見施明雄著，《施家三兄弟的故事》，頁226～227。

此，施明正備受恐懼感的煎熬，所幸應付得當，特務無機可乘，危機終告解除。

這些特務不停地騷擾他，假如施明正是一個神經遲鈍的人，也許可以勉強過日子。可是施明正偏偏是一個文藝家，他有一種比別人敏感好幾倍的神經，因此，這些偵伺和騷擾可能叫他覺得生不如死。1962 年他被捕時，在看守所裡，站在偵訊他的書記官面前，對他來說就很難忍耐。施明正在小說〈指導官與我〉裡如是寫著：

> 在兇夏午前十點左右。我立正站在一個看似和藹的尉官桌前。一如某些佛教徒，喃喃著：「南無阿彌陀佛」；我的右手在額、唇、胸口、雙肩劃著聖十字聖號：「一十字聖記號，天主吾等主，救吾等於吾求；因父，及主，及神聖之名者，亞孟」以鎮驚止抖。[16]

> 突然，我全身發軟，恐怖的寒意，遍布全身。幾萬隻其小如芒的螞蟻，一如幾天前我被偵訊時感到那樣又在我的四肢百骸的骨節裡咬嚙起來。[17]

他曾在〈渴死者〉裡解釋說，他終其一生害怕「特務」偵察、騷擾的原因，是因為怕「被關」，而所以怕被關和昔日監牢所發生的一件恐怖的事情有關，他如是寫著：

> 1963 年，我們施家三兄弟在臺北青島東路的軍法看守所，已待了一年三個月，等待判決的日子，是難於用簡單的幾個字形容的，因此，一年後，我曾用 15 首一輯的詩中的大部分來刻畫它！其中一首〈白鼠〉，以實驗室的白鼠，比喻我們在柵欄裡的生態。〈黑色金曜日〉，描寫禮拜五和禮拜二漆黑的凌晨，死囚從囚室被拉出來槍斃前，旁觀者、執法者、

---

[16]見《施明正集》，頁 182。
[17]見《施明正集》，頁 185。

> 多線條、多觀點，所產生的震撼。〈金屬哀鳴〉，鐫刻獄卒手裡一大串巨
> 大鑰匙的碰撞聲、開鎖聲，以及鐵柵欄，那跳躍、奔騰一如尖銳的彈頭
> 破空擊向鐵柵欄，碎發的哀鳴，給人恐懼不安。這種聲音的恐怖，深沉
> 在我的內心，久久不能消失……如今我睡覺前，還要捏兩丸衛生紙塞住
> 耳孔，以過濾、阻擋尖銳的聲響。[18]

　　的確，特務的偵伺和騷擾給了他後半生帶來無比約恐懼，而且是無可擺脫的恐懼，也讓他告別了勇敢積極的人生，誠如他所說的「成為懦夫」、「人生變得消極」。因此，到最後，他是不是也想成為一個「渴死者」，用自殺來擺脫自己恐懼的人生呢？

### （三）難以承擔的自我屈辱和他人給的屈辱

　　施明正對於特務的偵伺和再度入獄的恐懼和焦慮是真實的，因為決定命運的人不是他，而是掌握在警備總司令部的手上。我們由先前的年譜裡知道，他平日在自己的診所裡掛著蔣經國的一幅大照片就可以窺知一二。掛著這幅獨裁者的照片，雖然帶有反諷國府專制統治的意味，但是主要的還是用來給特務看的，由於特務隨時都會出入在他的診所，他用這幅獨裁者的照片表示他時時刻刻都效忠著元首，不敢存有二心。

　　如果說，施明正是一個隱士，能躲在一個窮鄉僻壤，默默過著這種恐懼的日子，那倒也罷了。不幸的是，他要賺錢養家，必須接觸臺北許多的病患；另外還有許許多多政治界和文藝界的人士常與他交往，他的恐懼難逃他人的眼光。不只是他弟弟施明德看不過去他在私人診所懸掛蔣經國照片的行為，更多的人可能都看不過去，直接會覺得這個人真是懦夫。

　　施明正當然知道人人都在暗地裡說他是懦夫，尤其是施明德在當時被視為一個反抗暴政無比勇敢的人，對比之下，施明正的行為就顯得更加懦弱。

---

[18]見《施明正集》，頁169～178。

　　他一定很難忍受這種批評。一方面，他在家族裡是長子，支持弟弟，不叫自己的弟弟蒙羞就是長子的責任，怎能表現得如此懦弱；另一方面，施明正也有他極端自負的性格，他對自己的詩、小說、推拿醫術的才能自視甚高，不願自居第二。[19]如此一來，別人對他的屈辱就會時時挫敗他，終於轉為自我攻擊，這種自辱非常嚴重。

　　在〈指導官與我〉這篇小說裡有幾段話是這麼攻擊自己的：

> 在二十一年前，未被羅織成囚，因而能從那個生命的分水嶺，這一豐脊滾下恐怖的深淵，變得非常可恥的懦弱、邋遢、屈辱、無能、貪生怕死以前，我已經被先父、耶穌、文學——尤以詩，教養得非常熱愛人類崇高的勇敢，視其為做人當然的美德之一。可是目睹目前的己身，已是如此不敢照鏡，以免發現自己如此膽小得遠比一隻小老鼠還不如地見笑（臺語：慚愧），因之唯一的妹妹，施明珠的女身，便越加令我體會到，生存在這男不如女的時空，我是非常不適合於生而為人，尤其是生而為小男人，畏縮了的生之標本。
>
> 風吹草動、杯弓蛇影，都會是我自虐的對象。想到這麼一個可憐無奈的生命，如果還能被叫做人，能說不是造物的異數。早知如此，我的父母便不應該生下我來恥笑萬邦。……心靈的殘廢者，這一標頭（臺語：商標）對我這個豬狗不如的廢人來說，還算是高攀。[20]

　　的確，施明正覺得自己比許多人都要膽小，到最後他甚至覺得連妹妹他都比不上。他罵自己「豬狗不如」，是極端的自我屈辱了，以臺灣人的習俗而言，如此痛罵自己，是極端嚴厲的事！

　　既然自感屈辱如此深重，施明正不會想要洗刷、逃離這種屈辱嗎？我

---

[19]施明正曾發豪語說他的詩、小說要得諾貝爾文學獎、醫術要得諾貝爾醫學獎。見鍾肇政著，〈施明正與我〉，《施明正短篇小說精選集》，頁13。
[20]見《施明正集》，頁180。

想還不是時候,只要時候一到,他一定會完成「不適合於生而為人」的願望,勇敢赴死以求解脫!

### (四)視獄中的自殺為一種行動美學

施明正曾在小說〈渴死者〉中表示他對囚犯自殺的看法,這篇小說叫人覺得很震撼,也很不祥。小說的內容大概是這樣的:

有一個外省人,在中國大陸當過抵抗日本人的青年軍,到達臺灣後,變成宜蘭一個學校的教官。他被捕下獄的理由是在臺北火車站前唱某些口號,而被以懲治叛亂條例第七條起訴,最後被判七年徒刑,與「我」一起關在青島東路三號的軍法處看守所。這個人異常沉默,從不說話,也不參加囚房裡的繞圈緩行運動。當大家為了健康,在狹窄的囚牢裡繞行時,他就半坐半蹲在角落裡,一動也不動。他在獄中一再想殺死自己。有一次他突然在囚牢裡發狂,以頭當鼓,拚命撞著囚牢的鐵柵欄,後來發現死不了,就「雙手緊緊抓住鐵柵、像拉單槓、又像鬥牛場的猛牛猛烈的撞了起來」、「從光頭流下的血,爬滿整個臉龐,人靜靜地笑著」。所幸,囚牢裡的人立即拉開了他。頭部的傷口療癒後,他又恢復癡呆不動的狀況。還有一次,這個人暗地裡累積早餐的十幾個發霉的饅頭,然後突然統統把他們吞進肚裡,再在水龍頭底下猛灌幾加侖的水,使他的肚子像氣球一樣膨脹起來,企圖將自己脹死,所幸又被囚牢中的囚犯們拉開,換回了一命。最後,這個人輾轉到臺東泰源監獄,他繼續用頭去撞鐵柵欄,企圖自殺。於是,為了安全起見,監獄官只好把他關在一個兩坪大的房間裡,並且派了一個外役(不必關在牢房裡,比較能自由行動的犯人)在裡面看顧他。可是他卻利用外役有事外出時,自殺成功了。他的方法是「脫掉囚褲,用褲管套在脖子上,又把褲子結在肚臍一般高度的鐵門上,如蹲如坐,雙足腿伸直,屁股離地幾寸,『執著而堅毅地』把自己吊死。」

叫人感到震撼的是:施明正描寫自殺的細節是如此的精細,彷彿在小說中演練著一種死亡的過程,努力刻畫精緻的死亡圖像。我們很少看到文學如此近距離描寫一個人的尋死過程和圖像,即使繪畫裡有描繪耶穌被釘

死的圖畫，但是那畢竟只是一幅畫，而不是一個過程。像這麼精細描寫自殺過程的文藝，只有極端的現代主義文藝或電影才會有，但也不是很多。許多的文藝家遇到自殺的細節都略過了，因為不願擔負那種死亡畫面的壓力。可見，施明正可以這麼仔細地遙寫它，顯示他有其他的目的。

　　叫人感到不祥的是：對於作家而言，他所創作的小說往往是一種預言，所謂的「預言」就是能使現實上的人在未來對號入座。以第三人稱為主角的小說，往往是讓別人對號入座；以第一人稱為主角的小說則往往是讓自己對號入座。就像是寫了許多自傳體小說的日本作家三島由紀夫（此人的小說敘述法是施明正師法的對象，施明正必對他情有獨鍾），他的許多小說都屬於描寫如何破毀自己青春肉體的小說，到最後，他終於用切腹自殺來結束自己的人生，他的小說其實是在預言、演練自己的死。施明正的小說，也許也是用來預言、演練自己的死！

　　這篇小說還有兩個詭譎的地方，都在預示施明正的死。一個是施明正並不排斥囚犯在監獄外自殺，在小說中他如此地寫著：

> 他的行為好像都集中在尋找死路上，不斷地嘗試、力行，而終於完成了他的宏願。也許死的魅力，一直深深地誘惑著他；可是我不了解，要找死，不是應該留在監獄外？在那裡，你要怎麼死，不是頂容易的？[21]

另一個是他讚揚這個囚犯的死和三島由紀夫式的行動美學類似，小說是這麼寫的：

> 或者他的死，也是三島由紀夫式的一種行動美學之追求。[22]

　　施明正在〈渴死者〉顯示他對於囚犯自殺的認同，說明了他日後絕食

---

[21]見《施明正集》，頁178。
[22]見《施明正集》，頁178。

到死的可能性，叫我們不能不相信，自殺的想法單就存在於他的腦海裡，只要給予這種機會，他就會去嘗試。

　　另外，我們當注意，小說裡的這位自殺的囚犯也是一個詩人！

## 三、施明正小說的藝術特性

　　提到施明正的文藝所表現出來的美，絕對不是康德所定義的那種「壯美」或「優美」，不論是他的繪畫、詩、小說都不是。我們知道；三百年來世界的美學潮流，在繪畫上，隨著杜象（Marcel Duchamp, 1887～1968）和孟克（Edvard Munch, 1863～1944）的出現；在文學上，隨著左拉（Émile Zola, 1840～1902）、波特萊爾（Charles Pierre Baudelaire, 1821～1867）的出現，「壯美」、「優美」的潮流已經遠離；世界美學潮流轉變成了醜陋、扭曲、悲哀、病態、頹廢、怪異、恐怖的美，並且伴隨著現代主義的來臨，有日甚一日的趨勢。

　　然而，為什麼當代的人明知道他們眼前所陳列的文藝作品充滿了醜陋、扭曲、悲哀、病態、頹廢、怪異、恐怖，卻還對它們樂此不疲呢？那就是這些作品有著濃濃的趣味性和揭密性，足以吸引住當代廣大男女的注意力。

　　施明正的現代小說正是如此，他表現出來的不是一種「壯美」或「優美」，而是醜陋、扭曲、悲哀、病態、頹廢、怪異、恐怖之美，而用濃濃的趣味性和揭密性來吸引著他的讀者。

　　我們由三個小說的要素來談施明正小說的這些特性：

## （一）人物的塑造

　　施明正小說裡的人物都是怪異的，他自傳體裡的那個主角「我」就是他的化身。「我」總有一種怪異的性格，而且外表已經被恐怖的政治所壓迫、扭曲、輾碎，也許他年輕時一度英俊瀟灑過，但是現在已經變成被施明正自已所稱呼的「鐘樓怪人」。總之是一個外在醜陋、歪曲，內在自我屈辱感非常嚴重的人物。然而，小說裡的這個人所表現出來的行為、言語都

非常有趣，出乎我們的意料之外，能引起我們發笑、能取悅我們。就像是一個小丑，儘管外表醜陋、言語唐突，卻總是能引發我們巨大的笑聲，使人為之拍手叫絕。另外，就反面人物來看，他所描寫的政戰宮、出賣者、祕密警察，都是十分殘酷、反人性；虐待他人特別有一套，從不手軟。他們充當極權政治當局的走卒，仗勢欺人，宛如瘋狗，咬人不放，叫人感到非常驚奇。更有甚者，有時，他們也會突然變成囚犯，受到報應[23]，這就更使人感到有趣。他的小說因此緊緊吸引著我們的注意力。

## （二）場景的描述

　　由於施明正的小說過分注重人物內心的描述，他的故事場景描述就顯得太少。有時他寫海上航行，並不述及海上風光；他寫高雄老家，並不描寫街路風景。不過，他偶爾下筆描述場景，就顯得非常精采。在小說〈白線〉裡，他描寫了騎摩托車在縱貫公路上看到的風光，不論炙熱太陽底下的柏油路面、迎面奔馳而來的小轎車、越過馬路的鴨群、筆直的白線……，都顯示出 1960 年代南臺灣的公路風光，栩栩如生。[24]尤其是描述監獄風光，就顯得非常具有揭密性。譬如說他在〈喝尿者〉裡描述了青島東路囚牢的粗大鐵柵、水泥牆面、蒸騰暑氣和牢外三丈的蒺藜圍牆、窗外天空[25]都具有揭密性，為那些想要了解監牢感受的人揭開了一個祕密。特別是在〈渴死者〉裡描寫到囚犯在囚牢裡繞行、起居、作息[26]，更具揭露性，為讀者打開了一道神祕的窗，能直接了解讀者想知道的被囚者的日常生活細節。

## （三）情節的鋪陳

　　施明正小說的情節總是非常豐富。他往往由一個現在正在進行的故事講述中，突然插進一大段過去的往事；然後講了一段過去的往事後，又回

---

[23]有關特務淪為囚犯的故事，見短篇小說〈喝尿者〉，《施明正集》（臺北：前衛出版社，1997 年四刷），其 115～131。
[24]見《施明正集》，頁 7～8。
[25]見《施明正集》，頁 116。
[26]見《施明正集》，頁 171～172。

到現在。有時交錯得很厲害,變成現在和過去的事情纏在一起。如此,他避免了單線的書寫,小說就立體、多樣起來。那些被插進來的情節往往非常重要,譬如說一篇談愛情的小說,他會突然插入一段往日被政治迫害的經驗和感受,結果這篇小說既是愛情小說,也是政治小說。[27]因此,他的有些小說剛開始也許無關大局,但是由於插進來的情節具有政治的揭密性,到最後總是變得非常有重量;況且有些情節非常私密、怪異、扭曲,能引人驚奇或發笑,打破了冗長敘述所帶來的疲勞,小說因此變得很有娛樂性。施明正的小說情節穿插法是非常傑出的,由於運用純熟,小說的蒙太奇手法、壓縮手法、切割手法、懸疑手法、延宕手法……都藉著情節的穿插出現了,技法因此變成相當繁複。

施明正唯一被人詬病的技法是句子和句子的連結。有少部分的地方,由於連接詞的使用不當、標點符號的錯用、字詞的誤寫、省略幾個字,結果導致句子和句子連接不起來,變成彷彿是句子和句子的突兀拼貼,上下文似乎沒有關係。這麼一來,有些段落就難以順利閱讀,若要完全了解整段意思,讀者就必須推敲再三,多花費時間。[28]所以會如此,我認為是施明正沒有修改文章所導致。通常一個作家寫完小說,是要努力加以修改的,改換文字、增刪文字、調整句子、修改錯字、檢查標點……都是必須的,但是施明正顯然不太做這些事後的工作。可能他沒有時間做這些事,也可能是他認為需要保留書寫的原貌給讀者。不過,我們還是可以原諒他,畢竟他的小說還算不上是意識流小說或超現實主義小說,只要讀者勤快,自行修改或增加一些字詞,他的小說還是很通順的。

總之,施明正的小說技法繁複,運用純熟;趣味性、揭密性乃是他小說所以吸引人的最大原因。

---

[27] 〈遲來的初戀及其聯想〉,《施明正集》,頁 133～168。

[28] 這種缺點,請仔細讀我在前文曾引用過的那段文字:「在二十一年前,未被羅織成囚,因而能從那個生命的分水嶺,……,我是非常不適合於生而為人,尤其是生而為小男人,畏縮了的生之標本。」

# 四、施明正小說與當代臺灣存在主義文學[29]

提到存在主義，我們都知道那是歐美的產物，並且隨著時間的進展，分成了兩個不同的階段。一個是一次戰後，在 1920 和 1930 年代前期興起的悲劇式的存在主義。由於科學的發展、物質文明的崛起、大都會的產生、基督信仰的式微……人們開始意識到人類生活在世界上顯得非常的虛無、疏離、孤立、寂寞，哲學和藝術就表現出這種感受，哲學家以海德格（Martin Heidegger, 1889～1976）、里爾克（Rainer Maria Rilke, 1875～1926）為代表。到了 1930 年代後期、1940 年代，由於法西斯主義有日甚一日的傾向，人們意識到自由、生命、人權岌岌可危，這時轉向對極權暴政的抗爭和思考，展開了新一波的諷刺式的存在主義的哲學和藝術表現，沙特（Jean-Paul Sartre, 1905～1980）和卡繆（Albert Camus, 1913～1960）就是代表，並且延伸到戰後。

臺灣是有存在主義的一代的，這是指成人階段落在 1960、1970 年代的這一代人。當時，由於國府在臺灣捲起的白色恐怖非常氾濫，臺灣受統治的狀況形同戰前在法西斯主義鐵蹄下遭滅亡的國家。同時，也是因為當時存在主義思潮在臺灣流播非常厲害，幾乎所有思想的年輕人都受到影響，甚至有些人是存在主義哲學的翻譯家。存在主義者所表現的那種沙特和卡繆的「荒謬式的英雄主義」、「由我重估一切價值」、「抵抗、反叛」的個性，非常生動地烙印在那一代的臺灣青年身上，只要看一看許信良、施明德、呂秀蓮、林義雄……這些人的行為表現，就不難可以看出存在主義的活潑影蹤。

當時，外省人的文藝青年不乏有悲劇式存在主義文學家，包括王文興、洛夫、管管、羅門……都可以沾上邊；本省人的文藝青年，包括陳若曦、施叔青、白萩、七等生、鄭炯明、李敏勇……的小說、詩都散發了這種味道。

---

[29] 有關臺灣存在主義文學的專著，請參見廖偉竣著，〈臺灣存在主義文學的族群性研究：以外省作家和本省作家為例〉（臺中：中興大學臺灣文學研究所碩士論文，2009 年）。

　　我們特別要注意到本省文藝青年的這個部分。由於被國民黨統治，這些青年不僅懂得虛無、疏離、孤立、寂寞這些存在主義的奧義，還不斷做著反抗暴政的嘗試。他們自覺地或不自覺地都在實踐著卡繆的荒謬哲學，覺得臺灣人儘管生活在故鄉，卻落得彷彿是一個異鄉人，生活在一個他們所不認識的世界裡，面對戒嚴的禁令，使他們舉步維艱，不知道何時會由於誤解或被誤解，帶來牢獄之災。他們呼應卡繆新揭櫫的反抗哲學，偷偷走在抵抗→反叛→死亡[30]的這條道路上，諸如《笠》、《臺灣文藝》都頗具抵抗精神。施明正成人階段就落在這個年代。

　　在施明正的小說裡，我們看到他對「荒謬（與世界相互誤解）」有極端的了解，他也是這個荒謬世界實際的犧牲者，付出的代價慘重。他雖然自稱「懦夫」，但是他卻不斷地抵抗。只是他所走的抵抗→反叛→死亡的路比別人徹底，雖然許多的存在主義文藝家既「抵抗」也「反叛」，卻始終沒有抵達到「死亡」這個地步，但是施明正卻抵達了。他的徹底性超越了臺灣任何一位存在主義者，也超越了法國的沙特和卡繆！

　　也因此，當我們要了解當代臺灣存在主義的文學，我們第一個需要閱讀的就是施明正的小說，他身體力行，在實際行動上以及藝術上做下了了不起的時代見證！

## 五、施明正小說在三百年來臺灣文學史的位置

　　加拿大籍的文學批評家弗萊（Northrop Frye, 1912～1991）在 1951 年寫了一篇叫做〈文學的若干原型〉[31]的文章，裡面揭示了許多人類文明社會的文學歷程（這個歷程不管是三千年、三百年、三十年都行），皆可以分成

---

[30]「抵抗」、「反叛」、「死亡」是卡繆竭力詮釋的反抗觀念。「抵抗→反叛→死亡」也是他暗示出來的一條反抗者的道路。當壓迫力量很大時，反抗者就會採取抵抗的方式來因應，壓迫者力量已經衰竭時，就會採取反叛的方式來因應；不過抵抗和反叛時必須思考到死亡問題，因為會帶來死亡。但是不要畏懼死亡，卡繆的名言是：「人皆會死，但別屈從的死去，而要抵抗著死去。」參見卡繆著；溫一凡譯，《卡繆雜文集：抵抗、反叛與死亡》（臺北：志文出版社，1979 年）。

[31]見伍蠡甫、林驤華著，《現代西方文論選》（臺北：書林出版公司，1992 年），頁 353～360。

春、夏、秋、冬四個階段。在春天階段會出現以「浪漫」為主流的文學；夏天階段會出現以「田園、喜劇、抒情」為主流的文學；秋天階段會出現以「悲劇」為主流的文學；冬天階段會出現以「諷刺」為主流的文學。並且四季循環完畢，還會復活過來，又出現下一個四季的循環。據此，我曾把截至目前為止的臺灣三百年文學歷史分成下述五個階段：

在清朝的前期共計 120 年，臺灣的文風是「傳奇」的。要了解這個傾向，只要閱讀郁永河的《裨海紀遊》、江日昇的《臺灣外記》、朱士玠的《小琉球漫誌》就會明白。此時，文學裡的英雄（主角）邁向了征途，沿途盡是奇崛的風光和不可思議的海流，奇怪的禽獸和野蠻的人種埋伏在四周，但是英雄都能一一克服困難，達成任務，其經歷不但使作者自己感到驚訝，我們讀者同感匪夷所思。歷史的春天正值來臨。

到了清朝中期時，進入了共計 70 年的「田園文學」文學時代。差不多由鄭用錫、陳肇興這些本土詩人開始，一直延續到日人占領臺灣為止。我們只要讀一下鄭用錫的〈新擬北郭園八景〉、林占梅的《琴餘草》、陳肇興的〈到鹿津觀水路清醮普度八首〉、〈春田四詠〉、〈秋田四詠〉以及割日以前許南英的《窺園留草》，就能明白。詩文裡的英雄（主角）正走向愛情、親情的懷抱，一派的美麗風光和悠閒生活。歷史的夏天正值來臨。

由割日開始，進入了共計 51 年以「悲劇」為主的文學時期。由丘逢甲、施士洁、許南英的舊詩開始，經過賴和、龍瑛宗、呂赫若的新文學，有名的文章，幾乎都是悲劇。丘逢甲的詩〈離臺詩六首〉是悲劇；施士洁的〈臺灣雜感和王蔀畇孝廉韻〉，悲劇；賴和的〈一桿秤仔〉短篇小說，悲劇；龍瑛宗的〈植有木瓜樹的小鎮〉短篇小說，悲劇；呂赫若的〈牛車〉短篇小說，悲劇。英雄（主角）打了敗仗，屈從於敵人，美景轉成衰敗，枯藤昏鴉棲息於西風之中，處處都有斷腸人。美好的過往逐漸逝去，即使還有太陽，內心依然秋風甚涼，除了眼淚之外，還是眼淚。歷史的秋天正值來臨。

二戰後，由吳濁流的短篇小說〈波茨坦科長〉起，到了 1960、1970 年代蔚成大宗，一直延伸到世紀末，共計 55 年，臺灣文學歷經了以「諷刺文學」為主流的時代。我們注意到，黃春明主要的文學就是諷刺的文學，〈溺死一隻老貓〉諷刺了一個為興建游泳池而自殺的鄉下老人；〈我愛瑪莉〉寫臺灣人不如一隻洋狗。王禎和又寫了什麼？他的諷刺更屬害，〈嫁妝一牛車〉諷刺了以老婆換牛車的糗事；〈小林來臺北〉諷刺了崇洋媚外的成群假洋鬼子的醜態。另外有七等生，他的文學頗令人費解，因為充滿荒謬，而所謂的「荒謬文學」正是一種諷刺文學。就是自殺而死的施明正，他的最重要的短篇〈渴死者〉、〈喝尿者〉都是諷刺文學。尤其是林宗源所屬的《笠》這個團體（這個團體號稱臺灣最大的詩團體），他們自從 1960 年代就引進了「新即物主義」，並以這種主義為他們的招牌。這種詩風是寫實的，往往由一個單一的物象（比如說熨斗、蚊子、石灰窯、鳥、蝸牛、垃圾、毛巾、流浪狗……）起，開始做暗喻臺灣的描繪，充滿諷刺。此時，英雄（主角）死了，活著的人命運不如動物、礦物、植物，公理正義全數毀壞，霸道橫行，世界走向夜暗，大地一片渾沌。缺乏自主能力的作家除了用諷刺來提醒施暴者以外，已經無能為力了。歷史的冬天正值來臨。

上述就是我認為的臺灣文學已走完的四個階段，剛好歷經了第一個循環。現在年輕的一代又慢慢走入了另一個「新傳奇」的階段，正開啟了另一個新的循環。[32]

　　在上述這段文字裡，我把施明正視為臺灣三百年來諷刺階段的重要文學作家之一。這個階段的作家其實是非常辛苦的：首先因為英雄已死，沒有正面的人物可以描寫。如果要創作小說，大概只能找尋那些身心俱碎、扭曲變形的小人物來描寫，否則就只好書寫那些暴君、殺人魔、害人精。

---

[32] 請參見宋澤萊著，《臺灣文學三百年》（臺北：印刻文學出版公司，2011 年），頁 26～27。

施明正的小說就是描寫這些人物的小說。其次，這個時代的環境非常野蠻，社會道德淪喪，統治者寡情無恥，到處都是警局監牢，假如作家不稍注意，難免喪失生命。施明正何其不幸，生在這種時代，也嘗盡了苦果！

但是，我們也不要忘記，這是一個諷刺文學狂飆的時代，也是文學的諷刺技巧發展到了最高峰的階段，施明正的諷刺文學技巧因此顯得非比尋常，在臺灣文學三百年史上，很少人能勝過他。施明正的諷刺屬於「反諷（verbal）」這一類，顯現在他非常善於運作「說反話」這一點，也就是說他非常精通於「說褒成貶，說貶成褒」。有時，他會在小說裡長篇大論地推崇某些人，等到你念完以後，才知道原來是在貶斥對方。[33]有時，他會通篇揶揄某個人，但是念到最後，原來是在肯定對方。[34]他的諷刺技巧能叫讀者捉摸不定，或褒或貶一時難以定論，確實神妙。因此，由於技法高超，施明正的諷刺就非常大膽，被他諷刺的對象甚多，除了小說的「主角」人物外，包括所謂的神聖人物：孔子、孫中山、蔣中正、蔣經國，還有那貼著仁義道德標籤的虛假中國文化、中國道德、反共八股、三民主義、國民黨政府，都難逃他的諷刺。在戰後五十年裡的臺灣的作家中，從來沒有人這麼大膽，敢於全面挑戰、譏諷這些他認為的偶像、暴君、魔鬼，但是施明正卻做到了，他的文學實在是一種奇蹟。

因此，倘若我們要用某個人作為臺灣諷刺文學的代表作家，絕對不能不提施明正。他是諷刺文學的首席，有了他，臺灣諷刺文學就光芒耀眼；缺了他，臺灣諷刺文學就稍遜風騷。整個看起來，在三百年臺灣文學史裡，他占有非常醒目、非常耀眼的地位！

## 施明正的小說集一覽表

《魔鬼的自畫像》（臺北：文華出版社，1980 年）

---

[33] 請參見《施明正集》頁 179 裡的一段文字：「下面的故事，我就以自己可恥的半生某個片斷，來探討生於斯的人們的某些遭遇，以感謝維護一千八百萬同胞的無名英雄，不分晝夜勞苦功高的精神，和世界斷難做到十全十美的職責……獲得提升，免於沉淪。」
[34] 請仔細參究〈渴死者〉，《施明正集》，頁 169～178。

《島上愛與死》（臺北：前衛出版社，1983 年）

《施明正詩‧畫集——魔鬼的妖戀與純情及其他》（臺北：前衛出版社，
1985 年）

《施明正短篇小說精選集》（臺北：前衛出版社，1987 年）

《施明正集》（臺北：前衛出版社，1993 年）

《島上愛與死：施明正小說集》（臺北：麥田出版公司，1997 年）

——選自向陽主編《打破暗暝見天光》

新北：國家人權博物館籌備處，2016 年 10 月

# 政治與文學之間
## 論施明正《島上愛與死》

◎黃娟[*]

## 一、前言

　　以短篇小說集《島上愛與死》揚名於臺灣文壇的作家施明正，於 1988 年 8 月 22 日因肺衰竭而死於醫院。

　　導致他死亡的真正原因是他在 4 月 22 日（1988 年）開始的絕食行動，旨在陪他的四弟——美麗島事件唯一尚在獄中的施明德——以絕食進行長期的抗議。所不同的是他一聲不吭，既沒有「聲明」，也不發表「宣言」，一個人悄悄地、一步一步地走向了「殉道」之旅。因此他的「死亡」消息，見於報端之後，引起了許多人的震驚。「震驚」來自事先幾乎無人知情，也來自他的「烈士」行為，不像是自稱「懦夫」，也被他四弟認為「懦夫」的施明正所能做得到的。

　　年輕時英俊瀟灑的施明正，會心甘情願地把「懦夫」的商標往自己的臉上貼，是由於 1961 年，他莫名其妙地被捕，並且在刑求下變成了叛亂犯，被判處五年的徒刑。在那場逼使他承認上面指派的罪名而施加的酷刑、拷打和監禁之後，施明正自認是個「天生怕死」的傢伙。尤其是在風聲鶴唳的「美麗島」時代（其弟施明德再度被捕），他更為了減少特務的威脅，不得不在他賴以謀生的「施明正推拿中心」診所內，恭敬地張掛臺灣統治者的相片，對陌生人（可能是便衣特務）說些言不由衷的話，據稱他

[*]本名黃瑞娟，作家。發表文章時為北美臺灣文學研究會會長，2005 年出版大河小說《楊梅三部曲》，現旅居美國。

也常說：「嘿嘿，我怕被抓去關，我還想多活幾年。」

誰不想多活幾年呢？「避凶趨吉」原是人類的智慧本能，何況了解了臺灣特務那「寧可錯殺一百，絕不錯放一個」的心態之後，縱使「委曲求全」也應算為恰當的行為。

不幸的是給臺灣文壇留下了《魔鬼的自畫像》、《島上愛與死：施明正小說集》、《施明正短篇小說精選集》等三本短篇小說集，和《施明正詩‧畫集——魔鬼的妖戀與純情及其他》的詩、畫、小說三棲的怪傑施明正，竟在心底慚愧自己是個「貪生怕死」的人。

他為什麼不以「才華橫溢」的藝術家而自傲呢？他為什麼不因自己「得天獨厚」，詩、畫、小說、雕塑樣樣精通而特別自愛呢？

答案是因為我們生存的是「政治掛帥」的社會，在這樣的地方，掌握人民「生殺大權」的統治者，得到了最大的敬畏，而膽敢向統治者挑戰，為人民爭取民權和福利的民主鬥士，也得了相當程度的敬佩。可惜作家對社會的貢獻和影響，卻很少受人注意（只有經常查禁書籍和報章，拘捕文人的獨裁者是例外）。

須知作家的貢獻和影響，原是需要長期的奮鬥才能見效的。因此在文化荒蕪的臺灣社會，作家的地位和作家的工作不受重視，也就不值得大驚小怪了。由於受到社會冷暖的影響，許多作家難免會妄自菲薄，不幸施明正竟也是其中的一個（雖然他有時候也很自負）。

1988 年 4 月，他的四弟施明德因為長久絕食而被以強制灌食方式延長生命，施明正面對四弟的「強者」形象，感到「自慚形穢」，施明德的光芒，又使他自覺相對地「幽暗」。他可能忘記了自己寫出的小說是光芒四射的傑作；也可能忘記了繼續寫出他在腦子裡構想好的許許多多作品，就是他在有生之年，對他熱愛的島嶼所能做的最大貢獻……絕不遜於為臺灣的民主前途，獻出自己生命的四弟施明德。

我們很遺憾臺灣的社會和人民，沒有認清這一點，而始終把施明德放在施明正之上，其實這兩位兄弟各有所長，各盡其職，都是寶島最難得的

才俊。

## 二、震憾人心的監獄小說

施明正早在少年時期就涉獵世界文學名著，並在青春期就決心為藝術和文學奉獻自己的生命。照他自己戲劇性的敘述：「窮我十生，逃也逃不出地深陷於如此迷人的文學藝術酒池那般，樂此不疲……」。他又說父親去世時，18 歲的他「正在發狂似地狼吞虎嚥著人類最偉大的遺產——詩、畫、小說、電影……並犯著熱病也似地學習創造著上述諸種文學藝術……」。對他來說「政治」絕不是他所關心的問題。可是他對「政治」沒有興趣，「政治」卻對他有興趣。因為：「民國 38 年大陸淪陷的慘痛經驗，這血肉橫飛的新鮮傷痕所得的教訓，所擬定而訓練出來，鞏固基地清除赤禍，因此過度敏感地視文藝為蛇腹蠍手，加於本能的排斥；抑或利用其為宣揚政令，視異己為魔鬼，加於無情的猛擊的工具……」，於是擁有幾箱文藝書籍的文學青年施明正，便給製造「安全資料」的指導官，添加了許多的資料。使得他的第一篇小說（他自稱為處男小說）〈大衣與淚〉，是在臺灣泰源監獄寫成。他的文學生涯似乎與無孔不入的「政治」，有了糾纏不清的孽緣。

施明正在〈指導官與我〉中，以他有名的長句這樣寫：「想到要是沒有這些遭遇（指刑訊及坐牢），也許我還保有很健美的身材，和公子哥兒的逸樂習性，因此我的作品，說不定會因我沒有嘗試過人世間的極度艱苦、恐怖、悲哀、怨恨、屈辱、無奈……等等有話無處講的苦楚，對於同情人類的錯失；憐憫同胞的哀怨；體諒異己的狂妄……等等人類崇高的情操，就不至於那麼執著熱衷地推舉它們，因而忙煞了繼續在建立必須為了維持社會秩序、國家安全所必須的個人安全資料的各路英雄好漢，以至於還像到處可見，遍地皆是的文藝家們，自私、苟且地躲在安全地耽樂於空靈、美色、甜膩的官能之追求；不顧同胞與人類良知，格調的喪失帶給人類最大的死對頭，那可怕的、巨大的、無形的、無所不在的，應該面對面而不是逃避，因之愈躲愈糟，愈怕愈是助紂為虐的極權之迷信等追逐與歌頌。

　　這樣說來，我委實要感謝贈送給我那被關五年再教育的洗腦，目睹同胞的苦難，以及自受折磨試練──如天主教徒堅信除了殉道者、嬰兒、聖人，任誰都必須經過煉獄之火消毒、提煉才能升天進入天國那樣，我要感謝牛爺馬爺等獵人以及從未現形的創造它們給我的賞賜者──這些無名功臣；以及害人害己，害我由美男變成很性格的鐘樓怪人的陳三興等共同被告的受難者，願大家為 21 世紀世界的和平，人類大家庭的和睦相處⋯⋯」算是詼諧地點出了「坐牢」的正面影響。

　　《島上愛與死》於 1983 年 10 月，由前衛出版社出版，出版不久即遭當局查禁。由於施明正曾經是個政治犯，小說內容也牽涉了監牢的反人性管理和冤獄，以當時的環境來說，這樣的結果，並不算意外。施明正為了避免更大的麻煩，還自動地封了三年的筆。一個作家不但不能暢所欲言，還不得不為了「安全問題」，被迫保持沉默，不能不說是一件痛苦的事。

　　〈渴死者〉和〈喝尿者〉這兩篇傑出的監獄小說，可以說是使《島上愛與死》這本小說集，遭遇查禁的主要原因。兩文都在《臺灣文藝》刊登過，並各得「吳濁流文學獎」的小說佳作獎和正獎，足見刊出當時，就已經轟動一時。

　　這兩篇小說震懾人心的力量，從題目就可以看出。蓋「貪生怕死」是人的本性，這兒偏有個反人性的「渴死者」；再說「山珍海味」人皆愛嚐，這兒偏有個不可思議的「喝尿者」（尿怎可入口？）──其中隱藏的駭人故事，無可置疑地吊足了讀者的胃口。

　　施明正敘述這兩個不平凡的故事，採取的是相當平淡的手法，唯其平淡，更能襯出其內容的驚人，增加了震憾力。

　　〈渴死者〉的主角是外省人，青年時投筆從戎，在抗日戰爭中打過硬仗，戰後隨軍來臺，派在中學當教官。他的罪名必是「匪諜」，因為他喊了不該喊的口號而被捕。1960 年代，以「匪諜」入罪的思想犯特多，而且以外省人占多數。此人在監牢裡不斷地尋死，因為沒有自殺的自由，也沒有自殺的工具，他使用的方法是可怖而可悲的：

小說裡描寫他以鐵柵敲腦袋：「雙手緊抓住鐵柵，像拉單槓，又像鬥牛場的牛，猛烈地撞了起來……」「從光頭流下的血，爬滿整個臉龐，人靜靜地笑著……」。

此人有一天被人發現肚子像氣球一般愈漲愈大，原來他竟會想到用發霉變硬的十幾個饅頭和不知幾加侖的水，希圖結束一條卑微的生命。

最後他「有志竟成」地把自己吊死……達到目的的方法是脫掉沒褲帶的藍色囚褲，用褲管套在脖子上，結在常人肚臍那麼高的鐵門的把手中，如蹲如坐，雙腿伸直，屁股離地幾寸，執著而堅毅地把自己吊死。

這個作賤自己、粉碎自己，不到「死」不肯罷休的人，聽說也寫過詩。他沒有親人接濟，手邊所有僅是監牢裡分給他的一雙筷子、一個鋁碗、一支湯匙、一條毯子和一套藍色的囚衣。

但是他那種絕對的孤獨，和為國盡了一生汗馬功勞，卻終於難逃牢獄之災的遭遇，帶給他的絕望感，仍然不能解釋他那種熬得起非人的痛苦而達到「死亡」的執拗。

是什麼樣的時代，什麼樣的環境，和什麼樣的政府，創造了這樣的悲劇人物？

施明正對於這個他親眼見到的悲劇人物，做了這樣的推論：「他的行為好像都集中在尋找死路上，不斷地嘗試、力行，而終於完了他的宏願。也許死的魅力，一直深深地誘惑著他；可是我不了解，要找死，不是應該留在監獄外？在那裡，你要怎麼死，不是頂容易的？然後我又想到我們中國人，是一個絕不流行自殺的民族。因此他的尋死，不是頂容易？然後我又想到我們中國人，是一個絕不流行自殺的民族。因此他的尋死，說不定是在喊了不應該喊的口號之後，落了網，才慢慢形成的。或者他的死，也是三島由紀夫式的一種行動美學之追求；但是他死於三島由紀夫之前好幾年，因此不能說他模仿了三島由紀夫……」。

到此讀者那顆被「渴死者」震懾住的心靈，便也隨著作者去思考「渴死者」尋死的原意……而這篇作品也因此而提高了它的境界。

　　〈喝尿者〉的主角是姓陳的金門人，中等身材，四十七、八歲，因匪諜罪被捕，面對槍斃的威脅。

　　「槍斃？我是有功於黨國的，你不知道我領過多少獎金，檢舉過多少被槍斃的匪諜？」不知廉恥的他，大言不慚地辯護。

　　想不到的是最後他自己也被送進監獄來；密告他的人說，他是為了要掩護自己的匪諜身分，才把那些人給出賣的。他卑鄙的行為，竟為「害人者害己」這句話，做了有力的證明。他不了解那是個人人可以陷害別人的混亂時代！

　　金門陳的行為，被人厭惡，令人唾棄，更叫人疑懼。而此人最怪異的行為是每晨以「撒尿入杯」的尿聲，和「喝尿入喉」咕嚕咕嚕聲，吵醒同房的獄友。

　　他解釋他每天喝尿的理由是：用以治療受刑時造成的內傷，但是大家認為那必也是出於一種自責，象徵著對於被他整死的人們的贖罪行為。

　　這篇小說以「喝尿者」為中心，非常功地描繪了監獄的一角，給讀者的色彩是鮮明而強烈的。施明正這樣自述：

　　「要不是自從與起碼的自由世界斷絕關係四個月以來，日夕被迫靜觀同房十三、四個人赤裸裸的人性表露，和深沉的隱藏，我的人生，也許不至於這麼了解人性既可以摧毀可貴的互信、互助、互愛；更可以在了解人性的低劣、惡臭下，意識到如要提升人類的素質，便有待人們放棄鄙視和仇視，摧毀可貴情操的人們，像耶穌那樣地，必須具備寬恕他們、庇愛他們，以待他們從苦難的生活中，得到自省，和自愛，且在建立自助，以達互助，自信以臻互信，並進而發揮互愛的博愛精神。」

　　可見他本人在承受一場「無妄之災」以後，仍沒有對「人性」的積極面，失去了信心。小說裡的獄中難友，沒有人理睬那個出賣同胞的「金門陳」，可是鑑於同為階下囚，還有叫王老的，願意幫他把「答辯書」寫好，以期獲得較輕的判刑。而被「喝尿者」密告，但沒有被判死刑的所謂從犯們，也未曾有人找過他麻煩，這使得施明正說：

　　「這證明了我們所處之處人性的可愛，這是我們身處無可奈何的情狀裡，最值得驕傲的，因此也使我感受了五年的囚牢生活，充滿了發揮人性光輝的一個令人可懷念的地方……」。

　　作為一個讀者，我們不得不感嘆在監牢那樣的環境下，依然有生活，依然有哲學，依然有人類愛……。

　　令人驚愕，哀嘆的是「冤獄何其多！」，未曾公開其數目，卻令人意識到為數不少的所謂「政治犯」裡，究竟有多少人是真正的「匪諜」，抑或「臺獨」？

　　如施明正的同監難友魯老：「具有正統國軍將校出身，曾在大陸的抗戰時期，抵抗過入侵的日軍，並自認在剿匪時痛擊過匪軍的鐵漢。

　　由於 1949 年山河變色得太快，與周老（他以一個大約管過一大半個臺灣省那麼大剿匪地區的軍警首長身分，扶助過當地行政首長的魯老）等被認為自首不清的幾個同案者，來不及跟隨政府轉進臺灣省——因之不得不棄械，以資助共匪（這一條罪名，是他們賴以被正式判罪的原因）。」

　　一個付不起理髮費，而理著光頭的莊稼人：「本省籍的山裡草地人，因被某些大陸同胞，帶來本省的紅色分子所汙染的朋友的朋友，當他們中的某一個人，在被通緝的逃亡中，投宿過某家一宵，因此他出示：古今中外農人普遍的美德，好意收留的遠親疏朋，有一天被逮捕所牽連，糊里糊塗地登上政治犯的龍門，被判無期徒刑。」

　　上述那兩個例子：一為外省，一為本省，大約是相當普遍的「政治犯」製造方式。

　　對被捕的人來說，帶來的是偵訊、酷刑和長期的監禁（也有喪失了生命的）；但是對看到或聽到這樣故事的人，卻不禁要仰天長嘆「荒唐」了。這真正是個「荒謬的年代」！

## 三、施明正的自畫像

　　施明正寫小說，總是用第一人稱（只有〈煉之序〉是例外），主角不但

是他本人，而且還以真實姓名登場，因此要了解他，最好的方法是從他的
作品裡尋找他的自畫像。《島上愛與死》裡收的六篇小說裡，除了前章討
論過的〈渴死者〉與〈喝尿者〉，可以說全部是自傳小說。其中〈遲來的
初戀及其聯想〉對於他的身世著墨甚多，我們就先從他的身世去了解他
吧：

父親——農夫，木匠出身，從小勤習各家拳術，後得帝師私傳的拳術
及醫術，成為南臺灣首屈一指的拳師、接骨師，兼全科中醫師。後來從事
地皮投資而致富，是高雄的首富之一。

因結髮夫人未育子，為了中國傳統「無後為大」的觀念，而興起「叛
逆」天主教規不能納妾生子的戒律，於 50 歲時，娶貌美體健的 20 歲女子
為妾，生了施明正為首的五男一女。

其父又是不屈不撓的抗日領袖，一生未學日語，曾被日本政府抓去嚴
刑酷打。

母親——八歲就負起燒飯洗衣的家務，身高五尺四・五，在當時營養
普遍不好的時代，誠屬難得的體型。是高雄繁華區鹽埕出名的美人。經過
了可以寫成厚厚傳奇性傳記的變遷後（施明正語），嫁給比她大 30 歲的高
雄名中醫，兼名拳師施闊嘴為妾。

成長的環境——母親在懷孕時期，即不斷吃藥補身，並為了胎教，傾
聽西洋古典音樂和臺灣民謠（施明正認為他被困於文藝，就是胚胎時期形
成）。

生為長子而受寵，新衣堆積如丘。兄弟每人生下就各有乳媽照顧，但
是母教甚嚴，七歲就跟父親學拳，學推拿，之後母親還要親執其手，督其
練字。他在母親基於愛意，高度加壓的情況下，忍嘴不說童稚的怒言，只
能埋頭苦幹。

天主教家庭——施家自從祖父母那一代，就信天主。施明正把他自己
信仰的強弱依年齡而分述其變化：

16 歲以前——虔誠的天主教徒。

16 歲以後——由於追求文學藝術，慢慢遠離了天主，投入詩神繆思的懷抱。但仍隨其父做飯前、睡前的禱告，每個禮拜天上教堂看彌撒。心中因表裡不一而深感痛苦。

父親去世以後（18 歲）——遠離教堂，只留下飯前劃十字的習慣性動作和默念禱文。

出獄後的落魄時期（32 歲）——不再在形式上劃聖號和禱告，但是每逢內心痛苦時，隨時隨地呼喚著天主。

40 歲以後——推拿有點成就，並為了醫好病人，邊推拿邊禱告。於是在力行先父的遺教中，又回到先父期望的使命，完成作為一個天主教徒的身分。但已不重視形式，而更重視創始天主教的耶穌那偉大的精神。

列舉到此，我們可以說施明正的身世頗富傳奇性。他有富家子弟的任性和浪漫，但是由於從小受到嚴厲的家教和天主教規的影響，性格中在豪爽之外，也有拘謹的成分。

他在生命史上嚐到的第一個苦果，必是「父親的死」。他在處男小說〈大衣與淚〉中寫出「痛失親父」的無依感，和「未盡孝道」的懺悔。但是在〈我‧紅大衣與零零〉（收在《島上愛與死》）中，有這樣一段話：

「我從小過慣舒適而不必用錢的生活，自然不把錢看在眼中，也因此才愛上無法賺錢的現代詩、現代畫等等。加上喪父以來，家計全操在頗有專制意味的母親手中，即使我想負起長子的職責，也熬不過母親的反對，我這個不敢反抗媽媽的懦夫，只好樂得不聞不問，整天繪畫、雕刻、寫詩，沉醉於追求心靈世界的耽美與逸樂。」

想來必也是他早年生活的寫照。

施明正生命史上最大的悲劇，發生在 1961 年，包括他自己在內的施家三兄弟，為了有人虛構的案件而被捕，他和三弟施明雄判了五年，四弟施明德則判了無期徒刑。

他在〈遲來的初戀及其聯想〉中，這樣描寫出獄之後的自己：「意識到獄中五年被磨光了的英俊瀟灑，自覺如不隨便說兩句無害的話，並嚴守

沉默是金的鐵則，便有傾出滿腹酸水的可能，而又怕禍從口出，怒由憶起，便只好仍以沉默，沉沉厚厚的沉默，把這幾年來深深地滲入骨髓，浮在肌膚的落魄壓縮，並確實覺悟到自己已非五、六年前走過百貨公司，總會引起無數小姐欽慕投視的悲哀，因此縮著頭，把自己龜縮到一種正配合我這家破人亡、妻離子散的出獄者的身分來。」

接著在與女主角的對話裡，他這樣說：

「比起我的四弟從 21 歲被判無期徒刑，到蔣公仙逝而減刑為 15 年，我和三弟算很幸運的。

雖然我的背駝了，三弟的腳跛了，四弟的脊椎骨也壞了……」。

平淡的敘述，道盡了坐牢期間慘極人寰的遭遇。雖然施明正坐的只是五年牢，但是由於四弟施明德坐了 15 年，在他的心中必也是受了 15 年的煎熬。因此施明德出獄之後，一直不懈地為政治犯請命，接著又投入政治運動時，施明正這樣哀嘆：

「就因為他那舉世無雙的勇氣，我很痛心地跟他疏遠了……我不曉得我這個當大哥的為什麼會為了怕抓、怕疲勞訊問、怕關，而疏遠這麼一個比我聰明無數倍，一生刻苦自己，專為別人設想的人。」

這是多麼痛苦的自白，他身上那如影隨形的憂鬱，和借酒澆愁的生活，就是這樣形成的吧！？

終於不該發生的，又發生了……。

「施明德我的四弟，終於又被關進去了。」

〈遲來的初戀及其聯想〉的最後一章是這樣開始的。施明正不但為了四弟再度坐牢而痛心，還因為坐牢的不是他自己而慚愧不已。這種雙重的煎熬，對一顆熱愛文學、藝術的纖細心靈，和經歷了牢獄之災而損毀了健康的身體，必是難以承受的負擔。

施明正的小說，除了敘述自己（如青少年的回憶、經歷、見聞和戀愛等），他總是喜歡解剖「作品裡的我」。尤其是寫坐牢以前的自己，而又以描寫人的「愛慾」為主題的小說（如〈魔鬼的自畫像〉、〈我‧紅大衣與

零零〉），他還常把那個「我」描繪成一個可怕、矛盾、複雜的人，也經常使用「魔性」兩個字。

在〈我‧紅大衣與零零〉中，有這樣的一段：

「也許由於我的性格中，魔性遠比神性多了三分之一，而據說大部分的女人，是喜歡魔性較濃的男人，所以我老是在讚美她一兩句之後，又要惡作劇地狠剌她三五句……」。

「有時我也會懷疑我追求文藝，只是中了電影裡的藝術家能夠被許多高級的女人所愛的毒而悲哀……我發現她愛的是我這個魔鬼似的男人，能動用藝術的魔咒迷惑她、娛樂她、使她得到別的男人無法給她的情趣、剌激與魅力。」

但是在同一篇小說裡，他又這樣說：

「我不以為誰的生產能比我創作一幅畫、一首詩，更痛苦、更真誠。誰說沒賺過一文錢的人就沒有價值。」

「令人啼笑皆非的是當我出賣了良心，丟掉了靈魂，絞死了人格之後，才被擇婿甚嚴的父老看上。由此可見具有純真的靈魂，高貴人格的藝術家，往往比不上一個滿身銅臭的色鬼。」

這是出自藝術家肺腑的真實感覺，一語道破世人的庸俗和愚蠢。

在〈魔鬼的自畫像〉裡，「我」真的去扮演了「魔鬼」的角色，誘人盜吃禁果。對於人類心底的「獸性」和「偷情」的欲望，施明正有這樣一段一針見血的敘述：

「儘有許多男人在背後批評那個女人多壞、多騷，可是在他們的心底，卻會暗暗地想入非非，甚至於如果有個機會可以碰到被他們批評過的所謂壞女人，他們一定比誰都更熱衷於拜倒在她們的石榴裙下；正像有些女人在口頭上儘罵著她們的同類怎麼壞、怎麼風騷，一旦碰到有個叫她們變壞、風騷起來的魔鬼似的男人，她們也會陷入人類共有的獸性的狂亂裡。」

施明正看人性裡的「愛慾」非常坦率，絕不認為有刻意隱藏的必要。

他（或者說是小說裡的「我」）不受虛偽的道德觀念束縛，可是也不輕易使用強迫或欺詐的人不人道手段，他強調的是使用人的智慧，在兩廂情願的狀況下，自然地坐上「慾望街車」。他可以說是個相當浪漫的人！

除了解剖自己，施明正也喜歡吹噓自己的外表，他常在小說裡提到自己年輕時的瀟灑，說他有東方人少見的希臘鼻子，172 公分高的身材，經過拳術和健美操鍛鍊出來的身體（語氣率真得可愛）。〈箭流的鯉魚〉（《島上愛與死》最後一篇）裡的他，正是這個樣子。這篇描寫他在海軍士校（入伍為海軍常備兵）時代的生活，十分生動有趣。號稱有「鐵的紀律」的軍中生活，似乎並沒有阻止「五虎將」尋找調劑呆板生活的冒險心。不幸的是施明正在結訓前，以人類愛和友愛所做的救難行為，卻在他的安全資料上，留下了不良的紀錄。使人意識到生活在特務政治下，善良與無辜，不過是「俎上之肉」而已。

施明正的小說，給我們留下很豐富的資料去了解他，但是他的自畫像，到最後怕只剩下這幾個字可以充當畫題：

「孤獨、憂鬱和深深的寂寞⋯⋯」。

在〈遲來的初戀及其聯想〉裡，他向女主角這樣介紹自己的畫像：

「是三年前幾乎在無眠無休地治療病人，又要當母親，當修士時，照鏡子畫出來的孤獨、憂鬱和深深的寂寞⋯⋯」。

那就是 32 歲以後的他——一個經歷了政治困厄，而永遠沒有復原的藝術家⋯⋯。

那也就是為什麼留在朋友們的記憶裡，他總是緊緊地握住酒瓶——酒是他重要的糧食，只有酒才能使他繼續生存在這不公、不義而充滿恐懼與痛苦的世界。

## 四、結語

又是詩人，又是畫家，又是小說家的施明正是個難以歸類的藝術家。不過他的作品裡，造詣最高、影響最大的該算是小說。

　　他的小說也是難以歸類的，他的作品都具有特殊的風格，總是坦率地流露著率直、真誠的個性。他寫了具有魔性魅力的愛情小說，震懾人心的監獄小說，也寫了不少使用獨特文體的自傳體小說。但是一般人都願意稱他為人權作家，稱他的小說為人權小說（或政治小說），更有人說他開了「監獄小說」的先河。

　　其所以拿「政治」概括了他的「文學」，是因為在戒嚴長達四十年的臺灣，冤獄之多，令人髮指，而尤以「良心犯」為最。一般作家既不敢以身試法（暴露政治黑暗面，可以因「散布不利政府消息」而入罪，變成「叛亂犯」）；又無第一手資料可供創作這種題材的小說（1980 年代以前，人們不敢與出獄的政治犯來往，怕被治安當局誤會，以至受到干擾），臺灣文壇因而幾無「人權小說」的存在。

　　施明正以政治犯身分，透過親身經驗，以他敏銳的觀察和客觀的描寫，經營出來的震懾人心的監獄小說，傳頌一時，因而被視為「人權作家」也是很恰當的事。

　　事實上施明正由於不幸的經驗，使他對「政治」抱著「恐懼」的心理。聽說他每發表一篇小說，總要緊張不安地度過一兩個月的時間。但是他認為所有的詩人、小說家、藝術家，都有責任與義務來關心「政治犯」的問題，好讓「冤獄」不會為了政治情勢的緊張而繼續存在……他對自己寫作的態度，這樣說明：「要視當時的政治氣候而定，每當風吹草動的時候，我會警惕自己，只能寫到這種程度。總歸一句，就是『求生』吧！」

　　這是一句多麼悲哀的話！在極權政治下，「文學」是要受到「政治」的閹割的。

　　施明正在〈鼻子的故事——成長〉一篇裡有這樣一段話：「我記得在 28 歲被捕之前，我幾乎除了天主、父母、老師之外，什麼都不怕的。想到興高采烈地盼望著的光復後，充滿那麼多我目擊嗅聞、體驗過的時代血腥風味，由於怕關、怕被暗殺，怕每次坐牢很有可能死在牢中，只好有限度地挫鈍我的利筆，甚或乖乖地接受善意的恐嚇，寫些無害而次要的；把那

主要的、有力的讓到更為祥和、和諧、更為開明的年代的來臨,再執筆。」

也許可以說,這個年代的臺灣作家,都是在寫些無害而次要的題材的吧!?

誰知施明正並沒有等到那祥和、和諧、更為開明的年代的來臨,卻獨自個兒悄悄地不告而別地走了。

我們已無機會讀到他的〈放鶴者〉、〈釀酒者〉、〈闖入者〉和許多以〈XX與我〉為題的小說。他那篇只寫了序的長篇小說〈煉〉(寫臺灣在太平洋戰爭結束前後的故事,以日本戰敗軍人的觀點來寫,後因書中需要處理二二八事變,有所顧忌而停筆。已完成部分題為〈煉之序〉,收在《施明正短篇小說精選集》)將無法完成,而他預告過的〈鼻子的故事下篇——破相〉,也無法推出,只好失信於讀者了。

我們不得不很沉痛地說「施明正的死」,對臺灣文壇的損失是多麼地大!

想到他對文學的狂熱,和對文學的使命感,很不能了解他會自動地、執拗地走上了「死亡之路」,正如他小說裡的主角「渴死者」。

顯然「文學」未能安慰他那顆痛苦的心靈,而戰戰兢兢地執筆,也未能滿足他對文學所負的使命感。於是在盼望已久的「自由民主」未見芳影,而四弟施明德的生命危在旦夕時,他似乎看到了有奉獻自己生命的必要……。

悲哉!「專制政治」又奪走了一個「文學家」的生命和才華!

——1989 年 7 月

——選自施明正《施明正集》
臺北:前衛出版社,1993 年 12 月

# 島上愛與死
## 現代主義，臺灣，與施明正

◎王德威[*]

1988 年 8 月 22 日，詩人、畫家、金石家及小說創作者施明正（1935～1988）因心肺衰竭逝於臺北。施明正生前在臺灣本土藝文圈內占有一席之地，但對一般讀者而言，他不能算是知名作家。然而施明正之死卻引起了廣泛注意。原因無他，施的胞弟施明德是彼時臺灣最受議論的政治犯。

施明德因為 1979 年的美麗島事件入獄。到了 1988 年，島內政治氛圍已大為放鬆；隨著解嚴令下，多數與此事件有關的政治犯均已獲得假釋，而施仍然身陷囹圄。[1]為了抗議司法不公，這年四月施明德開始長期絕食，從監獄到醫院，成為又一樁肉身受難事件。與此同時，施明正也進行了他自己的絕食行動。四個月後，施明正悄然而逝，施明德反而活了下來，而且終於獲得開釋。[2]

施明正到底為何而死？對他的友人及臺灣自決運動的支持者而言，他是一位殉道者。更有評者直截了當的指稱施為了聲援乃弟所受的政治迫害，才不惜以死明志。[3]有鑑於施家在臺灣政治史上的地位，這樣的說法也

---

[*]發表文章時為哥倫比亞大學東亞語言文化系教授，現為哈佛大學東亞語言文明系 Edward C. Henderson 講座教授。

[1]有關施明正逝世始末，見邱國禎〈絕食而死的勇者：施明正〉，《南方快報網路版第二號》（www.yourmail.idv.tw/ph_history/southnews5.txt）。施明德是美麗島事件最後遭到逮捕者，1980 年被處無期徒刑。1988 年國民黨政府公布減刑條例，施明德刑期減為 15 年。但施認為美麗島事件是政治而非司法案件，必須重審，因此開始絕食抗議。他當時已在臺北三軍總醫院戒護就醫，數日後因體力衰竭，被強行灌食。4 月 22 日施明正獲知施明德絕食情形，乃開始跟進聲援。見黃娟〈政治與文學之間——論施明正《島上愛與死》〉，林瑞明主編，《施明正集》（臺北：前衛出版社，1993 年），頁 317～325。

[2]邱國禎，〈絕食而死的勇者：施明正〉。

[3]黃娟，〈政治與文學之間——論施明正《島上愛與死》〉，《施明正集》，頁 317。

許言之成理，但如果我們過分突顯施明正的政治烈士姿態，不免陷入「一門忠烈」式的（大中國主義？）樣板，忽略了他所可能代表的複雜意義。

施明正的最愛應不是政治，而是文學藝術。[4]然而他所崛起的 1950、1960 年代臺灣，文學藝術怎能與政治劃清界線？更何況他的家庭背景總與政治脫不了關係。年輕時候的施明正風流倜儻，熱愛醇酒文學繪畫。他一度引為投契的是現代派的詩人如紀弦、瘂弦等。他們的詩酒往還，曾留下不少佳話。[5]但作為現代詩人後起之秀，施明正不能擺脫他的原罪。1961 年他因施明德的叛亂案被株連入獄，一去五年。這五年改變了他的後半生。出獄後的施明正以家傳推拿術營生。他有意與政治保持距離，以至自稱也為施明德稱為「懦夫」[6]；另一方面，他對酒色及藝術的耽溺，只有更變本加厲。如他夫子自道，他奉行的是「魔鬼主義」。

1960 年代末期以來，鄉土文學逐漸成為主流。除了寫實主義的形式訴求外，作家與讀者間更分享一種道德的默契。描寫土地，控訴不義，文學反映臺灣，盡在於此。由這一角度來看，施明正毋寧是格格不入的。在鄉土文學與國族運動逐漸合流的日子裡，施的特立獨行不免引人好奇：他究竟是「懦夫」還是「魔鬼」？他的後半生是獻身藝術的頹廢，還是陷身政治的浪費？最重要的，他又是懷著什麼樣的動機，一步步走向死亡的終站？

我以為施明正的創作生涯，在極大意義上見證了臺灣現代主義的特色與局限。「現代主義在臺灣」已是老生常談的話題，但施明正的現象似乎仍有待仔細研究。這一現象一方面突出了色相的極致追求、主體的焦慮探索、文字美學的不斷試驗：一方面也透露了肉身孤絕的試練、政教空間的

---

[4]施明正：「我不喜歡政治，我從未就文學作品與政治的因果，做過任何比較。我的一生，是注定要成為一個最純粹的文學藝術家。」見〈指導官與我〉，《施明正集》，頁 195～196。
[5]見施明正〈後記〉，《施明正詩‧畫集——魔鬼的妖戀與純情及其他》（臺北：前衛出版社，1985年），頁 212。又見李魁賢〈我所了解的施明正〉，《施明正詩‧畫集》，頁 4；施明正〈鼻子的故事（中）——遭遇〉，《施明正短篇小說精選集》（臺北：前衛出版社，1987 年），頁 162、170。
[6]見黃娟，〈政治與文學之間——論施明正《島上愛與死》〉，《施明正集》，頁 317；施明正〈指導官與我〉，《施明正集》，頁 180。

壓抑、還有歷史逆境中種種不可思議的淚水與笑話。歷經了一生的顛仆，施明正彷彿終於要以自己決定的死亡完成他對現代主義的詮釋。他最重要的小說集標題：《島上愛與死》（1983 年），因此有了寓言意義。島上愛與死，這正是施明正一個人的文學政治。

## 一、島上

不妨就從島上談起。現代主義發展的線索繁多，臺灣的現代主義其實與島的聯想息息相關。島上不只是作家安身立命的環境，也更是他們創作境況的象徵。美麗之島、孤立之島。偏處海角一隅，臺灣面向大陸，總已是那分離的、外沿的、漂移的所在。當中國大歷史在起承轉合的軌道兀自運行時，這座島嶼卻要經歷錯雜的時空網路，不斷改換座標。割讓與回歸，隔絕與流散，成為臺灣體現現代性的重要經驗。而從文學史的角度來看，這是否也可成為臺灣現代主義意識的先驗命題呢？

回想 1950 年代的島上文壇。退守臺灣的國民黨政權痛定思痛，極力重建國族版圖想像：島是大陸的延伸，也是返回大陸的起點。反共與懷鄉文學正是島與大陸的連鎖媒介。而在寫實主義的大纛下，此岸與彼岸，形式與內容，文學與社會，似乎都有了相互呼應、安頓的位置。然而儘管與大陸近在咫尺，島畢竟是被拋擲在政治及文學地理的邊緣；文學反映或指導人生口號再怎麼響亮，擋不住一波波空虛的回聲。[7]現代主義的乘虛而入，與其說是時代的偶然，倒不如說是不妨如此的選擇。到了 1960 年代初，現代主義不論褒貶，已成為島上自覺的文化狀態，迥然有別於統治者標榜的藝術符號了。[8]

---

[7]見拙作〈一種逝去的文學？──反共小說新論〉，《如何現代，怎樣文學？：十九、二十世紀中文小說新論》（臺北：麥田出版公司，1998 年），頁 141～158。

[8]有關臺灣現代主義興起的研究極多，見如 Sung-Sheng Yvonne Chang, *Modernism and the Nativist Resistance: Contemporary Chinese Fiction from Taiwan* (Durham: Duke University Press, 1993), chapters 1-3；柯慶明，〈六十年代現代主義文學？〉，邵玉銘、張寶琴、瘂弦編《四十年來中國文學》（臺北：聯合文學出版社，1995 年），頁 85～146；江寶釵，〈現代主義的興盛、影響與去化〉，陳義芝編《臺灣現代小說史綜論》（臺北：聯經出版公司，1998 年），頁 121～141。

　　施明正其生也晚，未必明白他醉心的文學形式，淵源如何。在 1949 年前的大陸，現代主義也曾引起一陣騷動，根據地是上海——一座在亂世曾被稱為「孤島」的浮華場域。[9]從上海到臺灣，從一座「島」到另一座島，這裡為現代主義引渡的是詩人路易士，或後來的紀弦。[10]1956 年，紀弦與同好在臺灣合組現代詩社，不啻為彼時島上荒蕪的文學另闢蹊徑。相對於感時憂國，模擬再現，一種傲岸自為的風格於焉形成。如其宣言所謂，「橫的移植」取代了「縱的繼承」；「新大陸」有待探險，「處女地」必須開拓；「知性」需要強調，而「詩的純粹性」成為圭臬。[11]

　　1958 年年輕的施明正與紀弦相識，一見如故。上海來的詩人深為施的才情與酒量所傾倒，曾有名作〈贈明正〉為紀念：

　　　　橘酒發音é如不是啞的
　　　　而晚會中要是真的都變成了孩子
　　　　我是ë
　　　　你是更長的ê
　　　　而那些e倒了過來
　　　　ə世界無聲
　　　　連一個最起碼的破碎都沒有
　　　　把那瓶唯一的金門高粱擲出去吧
　　　　這就是è [12]

　　酒後吐真言，最純粹的語言只宜在酒精催化、神思陶醉的時刻發聲。

---

[9]現代主義在上海的興衰，見史書美新作 Shu-Mei Shih, *The Lure of the Modern: Writing Modernism in Semicolorial China 1917-1937* (Berkeley: University of California Press, 2001)。
[10]有關紀弦作為大陸與臺灣現代派詩歌傳承者的討論，見譚楚良《中國現代派文學史論》（上海：學林出版社，1997 年），頁 210～214。
[11]見柯慶明，〈六十年代現代主義文學？〉，《四十年來中國文學》，頁 85～146。
[12]引自李魁賢〈我所了解的施明正〉一文文首。

在此刻一切島上的喧囂都化為吟哦，化為聲聲酒嗝的長短調。而無飲不歡的施明正儼然要成為臺灣的酒神巴酷斯（Bacchus）了。

　　這 é 與 è 的世界卻與施明正的背景大相逕庭。施的父親施闊嘴是南臺灣的傳奇人物，因國術推拿、中藥與地產投資而致富。他篤信天主教，也是抗日分子，50 歲時因為無嗣而干犯教規，娶了 20 歲女子為妾，生下施明正為首的五男一女。施從小錦衣玉食，但家教甚嚴。16 歲以前他是虔誠的天主教徒，18 歲父親去世後，遠離教堂；但如其自述，他對父親及天主的熱望，一生未嘗稍退。[13]從少年始，施就熱愛文學藝術，托爾斯泰、果戈里、杜斯妥也夫斯基等都是他迷戀的對象[14]，用力之深，絕似宗教狂熱：「窮我十生，逃也逃不出地深陷於如此迷人的文學藝術酒池那般，樂此不疲……」[15]但相隨而來的罪咎感，也同樣力道十足。

　　至此我們已看得出施明正所代表的問題癥結。南臺灣推拿師的兒子一心與大陸來的詩人唱和；本土的文學赤子急要在舶來作品中找尋靈感；天主教的動心忍性轉化成對文藝的唯美崇拜；父權和母權的壓制帶來愛恨交織的浪子情結。寫實主義的機器於是軋出了 é、ë、ê、è 的雜音。沒有了一以貫之的「縱的繼承」，「橫向移植」自行其是。施明正最終要追求的，應是由聲音色彩、線條、及感官的本能震顫所形成的美感表現。套用他 1958 年散文詩的題目，他要發洩〈獸的苦悶〉。[16]但在這一追求的過程中，他卻不得不面對「純粹」美學中的斑斑雜質。更酷烈的是，他即將用自己的生命肉體來檢驗這一衝突的結果。

　　1961 年施明正因涉入施明德的叛亂案，與四弟明雄一起被補，判刑五年。先囚於臺北，再移監臺東。這五年的牢因株連而起，堪稱無妄之災。[17]

---

[13]有關施明正的家世，可見諸〈遲來的初戀及其聯想〉，《施明正集》，頁 150～156；〈成長〉、〈遭遇〉，《施明正短篇小說精選集》，頁 121～174。
[14]施明正，〈指導官與我〉，《施明正集》，頁 194。
[15]黃娟，〈政治與文學之間──論施明正《島上愛與死》〉，《施明正集》，頁 320。
[16]見施明正〈獸的苦悶〉，《施明正詩・畫集──魔鬼的妖戀與純情及其他》，頁 208。
[17]有關施被株連的經過，見〈指導官與我〉，《施明正集》，頁 214～218。

因之帶來的荒謬與恐懼感覺，卻開啟了施明正另外一種藝術向度。當年那顧盼風流的自戀者逐漸加添了自嘲的陰鬱，而詩的「純粹」語言再也說不盡人間的牽扯與變化。在獄中施開始創作小說，處女作〈大衣與淚〉在出獄後兩年發表於《臺灣文藝》。1970 年代以來，施的詩歌與小說創作齊頭並進，但平心而論，後者的成績更為可觀。

施明正的小說大抵可分為兩類，一類帶有強烈自傳懺情色彩，如〈大衣與淚〉、〈白線〉、〈魔鬼的自畫像〉、〈鼻子的故事〉等；另一類則在政治與個人間迂迴糾纏，如〈指導官與我〉、〈渴死者〉、〈喝尿者〉等。這一劃分頗有抽刀斷水之虞；兩者間的交會或矛盾，才是我們注意的焦點。識者每以施明正的小說，反映了他及他那個時代的混沌。的確，施對情慾的懺悔衝動，成就了〈魔鬼的自畫像〉一型作品，而沒有那五年的管訓生涯，他也寫不出像〈渴死者〉或〈喝尿者〉這般驚心動魄的獄中告白。但這只觸及到施作品的一個層面，而且是相當淺顯的層次。尤其解嚴以後，寶島版的控訴文學大量出現，比血淚、比傷痕，只有較施的作品過之而無不及。在什麼意義下，施明正仍能引起我們的注意？

看施明正那樣的暴露自己的「淫行劣跡」，既自得又焦慮，不由得我們不正視他如何穿梭在情慾的底線，為自己找尋定位。其極致處，他展現了一種耽溺姿態。這使他最私密的題材，陡然有了審美的距離。另一方面，當他回顧自己的獄中所見所聞，及出獄後的頹唐生活，更讓人震驚所謂的政治迫害，居然在他筆下演繹出荒謬劇場式的故事。自傳與虛構、真與假已是不堪聞問的問題。施所寫出的，毋寧更觸及了生存本質的惶惑與裂變。有關現代主義種種的教科書式定義，從頹廢到叛逆，從疏離到孤絕，從內爍到自剖，似乎都落實到他的字裡行間，他的生命經驗。

1960、1970 年代臺灣現代主義創作者，名家如林，王文興、水晶、七等生、叢甦、李昂、施叔青都有佳作問世。但我們還真找不出像施明正這樣的例子，如此沉浸於自己的經驗，幾至不能自拔，卻又能如此自其中抽離，看透其中的偽裝、孤獨及自虐虐人傾向。施明正與他的題材——他自

己──打成一片，寫作成為一場內耗的搏鬥。

　　試看他的中篇〈指導官與我〉（1985 年）。在這篇自名為「心靈殘廢者」的獨白裡，施明正詳述自己 1960 年代初的文學熱情、服役經驗與豔遇，還有涉入「叛亂案」後的恐慌、禁錮、與無止境的羞辱。他滾下「恐怖的深淵，變得非常可恥的懦弱、邋遢、屈辱、無能、貪生怕死……」。「想到這麼一個可憐無奈的生物，如果還能被叫做人，能說不是造物的異數。」[18]痛哉斯言，施明正的後半生儼然就是努力做個人下人。

　　施明正寫自己的卑劣與私慾，充滿杜斯妥也夫斯基《地下室手記》式犬儒姿態。他服役時與一個文工隊女軍官幽會偷情、「始亂終棄」，赫然演出又一場性即政治的好戲。但哪怕他再洋洋自得，國家機器的監督無所不在，終將收服他那放肆的肉體。施的跟蹌入獄，與服役中一位指導官特別有關。這位蒼白、瘦削、沉默的新長官，冷靜細膩，公而忘私，一步步把我們的主角逼入死角。更恐怖的是，出獄後他依然長相左右，不時出現在施的生活中。指導官對施瞭若指掌，久而久之，他已化身為施的良知或罪疚感，永遠告解或招供的對象。施的宗教背景在此縈繞不去；伊凡·卡拉馬助夫與宗教審判長的關係有了臺灣翻版。

　　但指導官與施明正半輩子的關係，最終形成一場詭譎的循環。獵人與獵物成了親密的夥伴，他們的追逐逐漸失去了原始的目的，演變為日常生活的儀式。施那裡只寫了個人權迫害的故事[19]，小說中真正觸及的，是個卡夫卡（Franz Kafka, 1883～1924）式《審判》寓言。

　　這是施明正式的現代主義創作。他嚮往狂放自在的文學生命，卻總也擺脫不了（宗教的、意識型態的）政治糾纏。政治的迫害如影隨形，但也觸發了他後半輩子的風格。他存在的狀況也就是他寫作的狀況，這一狀況自始又是割裂、錯位的。施明正因此走出以往寫實與現代主義二分的窠臼。他不再規規矩矩的控訴、反映什麼。將錯就錯，無可彌補的傷痕被施化

---

[18]施明正，〈指導官與我〉，《施明正集》，頁 180。
[19]宋澤萊，〈附錄──指導官與我〉，《施明正短篇小說精選集》，頁 118。

為述說現代主義心事的重要符號：斷裂，橫的移植，身體銷磨，意義潰瘍。

我於是想到施明正另一個中篇，〈島嶼上的蟹〉（1980 年）。小說記敘施與當年獄中難友入獄前的種種冒險，與入獄後的種種苦難，信筆寫來，彷彿完全不受拘束。施對男性的青春衝動、兄弟情誼，尤與有不能自已的感懷。但他蓬勃的慾望畢竟是沒有出路的。島上的蟹再怎樣橫行，到底還是在島上。而那包圍島嶼的無邊海洋是隔絕、孤立，還是誘惑、許諾？美麗之島、孤立之島，施明正的現代主義，正體現了島上文學政治的矛盾。

## 二、愛

施明正的小說與詩一再渲染的是愛慾煎熬。他彷彿總是在力必多（libido）的驅使下，盲亂尋找發洩對象。他喜歡為自己營造一種拜倫式藝術家形象，頹廢、陰鬱、好色，令人愛恨交加。同時他知道自己是怯懦、易受傷害的。他的第一篇小說〈大衣與淚〉（1967 年）已充滿了這樣的癥候。年輕的主角離開家庭北上投身藝術，深為眼高手低所苦。他決定「先在自己空空蕩蕩的生活面塗抹各種強烈的色彩。從此他自陷於情慾狂的深淵」。[20]老父病逝，他滿懷愧咎回家奔喪，在靈前卻怎樣也擠不出一滴淚。直到一個陌生人前來默立致哀，淚流如注：「他輕輕地走向這個人的面前。他這才看清這個瘦子變成一根慢慢在腐蝕融解著的大蠟燭。」[21]與此同時，年輕的藝術家流下遲來的眼淚。

這篇小說有浪子回家式的宗教母題。但藝術家在父親靈前的慟哭，與其說是良心發現，不如說因為旁觀陌生人的眼淚而觸動。這一中介的過程至為重要；藝術家的心思需要藉一客體來承載抒發，小說因此憑添了一層反射的審美向度。而整個敘事又出自藝術家在寒冬深夜的火車上，與一對陌生老夫婦的邂逅。老夫婦讓他想起了父母，半寐半醒之間，往事一一入夢。等他驟然醒來，老夫婦已不見蹤影，他膝上的父親素描已被取走，留

---

[20]施明正，〈大衣與淚〉，《施明正集》，頁 5。
[21]施明正，〈大衣與淚〉，《施明正集》，頁 6。

下的是一件大衣。

　　親情、私慾、還有對藝術無邊的狂熱，交織流轉，卻都有所欠缺，由此滋生的悵惘及罪咎瀰漫字裡行間。小說兩次以靈光乍現的物象（epiphany）作為穿插。大衣與淚，兩者於藝術家都是「借來的」、隨機的觸媒，卻牽動了他對人生關係的神祕啟悟。只可意會，不能言傳。這是藝術的靈感，也是神蹟。但啟悟的片刻之後，更多的空虛、怨懟相衍而生。寫作不能完成施與聖寵的契合，只能不斷的點出其間的錯落與因循。

　　在另一早期短篇〈白線〉（1969 年）裡，第一人稱的主角騎著本田一五〇奔馳於縱貫公路上，他是要到旅館與離婚的妻子作「告別」幽會。沿著公路上的白線，油門踩得愈快，慾念——癡慾、嫉妒、嗔恨——急速交相而來。「車胎緊緊咬著白線，像我緊緊地咬著渴望，也像我的記憶頑固地咬著離婚四年的妻子，那些抹也抹不掉的淫蕩無比的狂歡。」[22]我們的主角遲到了，竟發現前妻與另個男人交歡。以後的情節急轉直下，包括了毆打、私刑、糞便、鹽酸，充滿性暴力因素。

　　施明正的性衝動與性焦慮，莫此為甚。應該強調的是他如何使用速度的意象，來說明時間與空間的劇烈轉換，以及人事全非的下場。男女雙方離婚的理由始終未點明，但顯然影射男方五年的牢獄之災。一切的意外發生得太快，而一切的彌補又來得太遲。倒敘、穿插、蒙太奇、內在獨白、自由臆想等種種技巧紛陳。傳統寫實敘述的慣性因而打破，生命及敘事的逆變於焉呈現。在他（幻想的？）大報復後，男主角騎車反向而馳，越騎越快，越想越多，最後轟然一聲：「汝汝，要是我沒死，我會讓全世界的女人都妒忌妳，因為我會對妳非常非常好……」[23]敘事的時間與生命的時間一起戛然而止。

　　在〈我・紅大衣與零零〉（1970 年）裡，一場浪漫豔遇轉為不可思議的冒險。依然是第一人稱的我，主角與一個「沒有靈魂的美麗胴體的女

---

[22]施明正，〈白線〉，（施明正集），頁 9。

[23]施明正，〈白線〉，（施明正集），頁 20。

人」零零打得火熱，紅大衣是他示愛的禮物。但隨著故事發展，酗酒、性遊戲、黑社會、金錢陰謀、家族鬥爭紛紛出籠，看來沒大腦的紅大衣女郎竟成了要命的禍水（femme fatale）。施的主角以一個玩弄者出場，最後落得成為被玩弄者。

這個頹廢的故事裡，施明正再一次突顯了一個自以為是的藝術家，周旋於創作與愛情的賭博中，一無所獲的下場。值得注意的是，日後不斷出現的「魔鬼」形象，在此已經成形。施的角色「性格中魔性遠比神性多了三分之一」[24]；他是個「魔鬼似的男人，能動用藝術的魔咒迷惑她、娛樂她，使她得到別的男人無法給她的情趣、刺激，與魅力」。[25]然而這個動用魔咒的藝術家自己卻也是著魔者：「精力過人，慾望無窮的我，竟無法阻止我自己不斷的擴大探索的範圍……我的心不斷地蛻變，不斷地升騰，無休無止的漂泊、流浪。」[26]醇酒美人只能是這不安的靈魂聊以暫駐的寄託。魔鬼的誘惑最終與沉淪、死亡不能分開。施於是寫道：

> 從前據說有個人溺死在詩海裡
> 也曾有過一個演員扮演羅密歐的
> 終於刺死自己[27]

1960、1970 年代之交，正是鄉土文學方興未艾的時刻，金水嬸甘庚伯、來春姨青蕃公充斥文壇。另一方面，以階級論出發的現實主義社會文學，與「中華文化復興運動」的官方論述，也各有各的灘頭。[28]在一片回歸鄉土、擁抱國族的喧囂中，現代主義腹背受敵。而像施明正這樣的人物夾處其中，以懦夫自居，又逕自標榜魔鬼主義，而且身體力行，怎能不引人側目。

[24]施明正，〈我‧紅大衣與零零〉，《施明正集》，頁 60。
[25]施明正，〈我‧紅大衣與零零〉，《施明正集》，頁 69。
[26]施明正，〈我‧紅大衣與零零〉，《施明正集》，頁 69。
[27]施明正，〈我‧紅大衣與零零〉，《施明正集》，頁 99。
[28]見拙作〈國族論述與鄉土修辭〉，《如何現代，怎樣文學？》，頁 159、161。

　　為施明正「魔鬼主義」正名的作品首推〈魔鬼的自畫像〉（1970 年）。這篇小說寫敘事者施明正如何設計將三弟的女友占為己有，又如何勾引她參與一場性遊戲——他讓自己的好友與女孩也發生關係。女孩墮落了，最後成為酒女。施明正的大男人主義恐怕要倒盡女性主義評者的胃口。然而他有自知之明，劈頭就自命是「魔鬼」。這到底是沾沾自喜的表態，還是充滿罪咎的自嘲，恐怕施心裡也未必有數。但真正的問題是，以他的能耐，他配得上心目中的魔鬼形象麼？

　　尼采式的「上帝已死」是現代意識的開端之一。以他家庭及個人深厚的宗教背景來看，施明正的自封為魔鬼，不應只是一個臺灣作家有樣學樣的姿態。上帝從未在他的作品中死去，但他總也不能，也不願，蒙受神恩的眷顧了。他明白他必須自行了斷層出不窮的慾望、恐懼與憎恨。藝術創作不能超渡他對存在的惶惑，情慾也失去了傳統（杜斯妥也夫斯基式）小說中的救贖力量。歸根究柢，施明正的魔鬼未必是他自己想像的巨奸大惡，而更可能是一己虛榮與徒勞的化身。失去了上帝，他其實是沒有做魔鬼的本錢的。一股存在主義式的蒼涼感躍入他的字裡行間。當年臺灣的巴酷斯要成為臺灣的西西佛斯（Sisyphus）了。他的詩作尤其顯示這種前不接村、後不接店的難堪（abjection）處境。[29]

> 不能逃避妖戀正像不能逃避
>
> 攻擊
>
> 不能逃避陰狠宛如不能逃避
>
> 防禦
>
> 不能攻擊妖戀宛若不能忽視
>
> 偽裝
>
> 不能忽視變節一如不能停止

---

[29]我當然引用了朱莉婭・克里斯蒂瓦的觀念。Julia Kristeva, *Powers of Horror: An Essay on Abjection*, trans. Leon S. Roudiez (New York: Columbia University Press, 1982) , pp. 3-4。

探索

……

老是不忘提升的魔鬼喲

衝刺[30]


　　作為一種創作觀及生活方式，施明正的魔鬼觀讓我們想起了波特萊爾（Charles Baudelaire, 1821-1867），西方現代主義文學的源頭之一。如同 19 世紀中葉的巴黎詩人一樣，施明正以逾越放縱培養著他自己的「惡之花」。面對政教怪獸，以毒攻毒成了一種不得不然的策略。但我也以為施明正可以和二次大戰後日本的「無賴派」作者如太宰治（1909～1948）等相比較。太宰治大半生自外於主流體制；他對於戰後左翼政治理想的妥協，日本文明的瓦解，還有現代人感官世界的萎縮，極有不滿，促使他以肉身為祭壇，實驗他的叛逆美學。這是飲鴆止渴的美學，因為文字的成績不折不扣來自身體的頹敗消耗。縱慾濫情不是逃避現實的方法，反而成了造就創作的必要手段。而太宰治的絕招是自殺。他一生多次自殺未遂，最後終於如願以償。[31]

　　本文下節將談到死亡在施明正美學中的關鍵意義。在此我們先回到施明正念茲在茲的愛慾問題。以上所論的作品讓我們了解，對於施明正「愛」不是浪漫主義的陳腔濫調；「愛」是生活秩序及意義的倫理前提。對天父的愛戴，對父母的孺慕之情，對家人、對朋友的關懷，以及最重要的，對女性的熾熱慾望，是施明正一再書寫及「反」書寫的題材。但付諸文字的，是他失去愛與被愛的能力的告白，以及回到愛慾完成的境界的嚮往。如是周折，神魔交戰。施以身體及文字作為角力場，卻必須面對一切可能徒勞的宿命。他作品意義的危機其實隱含了愛慾的危機。我想起了卡

---

[30]施明正，〈面對面‧原與變‧變與正〉，《施明正詩‧畫集──魔鬼的妖戀與純情及其他》，頁 54。
[31]有關太宰治與無賴派的關係，見 Donald Keene, *Dawn to the West: Japanese Literature of the Modern Era* (New York: Henry Holt, 1984), pp. 1022-1111；太宰治的自殺美學見 Alan Wolfe, *Suicidal Narrative in Modern Japan: The Case of Dazai Osamu* (Princeton: Princeton University Press, 1990)。

夫卡的話：「寫作乃是一種甜蜜的美妙報償。但是報償什麼呢？這一夜我像上了兒童啟蒙課似地明白了，是報償替魔鬼效勞。」[32]

## 三、與死

死亡是施明正作品中不斷出現的執念。從早期的〈大衣與淚〉，到1980 年代的〈渴死者〉（1980 年），都可得見他想像各種可能的死亡境況。藝術於他是死亡的另一界面。兩者此消彼長，互為誘因，互為威脅。1984年他寫下〈凱歌〉，作為詩集《施明正詩‧畫集──魔鬼的妖戀與純情》的終篇。短短九行，道盡死亡與藝術的魅惑：

> 為死後的殘留　詩人喲
> 別再迷戀妖戀　您得趕緊
> 趕在死亡之前　繪下生命
> 詩人喲　別再沉緬於敲擊
> 恥骨像木匠
> 墓石匠的鏗鏘，聲聲提示著什麼
>
> 快為死亡的蒞臨踏上時間的箭鏃
> 剝掉咬緊您腦裡淫亂的吸盤
> 詩人喲起來，別再作夢趕緊用詩跑贏死亡[33]

生也有涯，詩人提醒自己擺脫「妖戀」的蠱惑，回歸純淨的字質藝術的創造。詩既是詩人持續生命力的刺激，也是用以標示「死後的殘留」的印記。

然而如前所述，施明正畢竟是難以抗拒「妖戀」的引誘的，而他的詩

---

[32] 卡夫卡，《卡夫卡日記書信選譯》，《外國文藝》（1986 年），頁 252。

[33] 施明正，〈凱歌〉，《施明正詩‧畫集──魔鬼的妖戀與純情及其他》，頁 96。

作只能成為一種反證的修辭，暴露他進退兩難的景況。死亡不就是另一種妖戀的形式？更引人深思的是，經歷了白色恐怖時代，死亡對施明正這類背景的人士，又豈僅是愛慾與文學想像的極致。五年監獄的經驗，使他成為死神的見證者，而他日後有關死亡的作品，也必以此作為出發點。

　　1982 年的〈喝尿者〉寫的是敘述者施明正獄中所見：「在這種不知被多少已逝的手指，摸光、撫滑了的木質居處，我浪漫地發現，它吸飽了苦難同胞掙扎於死亡邊緣的各種驚心動魄的醜陋與聖潔，卻崇嚴地消失生命的場景。」[34]被囚的犯人各因不同的罪狀等待最後的裁判。他們日夜抱緊《六法全書》，以速成的方式，為自己的命運作最後一搏。雖然明知希望渺茫，卻「必須以全身未被消蝕的餘力，加上蒐集僅存於心智潛在的渴生之力，哆嗦著雙手，惜字如金地、解結鬆扣式地，化解著被編，而自供的荒謬口供」。[35]

　　用施明正的話來說，在死亡的陰影下，囚徒竭盡「渴生之力」，作困獸之鬥。而他們「跑贏死亡」的方法，是「作文」比賽。不論有罪沒罪，大限將至，他們要以千言萬語，緊扣法條，編寫訴狀，好為自己脫罪。這真是寫作的極致危險遊戲了。施明正不只寫了個獄中奇觀；有意無意的，他的準報導文學已滲入了形上層次。作為詩人，他的咒詛不僅及於身體的禁錮，也及於文字──那純粹的詩學形式──的氾濫挪用。

　　難友中有名金門陳者，不斷抗議司法不公。他的罪狀是雙重告密。他密告他人為匪諜嫌犯，因此送了十多條人命，因果循環，他也被人密告為匪諜，可能面臨同樣下場。金門陳到底是為哪一邊作反間，還是他根本就是兩面討好的無恥小人，勢必死無對證。但經由他這種人的通風報信，吃裡扒外，人與人間的信念已經被破壞無疑，何況信仰。施明正的宗教情懷在此洩露線索。難友們相濡以沫，像是殉道的信徒。相反的，金門陳是個貪生怕死的叛徒，一個把告解墮落化為告密的背信者。他發展出一套習

---

[34]施明正，〈喝尿者〉，《施明正集》，頁 123。
[35]施明正，〈喝尿者〉，《施明正集》，頁 126。

慣，每天早晨喝下自己排出的尿液，聲稱治療「內傷」。而施明正相信，這或許「象徵著對於被他整死的人們的贖罪行為」。[36]

我以為施明正處理這樣一場食糞（便）（scatological）病例，諷刺之餘，難免有一種物傷其類、情何以堪的感觸。我們記得在〈白線〉中，妒火中燒的主角也曾強迫他報復的對象吃下大便。當飲食與排洩混為一談，身體的入口與出口彼此不分，自我循環內耗的危機已經發生。作為一種隔絕於社會之外的有機體，政治監獄正是培養喝尿者的巨型溫床。更推而廣之，施眼中的國家機器不也是如此？如此，人人都有成為喝尿者的可能。

與「渴生」形成辯證關係的是「渴死」。施的另一篇小說〈渴死者〉，應是 1980 年代臺灣最重要的小說之一。故事主角是個無名的外省籍政治犯，因為「在臺北火車站前，高唱某些口號」而入獄，判刑七年。比起多數重刑犯，這是小巫見大巫了。但有一天，無名犯人開始「用腦袋當鼓，藉鐵柵敲鼓」；他猛烈的撞著，「從光頭流下的血，爬滿整個臉龐，人靜靜地笑著」[37]。

這只是他自毀行動的開始。又有一次，他吞下「十幾個饅頭」和「不知幾加侖的水」，企圖撐死自己，卻沒能成功。幾經反覆，他終於得其所願：「（他）脫掉沒褲帶的藍色囚褲，用褲管套在脖子上，結在常人肚臍那麼高的鐵門把手中，如蹲如坐，雙腿伸直，屁股離地幾寸，執著而堅毅地把自己吊死。」[38]

無名犯人的罪不至死，夾處獄友中，已算不幸中的大幸。他為什麼一心求死，無所不用其極？以往評者多半集中在犯人所代表的政治抗議精神上。國法如此不公，寧死不屈，是為個人的正義表現。我卻認為施明正別有所見。小說中的施是個心存同情卻又保持距離的旁觀者。他心存同情，不只因為無名犯人默默的自殘行動，而更因為後者是個詩人。這名詩人在

---

[36] 施明正，〈喝尿者〉，《施明正集》，頁 131。
[37] 施明正，〈渴死者〉，《施明正集》，頁 173。
[38] 施明正，〈渴死者〉，《施明正集》，頁 178。

國難當頭的時刻，投筆從戎，隨軍來臺。「也許是無親無故的孤寂，和倨傲的詩人性格，使他無法融為綠色戎裝大家庭的一員。」[39]最後因為高唱反動口號而下獄。

　　施明正對這名詩人的遭遇心有戚戚焉。而詩人似乎也認出施明正的真身，企圖接近他。但在巨大的監視壓力下，施「曾擺脫過他跑過來，跟我談詩的雅興。因為我怕背上黑鍋」。兩個孤單的靈魂就此錯過。無名詩人無視客觀環境的險惡，以身體的毀傷破滅來成全自己的想像。對施而言，詩人視死如歸，以「不同於一般人的方式，塑造了另一個生存的苦難典型。追溯其源，我乃豁然發現那是一種淒美已極的苦難之火」[40]。

　　施於是在另一詩人兼政治異議者的受苦中，營造了一種異質的審美視野。無名詩人其實並不求引人注意。施強調他是個「用『不為』來追求『有為』的苦難同胞」。[41]不為的最後一步是自行了結，完全消失。但施不能無惑的是，以如此的創造力尋求死亡，無名詩人畢竟猶有所圖吧；果然如此，「要找死，不是應該留在監獄外？」[42]施也想到「他的死，也是三島由紀夫式的一種行動美學之追求」[43]——雖然三島（1925～1970）的自殺要等好幾年後發生。我要說兩者都將政治訴求等同於身體訴求，但差異仍是巨大的。三島戲劇化的政變失敗之後，在媒體包圍下切腹自殺，死得**轟轟**烈烈；無名詩人則是以最自我作賤的方式，默默的死去。他究竟為何而死，為政治？還是為詩？我們不曾忘記柏拉圖的理想國裡，詩人是頭一批被逐的可疑分子。

　　由此我們回到施明正之死。1988 年，當島上媒體的焦點都集中在施明德絕食又被強迫灌食的奇觀時，施明正悄悄的走上了個人生命的最後一程；他是「渴死者」。但按照施自己魔鬼主義的邏輯，他也是「喝尿者」

---

[39]施明正，〈渴死者〉，《施明正集》，頁 171。
[40]施明正，〈渴死者〉，《施明正集》，頁 175。
[41]施明正，〈渴死者〉，《施明正集》，頁 175。
[42]施明正，〈渴死者〉，《施明正集》，頁 178。
[43]施明正，〈渴死者〉，《施明正集》，頁 178。

吧？早年狂飲橘酒與高粱的詩人安在哉？施明正後半生酗酒無度，是眾所皆知的事實。但他恐怕要反駁，那哪裡是酒？那是苦水，是「尿」。一場政治迫害讓他「驚破膽」[44]，他的餘生其實是偷生。他最後的絕食自殺，因此來得並不突然，反而令人有果然如此的感觸。

施明正在〈渴死者〉裡寫道，「我們中國人，是一個絕不流行自殺的民族。」[45]的確，比起現代日本文學從芥川龍之介（1892～1927）到川端康成（1899～1972）一脈的文學自殺例子，中國文學缺乏這一傳統。我們因此要問，作為一個我行我素的藝術家，施明正之死的「現代」意義何在？我們記得卡繆（Albert Camus, 1913-1960）的《西西佛斯的神話》開宗明義，談的就是自殺與存在的關係。生命的荒謬其實不能以自殺作一了斷。卡繆抽絲剝繭，力辯人投身荒謬存在的必要，而非僅以貌似「理性」的姿態，企圖總結、歸納生命的無意義。[46]相對於此，前述的太宰治則在一生中不斷嘗試自殺，此無他，肉體耽慾縱情的極限，必須包括肉體本身的抹消。[47]我們也可想到卡夫卡的〈絕食藝術家〉，根本把肉體的消失作為美學的終極寄託：所謂靈肉合一的宗教體驗，因此逆轉為一形銷骨立的翻版。或者回歸現代中國的傳統，我們想起了王國維（1877～1927）之死的曖昧動機，以及他著名的遺言：「五十之年，只欠一死，經此事變，義無再辱。」[48]在這些不同的自絕立場中，施明正如何安放他的位置？

渴死者施明正，喝尿者施明正。當島內政治解嚴、文化解構的時刻，施明正的死法，毋寧已透露著「古典」氣息。這該是現代主義的根本矛盾吧？卡夫卡的話：「我現在在這兒，除此一無所知，除此一無所能。我的小

[44]施明正，〈指導官與我〉，《施明正集》，頁180。
[45]施明正，〈渴死者〉，《施明正集》，頁178。
[46]Albert Camus, *The Myth of Sisyphus, and Other Essays*, trans. Justin O'Brien (New York: Vintage Books, 1955).
[47]Alan Wolfe, *Suicidal Narrative in Modern Japan: The Case of Dazai Osamu*, chapter 5.
[48]見葉嘉瑩，《王國維及其文學批評》（臺北：源流文化公司，1982年），第二章；又見劉小楓，〈詩人自殺的意義〉，《拯救與逍遙：中西方詩人對世界的不同態度》（上海：上海人民出版社，1988年），頁41～89。

船沒有舵，只能隨著吹向死亡最底層的風行駛。」[49]施明正不是，也不可能是烈士。以「無為」抵抗「有為」，他的「懦夫」姿態反而訴說了更有人味的、也更艱難的抉擇。他絕食而死的意義，因此不應局限在抗議某一政權而已，而是以其隱晦的詩／屍意，揶揄了政治機器神的控制——他的身體，他的文學，和他的藝術都是他「自己」的。從 1958 年到 1988 年，施明正的 30 年文學生涯正好涵蓋了現代主義到臺灣的一頁始末，一場島上愛與死的寓言。

　　　　　　　　——選自施明正《島上愛與死：施明正小說集》
　　　　　　　　臺北：麥田出版公司，2003 年 4 月

---

[49]引自劉小楓〈詩人自殺的意義〉一文文首。

# 威權統治下的案例紛陳：
# 施明正論

◎黃文成*

　　無疑地，站在時間的洪流裡，我們正在重構所謂的「歷史」，但何謂「真實的歷史」？不得不透過親臨歷史現場人士的經驗與想像，來重建另一種真實與虛構相互依存與記憶的歷史情境，尤其經歷過歷史現場的真實後創作下的文學，特別具有意義。於是我們在監獄文學的底層裡，看見政治時代推移的痕跡；這一張牙舞爪的痕跡，使得施家兄弟的生命軌跡朝向兩端發展——「靈魂的自由」與「理性思辨」來證明生命存在的價值。而對於獄中文學心靈地圖描繪，施明正[1]顯然是用五官來拼湊一個在黑暗國度「魔鬼自畫像」的靈魂圖騰。

　　施明正，臺灣高雄人，1935 至 1988 年，1988 年因支援施明德絕食而死。施明正是臺灣政治發展史上，以絕食對抗政權致死的第一人。1961 年因「亞細亞聯盟」案被關入獄的施明正，先是關在臺北青島東路，後轉往臺東泰源監獄；在獄中開始嘗試寫作，並投稿於《臺灣文藝》，1965 年出獄。在獄中從事創作的〈渴死者〉與〈喝尿者〉兩篇小說作品，可說是臺灣監獄文學史上的經典作品。

---

*發表文章時為南華大學文學系助理教授，現為靜宜大學臺灣文學系副教授。
[1]施明德是美麗島事件最後遭到逮捕者，1980 年被處無期徒刑，1988 年國民黨公布減刑條列，施明德刑期減為 15 年。但施認為美麗島事件是政治而非司法案件，必須重新審判，因此開始絕食抗議。他當時已在臺北三軍總醫院戒護就醫，數日後因體力衰竭，被強行灌食。4 月 20 日施明正獲知施明德絕食情形，乃開始跟進聲援。見黃娟〈政治與文學之間——論施明正《島上愛與死》〉，林瑞明主編，《施明正集》（臺北：前衛出版社，1993 年），頁 317~325。

## 一、魔性的現身與神性的獻身

　　茨維坦・托多洛夫（Tzvetan Todorov）在《失卻家園的人》談到：知識分子是一個科學家或藝術家（包括作家），他們不僅僅從事科學或藝術創作活動，進而為真理的探索與進步做出貢獻，而且關心公共利益，關心社會價值準則的演變，因此積極參與有關價值準則的討論。[2]他又進一步地指出美國哲人、社會學家克利斯朵夫・拉什（Christopher Lasch）理論，說明知識分子有三種職能與歷史上的三個歷史階段大致對應：良知的代言人、理性的代言人、想像力的代言人。第一種情況下，知識分子是道德家，他們以傳統與宗教為依據；這是最古老的知識分子類型。第二種情況與第一種情況相反，它出現在啟蒙運動時期，這裡，科學家成了最理想的人選。第三種情況是與後啟蒙主義的浪漫主義運動對應的，其代表是社會邊緣人、可詛咒的詩人和藝術家。每一類知識分子的旗幟都與眾不同，它們分別是；真、善、美。拉什並不掩飾他對第一種類型的偏愛，並且勸說我們在經歷啟蒙運動與浪漫主義徘徊期後回歸從前；他希望「恢復已半被遺忘的在公共場所進行道德演講的傳統，知識分子在演講中呼喚的良知，而不是科學理性或解放自我的浪漫主義夢想。」[3]那麼，身為知識分子的施明正在這場政治恐怖歷史現場中，留下的文學作品，所扮演的角色，施明正顯然正是克利斯朵夫・拉什所言的「想像力的代言人」。

　　而施明正的文學／獄中作品，自白的屬性甚是強烈；透過文本，讓作者的情緒完全地表露在讀者眼前，這種恐懼的真實，無所遁逃，〈渴死者〉第一段小標──金屬哀鳴下的白鼠，寫盡這份在生命記憶底層無盡的無奈與難堪：

---

[2]茨維坦・托多洛夫著；許鈞、侯永勝譯，〈知識分子政治〉，《失卻家園的人》（臺北：桂冠圖書公司，2004 年），頁 119。
[3]茨維坦・托多洛夫著；許鈞、侯永勝譯，〈知識分子政治〉，《失卻家園的人》，頁 120。

〈金屬哀鳴〉，鑴刻獄卒手裡一大串巨大鑰匙的碰擊聲、開鎖聲，以及劃過鐵柵欄，那跳躍，奔騰一如尖銳的彈頭破空擊向鐵柵欄，碎發的哀鳴，給人的恐懼和不安。這種聲音的恐怖，深沉在我的內心，久久無法消失。……雖然如此，如今，我在睡前，還要捏兩丸衛生紙塞住耳孔，以過濾、阻擋尖銳的聲響。[4]

求死，是為成就自己肉體的不堪及精神被虐的極致，換句話說，就是瘋狂的境地，魔性的出現展現了瘋狂的一面：

忽然，一陣奔過木頭地板的腳步聲，和頭蓋骨撞上鐵柵欄的悶響傳了過來。我跟同房，還有對面柵欄裡的人，幾乎同時抬頭，尋找，而且馬上看到用腦袋當鼓，藉鐵柵敲鼓的他，正站在鐵柵前發楞，在他確定沒有把脖子上的鼓給敲破以後，頗為懊惱似地，雙手緊抓住鐵柵，像拉單槓，又像鬥牛場的牛猛烈地撞了起來。[5]

就像鬥牛一般撞向鐵柵，人至此精神徹底瘋狂；再來，便是步向死亡；而死亡的境地竟與涅盤精神狀態一般：

聽說，他的死法，非常離奇，……結在常人肚臍那麼高的鐵門把手中，如蹲如坐，雙腿伸直，屁股離地幾寸，執著而堅毅地把自己吊死。[6]

生命的終極處，竟以選擇渴望追求一死為唯一的嚮往。而這樣求死的勇氣，就是經過祈禱、經過恐懼後所產生的人性終極體現。自體的魔性現身，無疑地是為步向神情獻身的第一個步驟。

---

[4] 施明正，《島上愛與死：施明正小說集》（臺北：麥田出版公司，2003 年），頁 242。
[5] 施明正，《島上愛與死：施明正小說集》，頁 245。
[6] 施明正，《島上愛與死：施明正小說集》，頁 250。

　　文學藝術之所以以悲為美，主要原因在於：悲能夠深入到自我心靈的最深層次，能夠使人意識到自己生命的真實存在。[7]施明正獄中小說，不斷召喚出時代下的悲劇英雄，以悲劇英雄的肉身來不斷喚醒其內在的神性。此歷程就像克里斯蒂瓦所說的，渴望在書寫中尋找話語網眼的填補物，然而書寫同時亦是指出昇華之短暫、及生命之無情終結——人之死——的黑暗的魔力。[8]

　　文字中的瘋狂與惡魔，正是人性中被壓抑的恐懼對象之復出，一種真實的面貌。這是主體永遠畏懼的自身內在陰性成分，此陰性成分隨時可能會滿溢、氾濫而致失控。無意識中騷動而無名的欲力只有符號之後，才可能進入意識，被正面對待。因此，透過文字與藝術的昇華，此無名欲力符號化而成為所謂的「陰性書寫」，我們便因此而能夠窺見主體所恐懼排斥的對象何在。[9]透過悲劇的書寫，進行靈魂的超越；透過一個悲劇的誕生，來終結生命困頓的命運。筆下的人物如此，現實情境的主角也是如此，渴死者／喝尿者／魔鬼／施明正，全是歷史運作下的受難悲劇性人物。施明正於〈指導官與我〉如此描繪這塊土地的受難圖：

> 當飛機在微雨豔日中，升上美麗寶島的上空，我邊劃著聖十字聖號，並以默禱沖散沖淡打從進入偵訊室至此一直緊箍著我全身的恐懼。並首次從空中俯瞰我的祖先受苦受難從幾百年前的荒蠻開拓得這麼漂亮，遠看很像我當時畫過的現代抽象表現主義帶著幾何構成的綠色系統完成過的油畫，卻還不得不讓祂們的子孫活受烤爐煎熬獵人追捕的疆土。[10]

施明正以一個黨外政治受難者角度，看著臺灣這塊先民以鮮血生命掙來的

---

[7]彭鋒，《美學的意蘊》（北京：中國人民大學出版社，2000 年），頁 86。

[8]克里斯蒂瓦（Julia Kristeva）著；彭仁郁譯，《恐怖的力量》（臺北：桂冠圖書公司，2003 年），頁 210。

[9]克里斯蒂瓦，〈導讀：文化主體的「賤斥」〉，《恐怖的力量》。

[10]施明正，《島上愛與死：施明正小說集》，頁 301。

土地，悲憫地藉宗教力量及方式進行禱告。大多數黨外人士都將臺灣獨立這個政治立場，視為是宗教信仰般的神聖。

## 二、魔性與神性的辯證

對於處在監獄的感受是怎樣情境？人的肉體在被禁錮過久，感官知覺似乎變得遲緩；但那僅止於肉體感官上的感受，精神的敏感性卻是越趨緊繃，施明正如此地描述獄中精神狀態：

> 當你生活在一個絕對無法由你主宰的空間時，你會從逐漸學乖的體驗裡，形成某種樣品。由於人類異於其他生物，於是乎人類在多方思想、回憶，以適應生存的過程中，便自然地塑成了各種各樣的典型人格。[11]

心靈自由與現實的困頓，施明正他自言：

> 這不能說不是命運在主宰人的航程？或是人的航程被暴風雨似的驚濤駭浪所干擾，因而被折騰、被試練；假如每個人是一條船，那麼在完成其成為一條船的造船、試航中，豈能不把汪洋大海，那多變的季候、氣象，預先列入承受巨變震盪的力學結構之內。雖然人類承受巨變的能力，也像船隻一樣有其先天壽命的極限，這也許就是人類和船隻共同的脆弱性所呈現的悲劇，和無可奈何。然而歷史和史詩往往在記載並歌頌這些人在被折騰和試練中，所表現的無比淒美、宏壯、堅毅、苦澀的悲劇性甘甜；就像苦瓜湯的去火，好茶的醒腦，和醇酒的振奮人心。[12]

施明正以極超越的人生觀轉化其生命的苦難處。歷史就像史詩般的壯闊，自己的生命一如一篇史詩，其中的磨難對自身而言，就像悲劇的主角上演

---

[11]施明正，《島上愛與死：施明正小說集》，頁 242。
[12]施明正，《島上愛與死：施明正小說集》，頁 171。

他的角色,全心投入,一如苦瓜湯、好茶、醇酒,細細品嚐,沒有怨懟,只有堅持自身一路走來的道路。他也曾寫下這樣的文字:「我不喜歡政治,我從未就文學作品與政治的因果,做過任何比較。我的一生,是注定要成為一個最純粹的文學藝術家。」但施明正的生命與獄中文學作品,卻演繹出臺灣監獄文學史中重要的一個主角。無論光影變化成是對生命中苦難的喟嘆,無處不是經典之作。

顯然地,以渴死與或喝尿的方式求死,在精神上是求取一種生命的救贖,拋棄舊有的生命載體,因為人性在這場鬥爭當中已無法從真實的生活中尋求解脫。

施明正〈渴死者〉、〈喝尿者〉等篇的監獄小說,反映在獄中因現實生成的荒謬感,哈維爾對這樣的荒謬感,有極深刻的分析。他認為:「荒謬感絕不是對生命的意義失去信仰的表現。恰恰相反,只有那些渴求存在意義的人,那些把意義當作自己存在不可分割的維度的人,才能夠體驗到缺乏意義的痛苦,更準確地說,只有他們才能透澈地感受到這份情感。在它的令人痛苦的缺失狀態中,意義反而獲得了更加逼人的存在——比不加質疑的簡單接受的存在更富於力度,就如同一位重病纏身的人比健康人更能體會到健康的意味是什麼一樣。我相信,純粹的意義缺失與純粹的無信仰在面貌上是截然不同。冷漠、麻木不仁和自我放棄會把存在降低到植物水平上。換句話說:荒謬體驗與意義體驗密不可分,只不過它是意義的正面,就像意義是荒謬的反面一樣。」[13]〈喝尿者〉等監獄小說,亦透顯出施明正處在悲觀的客體環境還保有樂觀浪漫性格,如:「當然這種由直腸與肛門所發出的歌唱似的聲音,也像人們的喉嚨那樣,一聞其聲,便知其人了」。

生命若失去意義、目標、價值或理想,結果將引發極大的痛苦,嚴重的時候會使人決定結束自己的生命。於是,我們可以認同施明正小說中所

---

[13] 瓦茨拉夫・哈維爾(Václav Havel)著;李永輝等譯,《獄中書簡:致親愛的奧爾嘉》(臺北:探索文化公司,1998 年),頁 122。

透顯出來的某些精神上的錯置感，其實是向現實索取精神自由的所有權。

王德威認為施明正的這種精神向度創作觀，是突出了色相的極致追求、主體的焦慮探索、文字美學的不斷試驗；一方面也透露了肉身孤絕的試練，政教空間的壓抑、還有歷史逆境中種種不可思議的淚水和笑話。歷經了一生的顛仆，施明正彷彿終於要以自己決定的死亡完成他對現代主義的詮釋。[14]

——選自黃文成《關不住的繆思——臺灣監獄文學縱橫論》
臺北：秀威資訊科技公司，2008 年 4 月

---

[14]王德威，〈島上愛與死——現代主義，臺灣，與施明正〉，收入《島上愛與死：施明正小說集》，頁 14。

# 白色恐怖時期的歷史記憶與創傷書寫
## 以施明正小說為例

◎朱偉祺<sup>*</sup>

## 一、前言

　　1949 年國民黨撤退來臺，為了堅守最後的彈丸之地，在島上大舉肅清異己。同年六月，「懲治叛亂條例」、「肅清匪諜條例」開始實施，左翼分子首當其衝。當時被捕處死或遭受長期監禁者，最保守的估計約有八千人之譜。而被羅織株連，或遭誤審冤獄的例子，更不在少數。這段高壓統治時期，日後被稱為「白色恐怖」。<sup>1</sup>

　　熱愛藝術甚於政治的施明正，1961 年因「亞細亞同盟」<sup>2</sup>案牽連入獄，正值青年且風流倜儻、天真浪漫的施明正，五年牢獄無疑戕害他身為藝術家的心靈，使他的小說含有作家自嘲的陰鬱，小說中處處可發現施明正自稱為「儒夫」、「魔鬼」或是「心靈的殘廢者」，把自己貶低得一無是處，對比著四弟施明德在政治上的衝鋒陷陣。

　　施明正自嘲式的寫法，隱藏著對當時執政黨的控訴，真實的他並非他

---

<sup>*</sup>發表文章時為臺南大學國語文學系碩士生，現為臺中市進德國民小學代理教師。

<sup>1</sup>王德威編，《臺灣：從文學看歷史》（臺北：麥田出版公司，2005 年），頁 319。
<sup>2</sup>施明雄，〈施明德和陳三興的「臺灣獨立聯盟」〉，收錄於《白色恐怖黑暗時代：臺灣人受難史》（臺北：前衛出版社，1998 年），頁 33～34。我們這一案是從陳三興等人口中交待（「待」應改為「代」，為原文刊印之錯誤）出來的。……那時我們有一個默契，大夥約好，萬一事敗，千萬要守口如瓶，如無法忍受刑求，只能招認我們有一不法組職名叫「亞細亞同盟」或是「亞細亞聯盟」，宗旨是聯合亞洲各反共國家，反抗集權的中國大陸，解救大陸同胞，罪名最多是管訓罷了。

筆下所形容的如此渺小與不堪，否則 1988 年 53 歲的施明正不會為了聲援
自己的弟弟施明德，毅然決然的做了絕食抗議的行動，最後葬送自己的生
命。如果真為膽小怕事的「懦夫」，就會與政治一刀兩斷，更不會寫作小
說，白紙黑字的留下痕跡，供人查驗或是質疑其對國家的忠誠度。

施明正的小說往往帶有濃厚的自傳性色彩，在他的小說中幾乎都有他
的存在，不論是擔當主角或僅是敘述者，王德威甚至說：「如此沉浸於自己
的經驗，幾至不能自拔，卻又能如此自其中抽離，看透其中的偽裝、孤獨
及自虐虐人傾向。施明正與他的題材——他自己——打成一片，寫作成為
一場內耗的搏鬥。」[3]從這段敘述中，可清楚知道施明正是把自己血淋淋的
剖開在眾人面前，讓讀者深入他的生命中，去檢視他的內在。王德威進一
步分析小說，認為施明正的小說可分為兩大類：一類帶有強烈自傳懺情色
彩，一類則為政治與個人間迂迴糾纏[4]，另一作家兼評論家宋澤萊則以荒
謬、寫實、象徵、印象主義及情慾寫作來區分施明正的作品[5]，不論哪種分
類方式，施明正受到重視的作品即是寫實主義一類，描述政治與個人迂迴
糾纏的，然而實際上關於政治與個人或是歷史與個人的敘述，並非僅止出
現在〈渴死者〉、〈喝尿者〉、〈指導官與我〉等，即便是歸類在荒謬、印象
主義下的作品，也透露出時代歷史的痕跡。

本文將以施明正小說中呈現的白色恐怖時期歷史（即施明正筆下所描
述關於白色恐怖時期的任何記憶），探討何以在歷經白色恐怖，遭受迫害的
同時，仍然著墨於歷史記憶的書寫，對於敘述者及筆下小說人物的創傷，

---

[3]王德威，〈島上愛與死——現代主義，臺灣，與施明正〉，《聯合文學》第 212 期（2002 年 6 月），
頁 40。

[4]參王德威，〈島上愛與死——現代主義，臺灣，與施明正〉，《聯合文學》第 212 期，頁 39。自傳
懺情色彩，如〈大衣與淚〉、〈白線〉、〈魔鬼的自畫像〉、〈影子的故事〉等；另一類則為政治與個
人間迂迴糾纏，如〈指導官與我〉、〈渴死者〉、〈喝尿者〉等。

[5]參宋澤萊，〈不只是政治牢獄的文學家——論施明正小說在戰後臺灣文壇的多種意義〉，《臺灣新文
藝》第 9 期（1997 年 12 月），「戰後第二波鄉土文學（1980～1997）介紹」專題，頁 241～249。
荒謬主義：〈白線〉、〈我‧紅大衣與零零〉；寫實主義：〈島嶼上的蟹〉、〈渴死者〉、〈喝尿者〉、〈指
導官與我〉；象徵主義：〈煉之序〉；印象主義：〈鼻子的故事〉（上）（中）、〈遲來的初戀及其聯
想〉；情慾寫作：〈魔鬼的自畫像〉、〈吃影子的人〉。

創傷又呈現了什麼，是否直接控訴了「白色恐怖」。

## 二、白色恐怖時期的歷史記憶

　　由於施明正小說大多以自傳體的方式呈現，意即施明正自我涉入小說中，以他的生命歷程作為小說情節，因此小說所敘述的時間、事件十分清楚，甚至可以藉由這些時間的組合，把時代的歷史呈現出來。其中又以〈指導官與我〉的時間最清晰，整理如下：

| 時間 | 小說事件 | 臺灣歷史大事 |
|---|---|---|
| 1947 年 | 以戒嚴令實施軍事統治（頁 205） | 2 月 27 日　菸酒公賣局取締私菸，臺北市大稻埕引起騷動。<br>2 月 28 日　警備總司令發布臺北區臨時戒嚴令。 |
| 1949 年 | 大陸陷匪（頁 182） | 5 月 20 日　警備總司令發布全省戒嚴令。 |
| 1955 年 | 施明正以常備兵海軍第一梯次進入海軍士官學校（頁 185） | 1 月 14 日　立法院通過中美共同防禦條約。 |
| 1962 年 | 6 月 16 日　施明德在金門被捕（頁 187）<br>7 月下旬（7 月 16 日），施明正、施明雄（三弟）、廖南雄被帶至軍法處收押庭（頁 | |

| | | |
|---|---|---|
| | 182） | |
| 1967 年 | 6 月 16 日　施明正出獄（頁 223） | |
| 1977 年 | 6 月 17 日　施明德關滿 15 年特赦出獄（頁 220） | |
| 1980 年 | 人權日風暴（頁 199、225） | 2 月 20 日　美麗島事件（1979 年 12 月，高雄）偵查完畢。 |
| 1981 年 | 施明德即將被捕前幾日，指導官跑來詢問施明正關於許晴富的事情（頁 223） | |
| 1983 年 | 與林天瑞重新恢復友誼（頁 197） | |

　　從上表可知，小說敘述時間始自 1947 年，也就是說 1947 年是所有故事的開端，對照臺灣歷史事件，1947 年正是 228 事件發生的那年，從那天起臺灣首先實施臺北區臨時戒嚴令，隨後，又公布許多條例，如：「臺灣省保安司令部組織條例」、「懲治叛亂條例」、「戡亂時期檢肅匪諜舉辦聯保連坐辦法」……，1949 年 11 月 4 日，臺灣省防衛司令部規定三事：一、通匪或隱匿匪諜不報者處死刑，二、造謠惑眾，煽動軍心者處死刑，三、破壞交通及電訊水源設備者處死刑[6]，諸如此類的規定、法令開始生活在民眾的身邊。

---

[6]參臺灣省文獻委員會編《臺灣地區戒嚴時期五〇年代政治案件史料彙編（一）中外檔案》（南投：臺灣省文獻委員會，1998 年），頁 277～299。

由於這些法令的公布與實施，使民眾開始過著水深火熱的日子，施明正在〈渴死者〉、〈喝尿者〉與〈指導官與我〉的小說中，也揭露了這些法令，說明這些法條從 1947 年以後，經由罪名的羅織而深入敘述者（施明正）及眾多獄友之中，例如：

> 只要兩個以上的人，供出不利於他們自己，或已成共同被告者的證言（口供），將會也終於使得他與其他鄉親、同志坐了七年的政治牢。
>
> ──〈喝尿者〉[7]

這段敘述說明 1962 至 1967 年，政府所實施的「戡亂時期檢肅匪諜舉辦聯保連坐辦法」。〈渴死者〉的主角則因一句不該喊的口號，終以七條起訴。「懲治叛亂條例」第七條：「以文字、圖書、演說，為有利於叛徒之宣傳者。處七年以上有期徒刑。」[8]另外，〈指導官與我〉對白色恐怖時期歷史的記憶有以敘述者服兵役期間，所感受到的環境氛圍：

> 因此為了過度懼怕到處喧囂著的「保密防諜」，所產生出來的自保自衛，和纏繞在意識裡已被烙印的記憶，竟致使我不敢接近密碼簿，和畏懼收發報機，以免被人誤以為收聽匪區的廣播或什麼與匪通訊。[9]

上述在「懲治叛亂條例」中可發現有多條法令是針對軍人或是維持治安機關所訂的，例如，第四條第一項：「將要塞、軍港、船艦、橋樑、航空器材、鐵道車輛、軍械彈藥、糧秣、電信、交通器材物品或其他軍用場所建築物、軍需品交付判刑，或圖利叛徒而毀損或致令不堪使用者。」[10]犯下這

[7]林瑞明主編，《施明正集》（臺北：前衛出版社，1993 年），頁 115。
[8]參臺灣省文獻委員會編，《臺灣地區戒嚴時期五〇年代政治案件史料彙編（五）附錄》，頁 217～219。
[9]林瑞明主編，《施明正集》，頁 189。
[10]參臺灣省文獻委員會編，《臺灣地區戒嚴時期五〇年代政治案件史料彙編（五）附錄》，頁 217。

條將處死刑、無期徒刑或十年以上有期徒刑,加上敘述者的安全資料(即軍方所做的身家調查)不良[11],促使他特別戒慎恐懼,在這樣「保密防諜」口號的影響下,小說中有這段描述:

> 報告指導官,我只敢畫人物,從來不敢畫風景,和軍艦。因為我知道軍事重地,和軍事機密,是畫不得的。[12]

擔任政府官員或是服役軍人,因為從事的工作關乎國家安危、經濟等事件,所以容易因某些舉動而遭致判刑,在「保密防諜」的時代,人人都喊著:「要小心匪諜就在你身邊」,因此這些從事官、軍方工作,幾乎都小心行事,以防惹禍上身。同篇更具體描繪了「戡亂時期檢肅匪諜舉辦聯保連坐辦法」:

> 在偵訊時,被問及,並被嚴屬地強求交出五個朋友的名字,在紙上時,我有意無意地寫下「現代詩」的盟主紀弦;「創世紀」的瘂弦……等等確實是我的知心詩友,得來的反應,便因他們是光復後來自大陸慢來的各省同胞,因之為了編排案情難以掛勾,得於免疫,不被採納,終於硬被要求寫下另五個本島人(日據時代的說法)。[13]

這段敘述說明在偵訊期間,不論敘述者是否被汙陷,其實審訊者早已認定是有罪(小說另處有提到[14]),此處彰顯白色恐怖時期審訊單位羅織罪狀的

---

[11] 敘述者閱讀俄國書籍,當時最高國策,是「反共抗俄」,加上,先父被政治性逮捕過。可參林瑞明主編,《施明正集》,頁 194。

[12] 林瑞明主編,《施明正集》,頁 205。

[13] 林瑞明主編,《施明正集》,頁 197。

[14] 林瑞明主編,《施明正集》,頁 217。「獵人會先問你有沒有朋友,誰能沒有朋友,跟著就會要你寫下五個朋友的名字,然後就會問你有沒有告訴他們,你說沒有,好,沒有就讓你好受,直到你說有,於是他們就成了你的模子印出來的樣子,他們在偵訊時必得重蹈你蹈過的一切,如果他受不了也承認了,他就必定最少個判個五年,而你因他被判五年,是個叛亂犯,又因他是你吸收的,所以你便從五年的可能性變成吸收叛徒的人而必須坐十幾年的牢,這種方法用了三十幾年,還真是

歷史事件，光復後來才來的大陸外省同胞，沒有經歷過 1947 年的二二八事件，在案情編排上合理性不足得以免疫，逼迫敘述者寫下另外的臺灣同胞名字。

　　除此，在〈我・紅大衣與零零〉這篇小說，雖不如上述以具體事件來說明白色恐怖時期歷史，然而此篇敘述者的想法卻隱含有白色恐怖時期歷史的面貌：

> 以往，每當她穿上一件新衣，總會急匆匆地跑來找我，目的是要看我眼裡反映的讚美。好在我知道女人喜歡的，總離不了好聽話。不，幾乎全人類，不管男女老幼都有這種通病。即使貴為君主將相，賤為販夫走卒，全與生俱來這種可笑又可憐的毛病；「君不見古今中外無數冤牢，皆死於正直之士，直言犯君所致。」[15]

此篇小說內容，幾乎與白色恐怖時期歷史或政治無關，從女人喜歡聽讚美的話，敘述者聯想到全人類，進而是白色恐怖時期執政黨如古今中外多少君王一般，對直言之士的諫言皆不採信，甚至認為是犯君，以致「無數冤牢」。同篇又說：

> 去他媽的，見鬼。道德和法律，原是各部落、各民族、各國的統治者便於統治他們的臣民，硬加給被統治者的枷鎖，它們對於擁有權勢者，只有加重、加多他們的罪行而已。到頭來他們不但失德，還得背負偽善者的臭名。話雖這樣說，社會總是無法沒有這兩樣東西，人類能自律的究竟有限，對於這些既無知又無創造力的人，繩規和牢獄就成為過渡到大同世界的過渡時期所必須。[16]

---

彌久猶新，用這麼簡單的方式，任何人都可以把任何人判個五年、十年，因為人體是脆弱，人心是可笑的。」

[15]林瑞明主編，《施明正集》，頁 59。

[16]林瑞明主編，《施明正集》，頁 76。

指從日本統治時期過渡到國民黨,道德與法律都是統治者運用的手腕,而為了走向大同世界(統一外省人與本省人,進而光復大陸),繩規和牢獄(控制思想)就是必要的手段。宋澤萊認為此篇表達人無法理解其處境的荒謬性,且是為自己入獄的原因做解釋。[17]而在〈遲來的初戀及其聯想〉,敘述者在回憶初戀女友名字的過程中,有如下敘述:

> ……有時候人類在這麼有限的生命裡,往往由父母兄弟、師長領袖們,直接間接地從教科書、課外讀本等等健康刊物,和屢經高度過濾思想毒素的大眾傳播工具,譬如,報紙、電視等以加密、加厚,而塑造成一個遠比原始部落,那沒有確切界線的社會安全體系,所需要的全民生存最高準則的知識,或反語,抑或一種更高級的自諷啦等等。[18]

此段文字其實透露在白色恐怖時期,從報紙、電視到人心,其實都是攻防戰,要想在這時期生存下去,必須學會說反話,或者不問世事,不能輕易地讓人家了解你的想法意圖,以防被人出賣。

〈吃影子的人〉則有貼近民眾在白色恐怖時期被管禁的樣貌呈現:

> 載運宵禁衛兵的軍用大卡車,打從右後方越過我,開往火車站。他們要在那兒,放下數位衛兵。然後繼續開往每個大十字路口,下卵似地放下幾位,直到下完了擠滿大母鵝似的大卡車裡的戒嚴兵。這是那個時代夜深無人走的大特色之一的小原因。[19]

> 「我不知道這裡有戒嚴!要不然我就不會到這裡來啦!多謝你,沒碰到你,今晚我會怕死啦。」

[17]參宋澤萊,〈不只是政治牢獄的文學家——論施明正小說在戰後臺灣文壇的多種意義〉,《臺灣新文藝》第 9 期,「戰後第二波鄉土文學(1980~1997)介紹」專題,頁 242~243。
[18]林瑞明主編,《施明正集》,頁 134。
[19]施明正,《島上愛與死:施明正小說集》(臺北:麥田出版公司,2003 年),頁 382。

「我們快走，我們從左邊的小巷，走去我朋友的後門，就不會碰到那些
衛兵，問東問西，雖然只要有身分證，就沒有問題，妳有沒有帶身分
證？」

「有啦。沒身分證，我怎麼敢出來亂走。」[20]

從上面的描述及對話，可以看到戒嚴令在實施時，有宵禁的控管，而且會
盤查夜晚在外行走的人的身分，所以儘管是身上帶有身分證的人，仍然畏
懼在晚上出來行走，也可以這麼說身分證不能確保一個人的安全與否，可
能因為一個不知名的原因，這個人就在盤查的過程中被抓去監牢了。

　　從上述檢視施明正的小說，陳述出白色恐怖年代歷史記憶的不在少
數，儘管有部分內容著重點於懺情，但仍巧妙的將這個難以磨滅的歷史透
過各種方式書寫出來，譬如：〈我‧紅大衣與零零〉，明明是要寫我與零零
的故事，卻硬是從中說出無數冤牢，透過虛構的小說將歷史置入其中，有
意說明白色恐怖時期歷史具有一個民族莊嚴的過去，這是「絕對的過去」，
歷史在一個民族集體中流傳著，並非個人經驗的自由虛構。施明正並沒有
抹煞掉這段在他生命中造成創傷的歷史記憶，反而用文字記錄下來，透過
牢獄者（施明正和其他獄友），及身處白色恐怖時代風暴之中的人，當這些
人名的彼此牽連，就能促使一個歷史真相的還原，施明正白色恐怖時期歷
史記憶的呈現有如荷馬史詩，其所象徵的意義與價值是不容許抹殺。

## 三、創傷書寫

　　施明正的小說與他所經歷的牢獄之災有不可分割的關聯性，因此關注
白色恐怖時期所造成的「創傷」在小說中如何呈現實屬重要，因為它不將
只是敘述「創傷」更是「歷史」。在卡如詩（Cathy Caruth）的《尚未認知
的經驗：創傷、敘事與歷史》（*Unclaimed Experience: Trauma, Narrative,*

---

[20]施明正，《島上愛與死：施明正小說集》，頁383。

*and History*, 1996）指出：「歷史就像創傷」；「歷史所反映的正是我們每一個個體與另一個個體的創傷交織」。[21]而「創傷」一詞更是由於弗洛依德（Sigmund Freud）在精神分析學的研究上，將原僅指身體的傷口，引用特指為心靈的創傷[22]，卡如詩進一步指出：「創傷並非來自於個人過去一件簡單的暴力或是原初事件，而是來自於事件無法被吸納的性質──正在於其最初的無法知曉──後來陰魂不散地回返糾纏著倖存者的方式」。因此，創傷敘述正是哭泣的傷口（a crying wound）所訴說的故事：「就一般的定義，創傷被描述為對一件或一些在發生當時不被完全理解，後來卻以重複的回憶閃現（flashbacks）、噩夢，或是其他重複性現象回返，令人出乎意料或無法抵抗的暴力事件之反應」。[23]

從以上可以知道創傷在文學上的運用，內化成為心靈的創傷，而非停留在一般表面所見的外傷來談論，除此之外，具有固著、重複的現象，以下將創傷展演區分為具體及抽象兩部分來談。

## （一）具體展演

以具體展演來說，即是心靈所受到的創傷，轉化成為具體的形式表現出來，譬如戀物、偷竊等行為，甚至藉由身體反映出來，如：嘔吐、顫抖，在〈渴死者〉與〈喝尿者〉，主角分別因受到的創傷而展演出尋死及喝尿的具體行為：

這個開頭用鐵柵欄擊頭，沒自殺成的人，竟會想到用發霉變硬的十幾個饅頭和不知幾加侖的水，來結束一條卑微的生命。……聽說，他的死法，非常離奇，他在癲癇頭起床外出洗臉刷牙時，脫掉沒褲帶的藍色囚

---

[21]此段譯文參黃心雅，〈創傷、記憶與美洲歷史之再現：閱讀席爾珂《沙丘花園》與荷岡《靈力》〉，《中外文學》第 33 卷第 8 期（2005 年 4 月），頁 72。原文見 Cathy Caruth, *Unclaimed Experience: Trauma, Narrative, and History* (Baltimore: Johns Hopkins University Press, 1996), p. 4。

[22]Cathy Caruth, *Unclaimed Experience: Trauma, Narrative, and History*, pp. 3-4.

[23]此段譯文參劉亮雅，〈鬼魅書寫──臺灣女同性戀小說中的創傷與怪胎展演〉，《中外文學》第 33 卷第 1 期（2004 年 6 月），頁 172～173。原文見 Cathy Caruth, *Unclaimed Experience: Trauma, Narrative, and History*, p. 4, p. 91。

褲，用褲管套在脖子上，結在常人肚臍那麼高的鐵門把手中，如蹲如坐，雙腿伸直，屁股離地幾寸，執著而堅毅地把自己吊死。[24]

〈渴死者〉的主角將創傷展演成「尋死」的樣貌，從第一次的鐵柵欄擊頭到第二次使用發霉變硬的饅頭，尋死的方法之怪異不談，最後了結自己生命所用的方式，更是令人瞠目結舌，施明正在最後的死法的描述，還特別加上「執著而堅毅」彷彿主角是為了以死明志，於此，值得思考的是主角何以一心尋死，在其他獄友一心想求得活路的同時，他卻放棄了提出抗告，效忠國家的外省軍人，他僅是喊了口號便入了獄，也許這是一向忠心愛國的他所始料未及的。加上在臺舉目無親，遂更加深他被國家背叛的感覺。而不人道的拷問方式及唯一受主角眷顧想與之聊聊天的敘述者，也因為怕惹事生非，謝絕與之溝通，導致主角的創傷並無宣洩的可能，只能不停地走向尋死之路。因此敘述者如此說：「這個對我來講仍然是沒有名字的他，以不同於一般人的方式，塑造了另一個生存的苦難典型。追溯其源，我乃豁然發現那是一種淒美已極的苦難之火。」[25]說明即便是「尋死」，而這條尋死的道路就是他賴以維生的生存之道，對他而言，「渴死」也是一條具有目標的道路。〈喝尿者〉的主角則實屬一個真正可憐的人物，未入獄前即是一個為了利益，道義皆可拋的人，或者說那也是他所認定的忠心愛國，在文中主角自我陳述這番話：「槍斃，我是有功於黨國的，你不知道，我領過多少獎金，我檢舉過多少被槍斃的匪諜。」[26]在他陳述這段話，其實也質疑起自己所效忠的國家，認為自己怎麼可能會被叛死刑？內心受到打擊，因而形成「喝尿」的行為：

　　這位被判十幾年的喝尿者，每晨喝著他自己的尿，到底是在治療他所謂

---

[24]林瑞明主編，《施明正集》，頁 175～176、178。
[25]林瑞明主編，《施明正集》，頁 175。
[26]林瑞明主編，《施明正集》，頁 127。

的內傷，或是一種象徵著對於被他整死的人們的贖罪行為，也就不得而知了。[27]

據主角所述，他喝尿是為了自療內傷，但敘述者認為或許是一種贖罪行為，儘管答案不明，但可以知道的是「喝尿」這個行為，確實是每天的例行公事，時間長達十年或者更久，這不是也說明主角內傷一直未痊癒，以致一直需要自療，而主角所受到的「內傷」或許還包含這麼不人道的拷問方式：「不知能不能相信，這個不知可不可以相信的人，提過他在偵訊時最受不了的修理，是他們用繩子縛住他的龜頭，拖著他在地上，像一隻抑天的烏龜，而他痛得滿頭大汗，卻縮不進雙肩的頭」。[28]這拷問方式，或許也將他身為男性的尊嚴踐踏的體無完膚，因以「喝尿」來療此傷。

另外，在〈指導官與我〉一文，也提到創傷所遺留在身上的後遺症，由於此篇並不如〈渴死者〉與〈喝尿者〉以主角的行為作為小說重心，因而此處的創傷多半是點到為止，小說中提到林天瑞因遭到約談，雖未被判刑，卻因為恐懼，而有長達一個月的尿失禁：「據說 21 年前的約談，使他的屎尿失禁了一個多月……羅福獄精神病醫生的治療，並勤讀羅醫師提供的幾本治療精神病的書籍……才把如影隨形的約談恐懼症暫時使其屎尿正常」[29]，蔡財源坐牢後出獄，從原是優秀聰明的人變成癡呆、瘋癲的廢人：「此君出獄後不久又給抓起來，歷經百般修理的結果，這個據說非常優秀聰明的人便成了到目前的 21 年後還是癡呆、瘋癲的廢人」。[30]而對敘述者而言，最具體的創傷展演，則轉化成為一痛苦就酗酒及耽溺於肉體的行為，在〈我‧紅大衣與零零〉、〈吃影子的人〉、〈魔鬼的自畫像〉等篇都能見到，例如：〈我‧紅大衣與零零〉：「我的痛苦只有酒精能麻醉我、治療我」[31]；〈吃影子的人〉：「那

---

[27]林瑞明主編，《施明正集》，頁 131。
[28]林瑞明主編，《施明正集》，頁 130。
[29]林瑞明主編，《施明正集》，頁 200。
[30]林瑞明主編，《施明正集》，頁 213。
[31]林瑞明主編，《施明正集》，頁 69。

是謊言與非德的時代，因此人們最方便的拒絕參予與諸如共營上述集體謊言與非德的方式，便是營造孤寂的試航，航向酒海慾洋……」[32]這些簡短的文字，直接說明酒與肉體慾望是逃避這個時代的方法，因此作者在諸多篇章中，不斷地讓讀者看到敘述者耽溺於酒色的一面，以說明創傷造成的影響。

## （二）抽象展演

　　抽象展演即是內心所受到的創傷，無法具體呈現，此種創傷較難被察覺，然而透過敘述者仍可發現端倪。以文本來說，抽象展演趨向於幻覺，因此會有幻聽、幻視的呈現，或是恐懼、擔憂，在〈渴死者〉有這段敘述：

> 鐫刻獄卒手裡一大串巨大鑰匙的碰擊聲、開鎖聲，以及劃過鐵柵欄，那跳躍，奔騰一如尖銳的彈頭破空擊向鐵柵欄，碎發的哀鳴，給人的恐懼和不安。[33]

這段敘述雖未能很清楚的感受到幻聽這個層面，然而它卻是幻聽過程中的一環，此種聲音並不是天天出現，然而因為出現時都會造成身體緊繃、心跳加快、思緒空白等各種情形。等於強迫身體記憶這樣一個聲音，而這個聲音的出現，可以輕描淡寫的說，不過就是鑰匙撞擊的聲音，但對身處於獄中的人而言，這比死刑還難熬，永遠不知道這個鑰匙開的這扇門是死路還是活路。因此當有類似於此的聲音出現時，便會不由得緊張，甚至因為一直處於緊張狀態，耳朵與眼睛所看到的就出現了幻覺，於是乎敘述者寫道：「雖然如此，如今，我在睡前，還要捏兩丸衛生紙塞住耳孔，以過濾、阻擋尖銳的聲響。」[34]這不就說明，尖銳的聲響對他的影響極大，即便在回

---

[32]施明正，《島上愛與死：施明正小說集》，頁376。
[33]林瑞明主編，《施明正集》，頁169。
[34]林瑞明主編，《施明正集》，頁170。

歸正常生活,仍無法從這種尖銳如同奪命的聲音中解脫,更進一步來看,在〈指導官與我〉對於幻聽、幻視的創傷描述更為貼切且精緻:「風吹草動、杯弓蛇影,都會是我自虐的對象」[35],僅用「風吹草動」、「杯弓蛇影」便足以說明受到幻聽、幻視的創傷,已到了無中生有的地步。從被虐的創傷轉成自虐的創傷,可謂極大的諷刺。同篇亦談到關於恐懼、擔憂的創傷,這方面的創傷雖也能因過度的擔憂、恐懼,而轉化成為不停的嘔吐或是其他呈現方式。如此一來,就足以成為創傷的具體呈現,但在此篇中,卻未做這樣的處理,而是透過這樣的描述:

> 這種無休無止的擔憂,分分秒秒以其有形的漩渦,把我捲進無邊無際的痛苦裡。[36]

上述的擔憂來自於敘述者對四弟施明德深陷殺身之險,對於被牽連入獄或是因自己牽連入獄的,時時刻刻都在這樣的擔憂中度過,擔心因為自己或朋友,終至使自己的親人難逃一死,而顯得憂愁、孤單。然而在獄中,誰不是自我解嘲的過著有一天沒一天的日子,因此無人會在意那種潛藏在心中一直擴大的擔憂及恐懼,但終致使一個原本熱情奔放的文藝青年轉變成為孤獨冷漠的人:

> 在高牆邊的長方形場,兜著圈,畫起圓。為了安全,我龜縮在我孤獨的硬殼裡。散步時,我絕少跟人結伴同行,以免被虎視眈眈的監獄,留下結群成黨的壞印象,也為同一個理由,我曾擺脫過他跑過來,跟我談詩的雅興。因為我怕背上黑鍋,怕被上面誤會我跟他的談話內容影響他在散步時高唱反動的口號。[37]

---

[35] 林瑞明主編,《施明正集》,頁 180。
[36] 林瑞明主編,《施明正集》,頁 170。
[37] 林瑞明主編,《施明正集》,頁 176～177。

這段敘述，看到了敘述者在呈現他在獄中生活的樣貌，他是一個絕對冷眼
旁觀的人物，為了自保，不顧別人想與他談詩的雅興，僅僅只是因為擔心
惹禍上身，但是誰會知道他這樣的作為是因為內心的恐懼呢？在獄友眼中
充其量不過是個話少孤僻的傢夥吧！又有誰能正視這樣的創傷，是隱藏在
一個看似正常人的內心深處。

　　除了小說人物的創傷展演之外，施明正在小說文字上亦安插了創傷，
即是汙穢、不堪入目字眼的使用，在〈渴死者〉、〈喝尿者〉及〈指導官與
我〉分別有肛門、屁、排泄等字眼，以〈渴死者〉來說，敘述者在敘述主
角被獄友猜測尋死的行為，是為了換取改變條文，「過那沒有鐵柵欄，也不
鎖門，可以打球，也可以帶著妻子、女友一塊兒上廁所排泄的日子。」[38]原
可以只要形容出獄後光明美好的生活的一面，何以特別使用到「排泄」，說
明「排泄」可謂出獄後的重要大事，是要一解暢快，寓意要把在獄中所受
到的不平等待遇及怨氣，一吐而出的排泄出來。再看〈喝尿者〉主角雖是
要講喝尿的那位人物，然而在帶出此人物之前，卻鋪排了極大的部分在描
寫獄友的生活樣貌，而此樣貌以「屁」來展演：

> 每次打開沉重的鐵板門，必先「禁氣」屏息地躲在鐵門響亮地碰響走道
> 的外邊牆，左手搗著鼻嘴兩、三分鐘，以免讓那唯一的尺半高，幾乎只
> 距白天可能會把手皮，燙起水泡的混凝牢頂一、兩尺的窗戶，湧進的空
> 氣，轟擊似地擠出的臭氣衝個正著……[39]

作者以誇張的筆法，將屁味的可怕表現出來，然而該質疑的是，「屁」真的
有這麼臭嗎？作者巧妙帶出的是一個封閉性空間所營造出的恐怖性，諸
如：氣味，原是一個人可以私密的排泄出來的，甚至是在開放的空間，會
不易察覺，然而在這樣密閉的空間，連最私密、低下的屁，也無隱密性。

---

[38]林瑞明主編，《施明正集》，頁174。
[39]林瑞明主編，《施明正集》，頁117。

說明創傷的恐怖是連最私密、低下的部分，都深受其害。更令人拍案叫絕
的應該是施明正所形容的屁聲：

「怖──巫汙──吾誣──侮仵」[40]

「不，不，怖」[41]

「捕，捕，不不，怖怖」[42]

「兀、勿、惡、悟、鷩、霧」[43]

屁聲以同音的字形書寫出，卻因經過作者的挑選，而出現狀似對當時執政
黨的控訴，以第一個屁聲來說，「怖──巫汙──吾誣──侮仵」，不正是說
明此放屁者所遭受的遭遇是恐怖的，甚至還表達了我是被誣陷的，再以
「捕，捕，不不，怖怖」的屁聲來看不就說明是被逮捕的，受捕者嘴裡喊
著「不！不！」，儘管這些屁聲是吾人的揣測，但這些屁聲確實是施明正用
來彰顯創傷的工具。

> 面對全世界各處所無的空間性（地域性）遭遇，和時間性（歷史性）的
> 血淋淋洗練，那一波波排山倒海的衝擊，含淚堅忍地當個小丑似的小角
> 色，以逗笑檢閱人員僅存的憐憫心，謹慎地舔潔時代與個人，遍體汙髒
> 的傷口，寫下它，繪下它，拍出它來，震撼世界，並為證明我自由中
> 國，不僅在經濟，也在文化方面，的確不遜於別國，也優於別處⋯⋯[44]

這段話，看似讚美實際上卻是反諷，要打擊的是在這個白色恐怖時期所遭
受的不人道待遇，以及並非真正自由中國，是一個假的自由，如實的描寫

---

[40]林瑞明主編，《施明正集》，頁 117。
[41]林瑞明主編，《施明正集》，頁 119。
[42]林瑞明主編，《施明正集》，頁 119。
[43]林瑞明主編，《施明正集》，頁 120。
[44]林瑞明主編，《施明正集》，頁 121。

這些看似遍地汙髒的傷口，作為強而有力的控訴，以屎、尿代替更多尖銳的怒罵，要執政當局正視這些被當作屎尿看待的人，是怎麼樣的從這樣的歷史生存下來，而執政當局所遭受的抨擊也正如這些屎尿一般，所作所為是如此的低下、卑劣，施明正以如此的寫作手法，將創傷的展演表露在世人眼前。

## 四、結論

　　施明正自傳式的寫作方式，使其小說比別人多了一份真實，而在真實之中，又因他所遭受的牢獄之災，顯得更引人注目，他雖然不斷地以「魔鬼」或是「懦夫」自稱自己，以切割自己與政治、監獄之間的關係，然而由於熱愛臺灣，願為臺灣奉獻一己之力的他，總在小說中微妙地表現出他自我與歷史和創傷拉鋸的故事，即便是以冷眼旁觀，甚至是反諷的方式去書寫，在書寫中他不只陳述了白色恐怖歷史，他是以小說代替史筆，企圖見證那個時代，且更將他及獄友的創傷表露無遺，而他和獄友及其他人的創傷，實際上正是整個時代的創傷。

　　透過白色恐怖時期歷史與創傷，可以發現施明正的小說，並非僅只是突顯牢獄者、敘述者可憐悲哀的一面，更重要的一部分其實是對當時政府嚴厲的控訴，施明正以其所經歷的一切，藉由敘述自己以及別人的人生遭遇，為整個白色恐怖時期歷史留下見證。

## 引用資料

・王德威，〈島上愛與死——現代主義，臺灣，與施明正〉，《聯合文學》第212 期，2002 年 6 月。

・王德威編，《臺灣：從文學看歷史》，臺北：麥田出版公司，2005 年。

・宋澤萊，〈戰後第二波鄉土文學（1980～1997）介紹：不只是政治牢獄的文學家——論施明正小說在戰後臺灣文壇的多種意義〉，《臺灣新文藝》第 9 期，1997 年 12 月。

• 林瑞明主編,《施明正集》,臺北:前衛出版社,1993 年。

• 施明正,《島上愛與死:施明正小說集》,臺北:麥田出版公司,2003
年。

• 施明雄,〈施明德和陳三興的「臺灣獨立聯盟」〉,收錄於《白色恐怖黑暗
時代:臺灣人受難史》,臺北:前衛出版社,1998 年。

• 黃心雅,〈創傷、記憶與美洲歷史之再現:閱讀席爾珂《沙丘花園》與荷
岡《靈力》〉,《中外文學》第 33 卷第 8 期,2005 年 4 月。

• 臺灣省文獻委員會編,《臺灣地區戒嚴時期五○年代政治案件史料彙編
(一)中外檔案》,南投:臺灣省文獻委員會,1998 年。

• 臺灣省文獻委員會編,《臺灣地區戒嚴時期五○年代政治案件史料彙編
(五)附錄》,南投:臺灣省文獻委員會,1998 年。

• 劉亮雅,〈鬼魅書寫——臺灣女同性戀小說中的創傷與怪胎展演〉,《中外
文學》第 33 卷第 1 期,2004 年 6 月。

• Cathy Caruth, *Unclaimed Experience: Trauma, Narrative, and History,*
Baltimore: Johns Hopkins University Press, 1996.

——選自張清榮編《柏楊與監獄文學》

臺南:臺南大學,2008 年 8 月

# 施明正，身體政治學者
## 書寫的身體政治與政治身體的書寫

◎楊凱麟*

## 前言：分裂仔

　　作為小說家，產量不多的施明正在文學史占據一個非比尋常的關鍵位置。他所曾創造的文學時空是一種由政治與性所怪異標誌的異托邦，在此，政治是高壓、威權與極右的意識型態政權，性則是保守年代裡男女交媾淫亂情事。性與政治構成施明正小說的主導動機，一切的曲扭與曲扭所引致的身體與精神的苦悶、敗毀、病變甚至死亡，模鑄了施明正小說中的性——政治布置（dispositif），以至於最終我們甚至無法辨別性與政治究竟何者僭越、侵吞或取代了另一。但這並不意謂在此可以援引古典意義下的浪漫或浪漫主義（如同施自己在小說中所使用的），亦毫無以精神分析來考掘其性特質的意圖。施明正所代表的文學空間，正由他最重要的小說集《島上愛與死：施明正小說集》[1]（2003）所明確命名，這是由他的書寫所深刻與怪異銘刻、畸生於臺灣島上的性（愛）與政治（死），文學成為流動於性愛體制（région du sexe）與政治體制（région du politique）的精神分裂文字流，激爽與死亡不再是簡單的互斥亦非對立，而是共同織構著小說裡的愛與死，鋪設了文學裡令人目瞪口呆的性——政治布置。

　　施明正是一個「分裂仔」（schizo），但這不意謂他僅僅是威權政治下

---

*臺北藝術大學藝術跨域研究所教授。

[1]施明正生前出版的小說集皆已絕版不易尋覓，2003 年陳芳明與王德威主編的《島上愛與死：施明正小說集》（臺北：麥田出版社，2003 年）完整收入其 13 篇短篇小說，本文引文皆引自此書。

的病體或「心靈傷殘者」[2]；相反地，正是由於他的書寫，吾人終於見識了該時代極度精神分裂與錯亂的存有模式，他風格化地意圖以日以繼夜的創作力搏整部西方藝術史與文學史，以菸酒與性的恣情縱欲迫出生命最奔放獨特的質地。另一方面，身處威權政治下被鎮壓、刑求、囚禁或槍決的膽怯懼怕，使得其創作無時不刻不在尋覓逃逸或逃生的出口，在嚴密監控與出版審查如蛆附骨的時代裡，沾染白色恐怖、政治犯與民主改革等題材的文學必然面臨被威脅、查禁甚至入獄的危險。書寫幾乎是不可能的，但正是在這種普遍的不可能性中，施明正卻透過書寫魔幻地翻轉出另一種不可能，不可能的不可能：不書寫的不可能，書寫其他內容的不可能。正是在這種雙重的不可能中，在左突右撞的政治幽閉恐懼症中，施明正譜出戒嚴時期最怪異優美與突梯錯亂的生命抒情之詩。

## 一、性——政治布置，或粉紅色恐怖

施明正的小說縈繞著以施家三兄弟為軸心的白色恐怖史實，這是一個揉雜著戒嚴、鎮壓與死亡陰影的「實境秀」（reality TV 或 reality Literature），一種以真實血肉模鑄的殘酷劇場。在幾乎可以原景重建的地理描述中，擬真的角色以一模一樣的姓名（施明正、施明德、施闊口、許晴富、鍾肇政、林天瑞、紀弦……）粉墨登場，甚至從事與現實生命分毫不差的活動，有同樣的驚惶、懦弱、背叛、激情或浪漫，後期小說裡施明正更毫無滯礙地寫入對自己小說的正式評論，小說的源起與小說本身後設地共冶一爐[3]，加上可以成為口述歷史材料的個人經歷，不斷亂步遊走於歷史、文學與自傳之間的文字最終侵蝕了現實與虛構的分界，擾亂記憶與想

---

[2]施明正，〈指導官與我〉，《島上愛與死：施明正小說集》，頁 333。
[3]「確定了我終生投入《臺灣文藝》，成為臺灣文藝最尖端的小兵（引用評論家彭瑞金評我的說詞），獻出我的所有精力」，見施明正〈鼻子的故事（中）——遭遇〉，《島上愛與死：施明正小說集》，頁 372。鍾肇政在《施明正短篇小說精選集》（臺北：前衛出版社，1987 年）的序〈施明正與我〉中將這種「意象繁複、令人眼花撩亂」、「新銳、新款的說故事方式」命名為「雷射體」，認為是「科技時代的產物」，「其突兀處，令人不敢逼視」（頁 10～11）。

像的區別，成為揭啟小說幻術的獨家技法，文學在政治與性的雙重欲力催逼下越過了寫實主義的雷池成為「魔幻寫實」。如果施明正有他自稱的「魔性遠比神性多了三分之一」[4]，或許並不在於他在男女情事上所演義的「缺德系列」[5]，不在於他面對政治鎮壓所表現的軟弱與心口不一，而在於文學平面上他所曾魔幻創造的虛擬實境。[6]

面對這座魔幻的虛擬實境，我們要追問的恐怕不再是其與史實的真假關聯，亦不需多與作者本人的生命歷程從事排比嵌合，重點或許在於：由施明正所署名為數不多卻風格獨具的短篇小說究竟創造了何種特異的時空？何種元素與何種操作曾被運用於這個時空的創建？在這個虛構時空（或虛擬實境）中，人類存有展現了何種非比尋常的特徵？這些存有特徵與這些時空元素最終反映了何種特屬於臺灣 1960 與 1970 年代的存有模式？

施明正無疑地以其政治小說受到評論者的重視，二次獲獎作品都是監獄文學[7]，在這點上他隱約地上承賴和的《獄中日記》（1941）。然而，施明正雖曾被牽連而以政治犯身分入獄，他小說中的「我」其實更是一個「缺德者」，但不是他刻畫入骨的那種以檢舉及出賣同志換取利益的「密告者」[8]，而是懂得縱身於男女情慾的浪蕩子（dandy），一種擺脫不掉「公子哥兒的逸樂習性」[9]，「只能在電影上，外國小說裡，才會被描繪的人物」。[10]施明正小說中的「我」正以其狂傲的浪蕩子與膽怯的政治犯之間

---

[4]施明正，〈我・紅大衣與零零〉，《島上愛與死：施明正小說集》，頁 58。

[5]這是施明正過世前計畫書寫的短篇系列，緣於 D. H. 勞倫斯（D. H. Lawrence）的《查泰萊夫人的情人》（*Lady Chatterley's Lover*, 1928）與盧梭（Henri Rousseau）的《懺悔錄》（*Les Confessions*, 1782～1789）「造就了我成為現貌的我」，見施明正〈吃影子的人〉，《島上愛與死：施明正小說集》，頁 409～410。雖然預告了三篇但最終只完成一篇。

[6]施明正將這種虛構時空描述為「我隨便提到的什麼畫啦、詩啦等等跟它們的創造者的生活、性格、軼事趣聞，以及豔史結合在一起，所產生的奇異效果」，見施明正〈島嶼上的蟹〉，《島上愛與死：施明正小說集》，頁 201。

[7]描寫獄中見聞的〈渴死者〉與〈喝尿者〉分別獲吳濁流文學獎佳作（1981）與正獎（1983），亦是施明正最常被援引的作品。

[8]施在〈指導官與我〉中曾宣告要寫一篇〈密告者與我〉，見施明正〈指導官與我〉，《島上愛與死：施明正小說集》，頁 328。

[9]施明正，〈指導官與我〉，《島上愛與死：施明正小說集》，頁 330。

[10]施明正，〈吃影子的人〉，《島上愛與死：施明正小說集》，頁 388。

的怪異切換映射出生命的熠熠能量，在愈來愈露骨的性愛與如影隨形的威權鎮壓之間不自主地痙攣跳動著，直到甚至在最恐怖威權的軍事場域亦能爆發最浪蕩激情的性愛，在最飽漲男女情慾與性事描述的篇幅裡亦精神分裂地插入政治的臧否或歌頌。比如〈指導官與我〉中，以十餘頁篇幅幾近自虐地反覆申明自己因被羅織成囚而終於變成「懦弱、邋遢、屈辱、無能、貪生怕死」的「心靈的殘廢者」與「豬狗不如的廢人」，甚且從此一再地被威權政權的杯弓蛇影所「驚破膽」，為自己一直沒能在睡夢中夢見國父（而是活生生的女人）憂懼自責不已，接著筆鋒一轉卻在海軍砲艇的駕駛臺展開與勞軍康樂隊漂亮女尉官的性愛羅曼史，洋洋自得宣稱這是「連她們戲團的所謂劇作家也無法想像得到的浪漫情調，纏綿情景」。[11]似乎即使在最肅殺高壓的處境裡都有浪蕩之必要與性愛之必要。反之，在浪蕩子系列小說〈吃影子的人〉中，隨機獵豔與一夜情鋪展在軍警宵禁的深夜裡，屋內的激烈性愛強烈對比於街上四散巡邏戒嚴的憲兵與警察，小說甚至一開始便揭櫫拒斥集體謊言與敗德（政治）的方式便是「航向酒海慾洋」。[12]換言之，性的浪蕩是為了對政治的拒斥，似乎愈浪蕩淫穢就愈挑釁威嚴恐怖的政治，或者反之，在「嗅聞到敵視人們的戒嚴令最具體的氣氛」[13]後，浪蕩是為了文學書寫，並由此藝術姿態換取性愛。[14]

　　使施明正特異於其他作家的，也許不是其小說中的政治成分，而是性與政治的不可區分。「其實我一直都在想著美女、詩、畫、小說、推拿」[15]，文學首先與性愛有千絲萬縷的糾結，但施明正小說中的真正魔性並不在於男女情事的穢亂與敗德，而是「這個魔鬼似的男人」[16]竟然使得最高壓威嚇

---

[11]施明正，〈指導官與我〉，《島上愛與死：施明正小說集》，頁322。
[12]施明正，〈吃影子的人〉，《島上愛與死：施明正小說集》，頁376。
[13]施明正，〈鼻子的故事（中）——遭遇〉，《島上愛與死：施明正小說集》，頁367。
[14]「我視『戀愛』為我追求文學、藝術的『能源』（原動力）。也因之詩、小說、繪畫的創作，到後來竟也反過來幫我輕易獲得我欲追求的『戀愛』」，見施明正〈遲來的初戀及其聯想〉，《島上愛與死：施明正小說集》，頁140。
[15]施明正，〈指導官與我〉，《島上愛與死：施明正小說集》，頁333。
[16]施明正，〈我‧紅大衣與零零〉，《島上愛與死：施明正小說集》，頁66。

的政治總是錯亂地跳接各式繾綣女色。這是摻入性愛雜質的政治抗議文
學,亦是佐以最恐怖政治氛圍所寫就的羅曼史。這種高度揉雜性與政治的
怪異作品,絕不是施明正在小說中所一再援引與崇仰的高爾基(Maxim
Gorky)、托爾斯泰(Leo Tolstoy)等舊俄文學,也不是盧梭與勞倫斯式的
情愛解放與懺情史,而只能是帕索里尼(Pasolini)在《薩羅或索多瑪 120
天》(*Salò o le 120 giornate di Sodoma*)所曾展示的,法西斯極右政權與荒
淫變態性事的經典連結。

　　這種性——政治布置所曝現的很可以是布希亞(Jean Baudrillard)所謂
的猥褻性(obscénité)。[17]小說中的性愛演出並不單純僅是情色的主觀想
像,而是威權政治的色情化,是使一切鎮壓與威嚇變得比色情片更不堪的
猥褻程序。似乎小說家愈專注於情色細節的描寫,其深受所苦的威權政治
就愈猥褻色情。施明正小說中的敗德與性愛部位並不會致使其作品就座於
當代情慾書寫之列,相反地,在迫使人人屎尿失禁的右派政治威嚴中專注
於浪蕩性事最終錯亂了軍事戒嚴的肅殺,一切的威嚇恐怖都被怪異翻轉成
命定的猥褻並失去其存有的重量。這是一種戒嚴政治的「脫衣舞秀」,在
此連性愛都透明無遮掩地坦露在統治者的目光之下,這亦是馴服順從的絕
對化,即使(或特別是)淫穢本身:「我坦誠地把我自己弄成一個在太陽
底下不管從哪個角度看我都會是一個透明的人那樣地任由想要蒐集我安全
資料的人一目瞭然」。[18]威權政治所能給予的,絕不是其教條宣傳裡的民主
法治與自由安康,而是藉由各種密告、監視、羅織與刑求所生產的裸露與
徹底猥褻。[19]表面上,其與淫邪色情全然無關,但施明正透過文學向我們揭

---

[17]關於媒體時代的猥褻性,布希亞在〈通訊的出神〉(L'extase de la communication)有精采描述。
本文採用其關於可視性(visibilité)的深刻描述:「這不再是被遮掩、壓抑、隱晦之物的猥褻性,
這是可見、過度可見、比可見更可見的猥褻性。這是不再有祕密之物、整體溶解於資訊與通訊之
物的猥褻性」。見 Jean Baudrillard, "L'extase de la communication", in *L'autre par luimême* (Paris:
Galilée, 1987), p. 20。

[18]施明正,〈指導官與我〉,《島上愛與死:施明正小說集》,頁 334。

[19]「有這種人經常在我們身邊走動,對於不想犯法的人,委實是一件天賜良緣。因為,他可以使你
感到不會被誣陷,也因為有這種人常在身邊,你便不至於忘記身處戒嚴地區,不是因為他抽的是
梅花牌的香菸,也不是因為他是河南人,而是因為以一個 24 歲的年輕人,他所具有的耐性、毅

示的，正是此二者必然精神錯亂的連結。但這絕不是「權力是最強的春藥」或藉由權力狎淫性侵等老套，而是政治與性在威權體制下最終的不可區辨。於是我們看到，對蔣家父子政權的最大褻瀆與極致冒犯或許不來自於自願或被羅織地犯下《懲治叛亂條例》第二條第一項，並因此被槍決或無限期監禁[20]，而是高呼蔣公，全面屈服順從於他並隨時將他的「三分軍事七分政治的復興基地、反共寶島」等宣傳教條突兀插入毫無關聯的文句之中，同時不止息地從事各種淫猥、浪蕩與荒唐情事。[21]

　　這種性——政治布置使國民黨統治下的白色恐怖怪異地沾染了胭脂桃紅，成了粉紅色恐怖。威嚴的「蔣公」及其教條在小說中成為某種「現成物」（ready-made）材料，彷彿杜象（Marcel Duchamp）把蒙娜麗莎畫上二撇翹鬍子就成為 L. H. O. O. Q.（她有一個騷屁股）。[22]從這個觀點來看，昆德拉（Milan Kundera）在同一時期的捷克共黨政權下似乎亦以另一種風格從事類似的性——政治布置。

　　這種「蔣公現成物」的引用（或亂入）曾在〈島嶼上的蟹〉很嚴肅地加以討論：

---

力，和全身每個細胞張開來吸取你的訊息的那種機警，時時會使你不至於天真到大談民主自由的種種問題，而不慄然一驚」，見施明正〈島嶼上的蟹〉，《島上愛與死：施明正小說集》，頁184～185。

[20]戒嚴時期令人聞之喪膽且判處唯一死刑的「二條一」，即 1949 年通過的《懲治叛亂條例》第二條第一項。被依法槍決的政治犯常是被控觸犯含括於此項中的「刑法第一百條第一項」：「意圖破壞國體、竊據國土，或以非法之方法變更國憲、顛覆政府，而著手實行者」。解嚴後該條例並未同時廢除，直到 1991 年才由立法院通過廢止。相關條目請參考《懲治叛亂條例》及《刑法》。

[21]施明正小說中經常突兀出現對「蔣公」或「國父」的感念或歌頌，比如「蔣公仙逝之後，我在畫室裡為他布置的靈堂，虔誠地禱告」見施明正〈渴死者〉，《島上愛與死：施明正小說集》，頁242；「曾經在三更半夜飲酒痛涕以哀告　國父、蔣公在天之靈保佑我們全國歹生活的人民」，見施明正〈指導官與我〉，《島上愛與死：施明正小說集》，頁 332；類似的說法也出現在〈遲來的初戀及其聯想〉，頁 152、165；〈鼻子的故事（中）——遭遇〉，頁 372 等。這種語言上對「蔣公」的無限崇敬，甚至突梯地成為一種格列佛遊記式的「巨人傳」，解除戒嚴與黨禁成為「我們的巨人要送給我們的大禮物，好讓他在天之靈的巨人爸爸，會像我在天之靈的爸爸，所樂於嗅聞」，見施明正〈鼻子的故事（中）——遭遇〉，《島上愛與死：施明正小說集》，頁 373。

[22]這是杜象 1919 年著名的現成物作品，將明信片上的《蒙娜麗莎的微笑》（Mona Lisa）畫上兩撇鬍子，並標上 L. H. O. O. Q.（法文諧音：她有一個騷屁股）。

盡量不使用，對我來說，必定會造成說不出口的字句和音節，而且在萬一停了口，說不出下句時，突然立正大聲地喚出：　國父說，或是總統說，來製造全場的正坐，或立正，然後讓我在說順了口之後，再繞回剛才的題旨，以這種方法，我得到冠軍。

——〈島嶼上的蟹〉，頁214

　　無時不刻地即時高呼國父或總統治癒了「我」的口吃，還讓口吃者成為辯論冠軍，簡直是卡夫卡游泳冠軍的翻版；游泳冠軍說，其實我根本不會游泳。[23]

　　施明正書寫中的亂步拼貼或許不僅是柏洛茲的 cut-up，即使柏洛茲亦擅於在作品中植入政治嘲諷。[24]在鎮壓政治的死亡陰影中，沒有人提及領導者還敢口吃，正如沒有人膽敢在專制者之前幽默輕佻，因為這裡不存在語言遊戲的任何可能。德勒茲曾提出 pick-up 對立於柏洛茲的 cut-up，認為這是致使語言口吃、雙語與多樣性的風格化書寫方式，一種確切意義下的「小文學」（littérature mineure）或「流變——少數」（devenir-minoritaire）。[25]施明正的作品無疑是某種小文學，但恐怕在柏洛茲的 cut-up 與德勒茲的 pick-up 之外，在蔣公與性愛齊飛的文學怪體之中，書寫不自主地成為 make-up（粉飾）。無時不刻个高呼蔣公使書寫在形式與内容中遠離口吃，教條口號的專橫切入成為白色恐怖的怪異粉飾並因此拼裝成一種「雙語」文體：一方面是鎮壓政治所導致的無生命傀儡書寫，另一方面則是荒淫性愛所表現的無政治浪蕩生命。如果對德勒茲而言致使語言口吃是書寫的風格化表現，施明正的

---

[23]卡夫卡（Franz Kafka），〈世界冠軍〉，《卡夫卡全集・第1卷：短篇小說》（石家莊：河北教育出版社，1999年），頁575〜577。

[24]在談及駱以軍的故事多重斷片時，我們亦曾提及柏洛茲著名的 cut-up 方法，可參考本書的〈駱以軍，空間考古學者與時間拓撲學者〉的「根莖式書寫，或故事的吸血主義」。

[25]「Pick-up 或者雙重飛掠、非平行演化並不產生在人物之間，而是在觀念間產生，每一觀念都在其他觀念中自我解疆域化，根據既非在此亦非在彼且席捲成『團塊』的一或數條線」見 Gilles Deleuze, *Dialogues* (Paris: Flammarion, 1977), p. 25；關於口吃與小文學可參考同書頁 82〜84。

「不口吃程序」則在白色恐怖的威嚇下迫出無風格的傀儡生命樣態。[26]

　　「蔣公」（作為統治者的象徵）似乎成為施明正小說中不敢言明的一切悲劇頓挫之點，那是賀德林所描述的伊底帕斯終於知悉自己殺父娶母，時間的軸線從此崩折斷裂，成為前後再也統合不了韻（rimer）的巨大轉折。[27]施明正的小說似乎都意圖回返到這個使他從此變成心靈傷殘者的「物種起源」之點，重溯「未被羅織成囚，因而能從那個生命的分水嶺，這一豐脊滾下恐怖的深淵，變得非常可恥的懦弱、邋遢、屈辱、無能、貪生怕死以前」的時光。[28]然而在這場生命逆溯的尤里西斯之旅中，各種在高壓政治下怪異形變的「喝尿者」、「渴死者」、「放鶴者」、「闖入者」、「釀酒者」……夾道佇立，伴隨著一系列浪蕩性愛的「缺德者」[29]，這些在特異時空中誕生的畸人構成施明正最令人印象深刻的文學風景，並使得文學在某種意義下等同於性──政治的布置。

## 二、浪蕩主義與監獄的「知覺現象學」

　　施明正的書寫是一種 make-up，文學成為對政治、宗教、藝術與愛情意見的雜燴拼貼與粉飾，各種異質個人體驗絮絮叨叨地錯接成往往令人錯愕的述事文體，最後總合成一種特屬於文學的虛構複合物。其主要構成之一，是以「蔣公」所代表的高壓政治時空條件與各式令人喪膽的白色恐怖事件。對「蔣公」德政不擇地亂入的歌功頌德是展現忠誠與屈服的必要表態，但經由「神經質主體」的傀儡書寫後，卻成為駁雜文字陣列中的四處布雷，文學成為悲哀卻不無搞笑的黑色詼諧劇（parody）。[30]然而，相對於

---

[26]「一種風格，就是達到在其自身語言中口吃。這是很困難的，因為必須具有如此口吃的必要性」。見 Deleuze, *Dialogues*, p.10。

[27]關於賀德林對伊底帕斯的著名評論，請參考 Friedrich Hölderlin, "Remarques sur les traductions de Sophocle," in *Oeuvres de Hölderlin* (Paris: La Pléiade, 1967), p. 958。

[28]施明正，〈指導官與我〉，《島上愛與死：施明正小說集》，頁 298。

[29]這些「ＸＸ者」皆是施明正已發表或計畫發表的小說篇名。

[30]比如，「對於兩個『叛逆』性的家族怎麼會合在一起，共營男女關係，並產生了非我所能追溯的，逝者其苦已逝，生者其苦綿綿，以追思緬懷國父及其他先勇先烈等人的大無畏精神於不墜者，乃在我中華民族之自覺意識」，見施明正〈遲來的初戀及其聯想〉，《島上愛與死：施明正小

施明正的詼諧，「沒有人會笑」不正是極權政治特徵之一？[31]在高壓恐怖氛圍裡被誣陷與屠殺的無辜政治犯所在多有，但或許昆德拉的邏輯不無道理，我們不應簡單地將此視為一種悲劇，即使其中涉及最悲慘的遭遇與最不人道的對待，因為在極權政治下的性——政治文學布置已翻轉了悲劇與喜劇的表面區別。而在極權政治下「你會發現：人們並沒有人性，或者：你不知道人性是什麼。他們不會笑」。[32]

　　書寫神經質地跳動於悲喜劇之間構成了施明正被羅織逮捕並囚禁五年後所怪異翻轉的生命質地，然而在這個破韻決斷之點前，他其實首先是一個浪蕩子，而且這個認同與信仰或許到他生命盡頭都不曾絲毫改變。[33]這裡的浪蕩子並不是一種泛稱，當然更不是對施明正文學角色的道德批判，因為我們採用的是波特萊爾（Charles Baudelaire）在〈現代生活的畫家〉（Le peintre de la vie moderne）的著名定義，亦即一種「除了在其個人培養美的觀念、滿足其激情、感受與思考的狀態外無他之存有」。浪蕩子富有、崇尚高雅、遊手好閒甚至膩煩一切並因此受苦，浪蕩主義（dandysme）幾乎是一種對高雅與原創性的宗教性信仰，而愛情則是遊手好閒者的「自然事務」。值得注意的是，浪蕩子絕不意謂胡作非為之人，相反地，「作為一種在律法外建制（institution）的浪蕩主義具有嚴格的律法，其所有主體都必須嚴格遵從」、「浪蕩主義是墮落時代裡英雄氣概的最後光輝」。[34]

　　即使波特萊爾從未被援引，施明正小說中的「我」無疑吻合浪蕩子的種種標誌，而且幾乎每篇小說總不厭其煩地一再自我聲明：我是「一個精神的漂泊者、流浪漢、創造美的狂徒」[35]或「我知道我已浪漫地成為我在電

---

說集》，頁 152。
[31]昆德拉的《可笑的愛》（臺北：皇冠文化出版公司，1989 年）曾多次提起這個主題，特別是〈沒有人會笑〉。
[32]米蘭・昆德拉，《可笑的愛》，頁 87。
[33]在施明正最後的作品〈吃影子的人〉及未能完成的「缺德者系列」中，浪蕩子書寫似已成為其未竟的目標。
[34]Charles Baudelaire, "Le peintre de la vie moderne," *Le Figaro* (Paris), Nov. 26, 1863.
[35]施明正，〈我・紅大衣與零零〉，《島上愛與死：施明正小說集》，頁 65。

影上、詩歌、文學名著裡所看到的，並羨慕過的那種腳色」。[36]至於是何種電影、詩歌或文學，小說裡很少具體說明，這點暫且不提。[37]我們無意一一羅列比對小說中反覆出現的浪蕩子符號，但如果浪蕩子不能簡單化約成胡搞亂來的混混，而且相反的是高度凝練、嚴格自我期許與深厚教養的某種貴族，那麼我們或許應該進一步分析施明正文學中所流露的浪蕩主義根柢，考掘構成這種浪蕩子文學所必要的條件，或者不如反過來說，從小說中所看到的自我期許與教養其實是相當局限與刻板的，施明正是一個文學與藝術的自學者[38]，且囿於時代的氛圍不免褊狹。[39]如果我們要落實他所謂的「被我消化掉的世界級人類心靈的高級遺產」[40]，並檢證其小說中關於生命、繪畫、電影或文學的論述，則不免使他淪為某種自誇可笑的無知者。比如小說中一再出現創作的「神魔辯證」，將天才視為神性與魔性之間的中介微調，其實是相當老套（甚至庸俗）的藝術論。當然，這種浮誇矯飾或許亦是浪蕩子的獨特美學姿態之一，但似乎只有從語言自身所給予的影像（其很充分的是政治性與身體性的）才能贖回施明正作品中的文學意涵，或者更確切地說，其虛構的本質。

　　作為一種浪蕩子文學，施明正小說崛起異於常人的敏銳知覺，是對一

---

[36]施明正，〈指導官與我〉，《島上愛與死：施明正小說集》，頁 302。又或是：「一向講究衣著的我，是經常被視為英俊瀟灑之流的有業遊民。我悠遊於塑造我成為舉世獨特的詩人、畫家、小說家、雕刻家，和電影的創造家；我維生的伎倆是先父傳授的傷科中醫推拿……我的身世，和我的醫術，家風是有目共睹的，要不是我從小就明學暗戀著文學藝術，我是被全市的富豪的爸的親朋，目為最佳擇婿的首號人選的傢伙」，見施明正〈吃影子的人〉，《島上愛與死：施明正小說集》，頁 380。

[37]施明正列舉過的作家主要是舊俄小說家，D. H. 勞倫斯與盧梭亦曾提及；藝術家則有羅丹（Auguste Rodin）、梵谷（Vincent van Gogh）與馬蒂斯（Henri Matisse）；電影具體提及的是1955 年伊力卡山（Elia Kazan）的《天倫夢覺》（East of Eden），施在小說裡高度推崇男主角詹姆士‧狄恩（James Dean）。

[38]儘管施明正曾北上師大美術系跟隨廖繼春習畫，但仍不是科班出身的畫家。至於文學的閱讀，從小說裡所明確提及的少數作家來看，仍相當限制於當時所謂的「世界文學名著」，特別是舊俄文學。在〈吃影子的人〉中他提到這是「存在我有限生命，酷欲航向無限未來的文藝生涯的自修裡」，見施明正〈吃影子的人〉，《島上愛與死：施明正小說集》，頁 409。

[39]對舊俄及情色文學的查禁使得這二類文學反而成為當時文藝青年的必讀著作；而前者指的是托爾斯泰、杜斯妥也夫斯基（Fyodor Dostoevsky）與高爾基，後者則是由 D. H. 勞倫斯代表。同樣的，這是一個性——政治的怪異理由。

[40]施明正，〈指導官與我〉，《島上愛與死：施明正小說集》，頁 307。

切美好良善與醜惡溷穢的超敏感主體。他最著名的二篇監獄小說便是透過對獄中囚犯晨起放屁、喝尿、金屬刮騷聲與對身體各種凌虐的尖銳描寫所構成。監獄似乎首先被轉化成一座醜怪惡濁的感知量體，是清晨裡眾人逐漸轉醒的放屁聲響與臭味所重構的系列身體性。〈喝尿者〉與〈渴死者〉是一種歪斜的監獄「知覺現象學」，在戒嚴時期隨時可能如草芥般被折斷的政治犯成為一種首先由肛門自我述說的主體，放屁是政治犯唯一暢快「開口」的合法發聲管道，而且因連結靜坐與氣功更理直氣壯地成為「能增多一份生命力」[41]的修練，是「由直腸與肛門所發出的歌唱」[42]，嘴巴在此是徹底多餘甚至致命的。

　　浪蕩本色讓施明正擁有一個獨特的感官世界，這種怪異的「視觸」（haptique）或「嗅觸」透過風格化的文筆伸入「我」的日常生活中，甚至伸入讓「我」既喪膽又屈服的鎮壓式政治機器裡，以一種反覆遮掩、揭露、歌頌與批判的神經質語言構成他最特異的文學風格。這是一種書寫的身體政治學，對蔣家政權的批判以一種代數方式被關於屁的生理製程與形上論述所取代，在此既充滿高壓統治下頑強求生的「生命衝動」，亦有宛如宇宙創生初始的各種字詞噪音聲響：兀、勿、惡、悟、鷩、霧；捕、捕、怖、不不、怖怖；巫汙、吾誣、侮件。[43]政治犯牢房似乎首先是一種由屁的惡臭與噪音所展延撐出的「密閉場所」（huis clos），眾人幽閉其中無路可出，因此發展出因應高壓統治所曲扭誕生的「生存美學」，而小說中的「我」「以自身一切生存過程，作為實驗性行動美學的實證體」。[44]

　　在高壓政治的曲扭下，肛門取代嘴巴成為發聲器官，在「也許是進入死亡之門的生之旅途的終站」[45]的政治犯牢房裡，發出一系列的怖、捕、

---

[41]施明正，〈喝尿者〉，《島上愛與死：施明正小說集》，頁287。
[42]施明正，〈喝尿者〉，《島上愛與死：施明正小說集》，頁286。
[43]施明正用以表達放屁聲的擬聲詞很明顯地不僅是擬聲而已。請參考施明正〈喝尿者〉，《島上愛與死：施明正小說集》，頁285、287～288。
[44]施明正，〈喝尿者〉，《島上愛與死：施明正小說集》，頁288。
[45]施明正，〈喝尿者〉，《島上愛與死：施明正小說集》，頁290。

誣、不等「沉默之聲」。這種政治身體的「聲音與憤怒」來自一種對外在世界纖維畢露的可感能力,而這正是施明正在他最後幾篇小說(〈鼻子的故事〉系列)中再度提出,以嗅覺為感性軸心所重建的身體論及世界觀。這種藉由嗅覺重新召喚整體記憶的書寫企圖,使得〈鼻子的故事〉恐怕較不是果戈里式的,因為施明正並不停駐於怪誕突梯的寓言故事之中,而是意圖以嗅覺重寫普魯斯特由味覺所創建的《追憶逝水年華》。

施明正的小說總是有一種將文學聽覺化與嗅覺化的傾向,這是何以比起以視覺場景為主導的大部分小說,他總是能賦予文學更多的身體性。這種「感官人」的產生固然與威權政治中必須隨時感覺敏銳地捕風捉影有關,但更基本的,恐怕更是〈鼻子的故事〉所著重描繪的一種源自家族的個人天賦與自我訓練,這是「從小就必須靜觀萬物的形象透視嗅聞其意」[46]的教養,這種審美經驗的養成無疑正是浪蕩主義的基底。

如果文學來自眼耳鼻舌口在文字平面上的過度與過敏,施明正則以一種修辭的笨重與笨拙迫出這種過度。他的小說企圖在同一構句(或構句的系列)中塞擠最大化的知覺單位,甚至由一整段文字共構一片知覺共時平面,而且知覺並不只是來自五官,而是泛政治地廣延到高壓政治所可能滲透的任何地方。比如:

> 他的臭,臭在他被封在塌密(日語:兩趾的布鞋,勞動者的足具)的腳解放(這一被共匪用過之後,在自由中國的臺灣省,幾乎沒人敢用,一用便很會令人感受到戒嚴令的凶猛威嚴,那可怖的,會坐牢的……等等不敢指證太多的禁忌啦!)後,一下子便很會洶湧地爆炸開來,一如炸彈開出的兩朵其大無比的某種有得你受的臭花朵的遠比臭水溝更燜臭的那一類稍遜人類好言說盡壞事做絕的臭事那般臭。
>
> ——〈鼻子的故事(上)——成長〉,頁 343~344

---

[46] 施明正,〈鼻子的故事(中)——遭遇〉,《島上愛與死:施明正小說集》,頁 365。

　　小說書寫等同某種「情慾狂的通則」，必須「先在自己空空蕩蕩的生活面塗抹各種強烈的色彩」。[47]於是有小說中各種冗長拗口甚至文句錯接的濃郁表達方式。究極而言，笨拙長句或怪句的使用恐怕是一種對精確真理或其價值的頑固要求。這些彆扭怪句不得不使用，因為文學在此已涉及了以敘事者的身體性及世界觀所從事的「價值重估」。這是何以施明正總是必須以小說形式重述他的經歷，他必得以他獨特的小說形式重生一次以重估這個不幸已然曲扭的世界。因為這是小說的「道德系譜學」。一切的價值都必須被重估，而文學在此（也僅在此）揭露真理。

　　在〈鼻子的故事（上）──成長〉中，因為影帝勸告「暫時別寫『ＸＸ者』這類小說」[48]，敘事者於是擱置了正在進行的〈放鶴者〉以及數篇同形式標題的短篇。這些在施明正小說中有著怪異稱謂的畸人幾乎都是威權政治下所極度曲扭變形的「不名譽者」（hommes infâmes），是即將被高壓權力撲殺、輾碎與汽化前所迫現一瞬的存有切片。然而，這些從此將被釘死於永恆中的喝尿放屁與尋死的畸人們，在被政治性地解讀之前首先是一首生命的抒情詩。這是小說家與詩人施明正透過自我養成的浪蕩子之眼（或鼻）所拆解重構的「詩──現實」。

　　與其說文學具有療癒功能，施明正的小說其實涉及的更是必要的價值重估。這些「ＸＸ者」蹣跚落寞地從施明正這部「創造文藝的自動機器」[49]中走出來，他們，包括敘事者自己，都是高壓統治下的「政治身心症者」。但書寫並不是為了展示威權政治如何殘酷與罔顧人權，因為他寫的絕非回憶錄與報導[50]，相反地，這些政治身心症者正宛如「不自主的強度筆

---

[47]施明正，〈大衣與淚〉，《島上愛與死：施明正小說集》，頁 43。
[48]施明正，〈鼻子的故事（上）──成長〉，《島上愛與死：施明正小說集》，頁 339。
[49]施明正，〈我‧紅大衣與零零〉，《島上愛與死：施明正小說集》，頁 65。
[50]小說與自傳的區辨在施明正作品中相當明確，但在〈鼻子的故事（上）──成長〉中，施不無怪異地羅列「未來」將完成的小說篇名，而且與「60 歲後的回憶錄」清楚區分，見施明正〈鼻子的故事（上）──成長〉，《島上愛與死：施明正小說集》，頁 342。當然，一直到施二年後絕食過世，這些長、短篇小說及自傳仍然都僅是篇名，成為施明正小說中的虛擬現實（virtual reality）。

觸」一筆一畫地勾勒戒嚴時期的臺灣風貌,讓我們重新了解什麼是可以定義強人政治但卻已徹底被凹折壓扁的存有模式,以及此存有在生命最後一刻仍頑強噴吐、以僅存的生命意志所模鑄的身體氣象。

## 三、虛構與現實的殘酷劇場

在白色恐怖所高壓威嚇與封閉的時空中書寫是不可能的,但處身其中的施明正卻代表著不書寫的同樣不可能、以統治者語言書寫的不可能與不書寫我見我聞的不可能。如同卡夫卡一樣,施明正無意在多重不可能性裡驟然拔高到抽象的歷史大論述中批判政治狀態,因為這畢竟是無關痛癢的知性運用,甚至僅是以一意識型態取代另一;施明正與卡夫卡的書寫都涉及著生死存亡的個體決斷,亦是在非人的高壓統治下早已變形、蝕毀與支離,成為一頭獸、一隻蟑螂或鼴鼠的存有處境;是眼盲耳塞與鼻子一再失靈壞毀的政治身心症候。現實生活中施明正是醫術高明的推拿師,但他同時是當代文學的偉大病人,一切正如尼采說的,哲學家必然同時是他時代裡最偉大的醫生與病患,小說家亦然。[51]

施明正小說中對蔣家政權的批評幾近不受作者控制地一再插入文章之中,甚至在描寫男女情事的篇幅裡亦莫名冒出政治臧否,並旋即被教條化的歌頌所消毒與覆蓋。吾人或許不該把這種文學構成簡單視為膽怯或懦弱的表現,亦不該認為僅是對當局的一種白目挑釁(「我們施家的渴關,渴欲進入常人迴避的意願」[52]),因為這些在所有作品裡頑固、不自主與不合文脈湧現的「政治部位」正是施明正最令人印象深刻的文學手勢。我們曾將這種文學操作稱為性——政治布置,但這個布置的產生主要來自風格化語言所構成的知覺共時平面。這樣的書寫使得文學成為一種知覺的強度連

---

[51] 這是尼采的「大健康」(grande santé)概念,主要可參考《人性、太人性》(Humain, trop humain)卷 1 序§4(Nietzsche, 1988)或《歡愉知識》(Le gai savoir)第 5 卷§382(Nietzsche, 1982)。彭頓(Olivier Ponton)在 Nietzsche, philosophie de la légèreté(Berlin: Walter de Gruyter, 2007)亦提出有趣的說明,特別是頁 308～311。
[52] 施明正,〈鼻子的故事(中)——遭遇〉,《島上愛與死:施明正小說集》,頁 365。

續體（continuums d'intensité），在某些段落裡，小說甚至已成為各種情感與知覺的競技場，彷如將高手過招一一拆解於文字平面的武俠小說般，電光石火間湧現的（政治）知覺及感覺被敷演成數十行「施明正式」句子：

> 此後的一連串鐵腕似的痛定思痛，並會時時刻刻令人感受到痛之又痛的，緊上加緊的，戒嚴令措施等革新翻舊，在風雨飄搖的世局動盪裡形成，以之確保臺灣免於淪入赤禍的糟蹋卻也有了很是不少所謂的叛亂犯的慘案被製造、編導、演出，以肥了獵戶升官發財：全民如鼠怕貓那樣地怕著密告者、警察、特務……社會上充塞著冒牌的利用人心怕關的作用，興起的真真假假的特務群與誣告者。好在臺灣人的勤勉節省守法守本分，與忍耐再忍耐的特性，一如日本竊臺初期激烈對抗後的敗北，所呈現的沉默那樣，雖然有著幾位所謂黨外菁英老將（當時還是壯年猛將），在面對不公平，不合理的選戰中，發出曠古先知似的巨響，聲嘶力猛地指責著種種的不義、不公，卻也動搖不了怪老子群的我行我素，還要等到蒼天保佑他們活到八老九十，活到他們享盡了臺灣省贈送的人間巨福，送走他們寶貝的兒女，口是心非地對於復興基地老是信心不足，因而賺足了巨大財富連同兒女送到美國，卻還是留下老身，繼續發出很少有人聽得懂的怪鄉音，混雜在官場禁用臺語，勵行標準國語（北京話）的時陣，甚或在那位領導救國救民的一黨專制（他們集思廣益地說是：一黨獨大）經由臺灣人旳勤勞，對死做起來的努力中，創造了中國有史以來最富裕的社會時，很想再進一步發揮民主憲政，頒定解除戒嚴與黨禁，以令自由中國臺灣省，擠入已開發國家群的民主形象，抬頭正視民主陣營中的任何國際民主先進國家，而不會被指指戳戳說我們假民主，掛羊頭賣狗肉時，卻還有人在高呼：一手拿三民主義，一手拿寶劍，斬盡黨外組黨的人士。你說可笑不可笑！
>
> ——〈鼻子的故事（中）——遭遇〉，頁 362～363

　　這一長段引文中的標點符號似乎是多餘的，構句以一種標點不斷的態勢洋洋灑灑如江河入海珠玉與沙石俱下。原是回憶自己幼年的鼻子經歷，筆鋒驟轉卻酣暢淋漓地抨擊戒嚴政治，有鄉土文學的樸拙語句卻揉雜黨外運動的激情套語。重點或許不在於施明正關於文學、藝術或政治的思考是什麼，因為這些內容如今看來不免天真的令人臉紅，然而，在文學平面上施明正代表一種風格化的異類拼貼，是性——政治的猥褻布置，也是威權統治下浪蕩子激情與敏感的存有模式。

　　施明正的第一人稱小說很巧妙地使他往來真實生命與語言虛構之間，在這種文學「實境秀」中，我們甚至已無法判斷究竟是他的真實經歷抑或他的小說故事較有趣？然而即使夾敘夾議，即使小說體例宛如自傳，施明正的任何一篇小說顯都不該被視為自傳，因為即使他自己都堅持寫的是故事而非回憶錄。[53]正因這種對文學虛構的堅持，施明正的小說啟動一種比回憶錄更真實也比自傳更逼真的真理程序。總是必須間隔幾年才動筆寫就一篇的小說成為施明正的「重新尋獲的時間」（le temps retrouvé）。這是以共存的感覺所揭露的事物本質，是艱難逆溯時間之流意圖重新審視一切視、聽、嗅、味等符號的文學柏拉圖主義，在此，文學即事物本質的建構。普魯斯特（另一個浪蕩子？）最著名藝術論之一便是指出：只有通過事後的藝術創作才可能揭露早已隱匿在時間中的真理。[54]然而，創作的無能卻如影隨形，施明正與普魯斯特的敘事者一樣苦於自己的怠惰與疏懶，「我談著我應該早就把它寫進小說裡的東西，也談著早已嘗試畫進畫裡的東西，更談了不少發表過的現代詩，雖然我很滿意我有一個用心欣賞我的觀眾，可是我也為自己下不了決心提筆寫下我經常在腦裡組織的小說而沮喪。這種複雜的感受老是像潮水似的沂擊著我的心」。[55]

---

[53]施明正，〈鼻子的故事（上）——成長〉，《島上愛與死：施明正小說集》，頁342。
[54]關於此，可參考普魯斯特著；李恆基、徐繼曾等譯，《追憶逝水年華》（臺北：聯經出版公司，1992年）卷7《重新尋獲的時間》（*Le Temps Retrouvé*），此卷幾乎就是普魯斯特關於文學創作的美學論文。
[55]施明正，〈魔鬼的自畫像〉，《島上愛與死：施明正小說集》，頁114～115。

這種總是得在創作者耗盡自身精血的時間盡頭才重新尋獲事物本質的書寫，一方面使施明正得以在小說中反覆觀、嗅、聞「已逝的時間」，並將這些感知符號重構於某一共時平面中成為作品，另一方面，由小說重構的「時間真理」必然成為各時間切片間的多重跳躍與異質串連，於是每篇小說都彷如臨終者眼前快速跳動的生前影像回顧，一切現實被共時提取到最精簡的敘述平面之中。比如在〈渴死者〉一開始幾行裡，時光便快速平移於 1963 年、一年三個月、一年後、黑色金曜日、禮拜五和禮拜二的凌晨，最後，時間軸停止於「蔣公仙逝」。現在此彷如 Discovery 頻道裡因「縮時攝影」（time-lapse photography）而幾秒內快速昂首綻放凋謝的百合，真理幻化成一種目不暇給的連環畫面，一生可以壓縮成關鍵的幾秒或幾頁，成為小說家透過作品所給予的「重新尋獲的時間」。

如果小說即真理，書寫小說是一種重新尋獲事物本質的記憶術（réminiscence），我們可以理解何以每篇小說的出版都讓神經質的施明正膽戰心驚，一有風吹草動「我就暫時停止書寫」。[56]對他而言，書寫無疑已等同探問政治現實的邊界，書寫的必要與死亡的恫嚇在此交纏爭鬥，這是戒嚴時期裡小說家生與死的決斷！即使如此，一直到死亡降臨，施明正從未真正封筆。[57]《島上愛與死》（1983）一出版便被查禁，我們雖不認為審查言論的警備總部足以理解小說與真理間的高度辯證關係，但顯然地，虛構與真實已詭譎地不再具有清楚區辨的性質。施明正的小說代表著虛構與真實同一的世界，不僅是他身處的白色恐怖時代總是一再羅織、編派各種子虛烏有的「叛亂」與「顛覆政府」事件[58]，也不僅是國民黨正全面啟動各種文工力量粉飾與創造一整部「復興基地與反共堡壘」的領袖神話，更不

---

[56]施明正，〈鼻子的故事（中）——遭遇〉，《島上愛與死：施明正小說集》，頁371。

[57]這似乎也正是卡夫卡的處境，同樣處在書寫的多重不可能性中，卡夫卡寫道：「我無法再繼續書寫，我已在確切界限上，在能夠重新再開始一篇將又停在未完成的故事之前，我可能必在此重新停駐數年。這個命運纏祟著我」，引文參見 Maurice Blanchot, *L'espace littéraire* (Paris: Gallimard, 1988), p. 77。

[58]在〈喝尿者〉中，施明正稱威權政府裡的這些羅織者為「擅於編織此類故事的某種小說家」，見施明正〈喝尿者〉，《島上愛與死：施明正小說集》，頁284。

僅是施明正（以及許多因文字賈禍的政治犯）曾因此真實地被囚禁與監控的冤獄史實，而且更在於施明正作品中以獨特風格所曝現的怪異現實，這是比虛構更虛假的現實，也是比真實還逼真的虛構。如果傅柯曾讓人錯愕無比地說「除了虛構我什麼都沒寫」[59]，施明正剛好相反，除了真實，他什麼都沒寫！

因為被書寫的是真理，所以被迫屢屢停筆。這是「我以我的實驗性行動美學的實證體為基準所創造的世界性垃圾文學獨特樣相」[60]，是實際的「行動醜學」（在自己診所供奉孫中山與蔣介石牌位[61]）與虛擬的「垃圾文學」[62]的不可區分，亦是索多瑪 120 天式的政治與性、冀尿與激情齊飛的超真實（hyperreality）景觀世界。如果施明正的個人遭遇是一場悲劇，那是因為他處身極度曲扭變態的威權政治核心卻擁有浪蕩子的纖細靈魂，然而他的小說卻必然是某種喜劇，其既是昆德拉式的亦何嘗不是卓別林式的，因為這是怪異揉雜著詩人、畫家、小說家、導演與演員心靈的時代修煉[63]，而也正是在悲、喜翻轉明滅之際，有著施明正一再自詡的神性與魔性的鬥爭。

身為浪蕩子，我們很可以理解施明正不喜歡政治[64]，然而同樣因為身為自我要求嚴格的浪蕩子，施明正不可能不創作書寫，不可能書寫而不涉及他敏銳感知所獲取的荒唐時代處境。這種因威權統治的高壓曲扭而極度風格化的浪蕩主義馳騁在政治與文學的兩大雷池。真正逃不出的，是彼時天

[59]Michel Foucault, "Les rapports de pouvoir passent à l'intérieur des corps," in *Dits et écrits*, Vol. III（Paris: Gallimard, 1994），p.236.
[60]施明正，〈指導官與我〉，《島上愛與死：施明正小說集》，頁 332。
[61]施明正，〈指導官與我〉，《島上愛與死：施明正小說集》，頁 314。
[62]施明正，〈指導官與我〉，《島上愛與死：施明正小說集》，頁 332。
[63]「正如時代的不同，必須有不同的修煉方式」，見施明正〈吃影子的人〉，《島上愛與死：施明正小說集》，頁 392；「你能拖著一個再一個的女人，遠涉重重的難關，去歷練、去追尋你將投注這一生將欲孵出一個巨蛋也似的詩、畫、小說……等等的修煉，那登高望遠，如臨深淵，如履薄冰的，心靈探險與創造出幽邃寬闊的文藝領域嗎？」見施明正〈吃影子的人〉，《島上愛與死：施明正小說集》，頁 415。
[64]「我不喜歡政治。我從未就文學作品與政治的因果，做過任何比較」，見施明正〈指導官與我〉，《島上愛與死：施明正小說集》，頁 311。

羅地網的高壓政治，真正要進入的，是「如此迷人的文學藝術的酒池」[65]，在兩極之間往覆穿梭的是浪蕩子根底的特質書寫。

## 結語：活在世間，我很抱歉[66]

> 自我看到他以來，他的行為，好像都集中在尋找死路上；不斷地試、力行，而終於完成他的弘願。也許死的魅力，一直深深地誘惑著他；可是我不了解，要找死，不是應該留在監獄外？在那裡，你要怎麼死，不是頂容易的？
>
> ——〈渴死者〉，頁249

在〈渴死者〉最後，施明正提及三島由紀夫的死是一種「行動美學之追求」，然而事實上，他的小說角色其實總是太宰治式的。如果太宰治意謂著沒落豪門的浪蕩子後裔與閱歷人情冷暖後的「人間失格」，施明正正是白色恐怖時期裡的太宰治，他的角色總是一再失調於高度的自我教養與嚴峻的時代恫嚇，因而錯亂分裂，因而懦弱無能，在遍歷生命的奢華與時代的荒蕪後僅存羞辱與痛苦的餘生。[67]

與太宰治不同的是，施明正是政治的無所不在，他書寫時是一根面對威權統治必須 24 小時繃緊的神經。[68]就這個意義而言，施明正與施明德兩

---

[65]施明正，〈鼻子的故事（中）——遭遇〉，《島上愛與死：施明正小說集》，頁364。

[66]譯自太宰治《人間失格》中的著名句子：「生まねて、すみません。」

[67]「由於我追求的多樣式的多變性，和我性格之中，早期不辯的傾向，得於使我歷盡滄桑，成為一個集荒謬、痛楚、懦弱、悲愁、自諷、頹廢、虛無……等等的忍受者，也使我在痛苦及歡樂之餘，不忘我的目標，把自我不斷地提升到更接近神的境界」，見施明正〈遲來的初戀及其聯想〉，《島上愛與死：施明正小說集》，頁 145，以及，「而又怕，怕禍從口出，怒由憶起，便只好仍以沉默，沉沉厚厚的沉默，把這幾年來深深地滲入骨髓，浮在肌膚的落魄壓縮，並更確實地覺悟到自己已非五、六年前走過百貨公司，總會引起無數小姐欽慕投視的悲哀，因此縮著頭，把自己龜縮到一種正配合我這家破人亡、妻離子散的出獄者的身分來」，見施明正〈遲來的初戀及其聯想〉，《島上愛與死：施明正小說集》，頁142。

[68]「想到要是沒有這些遭遇，也許我還保有很健美的身材，和公子哥兒的逸樂習性，因為我的作品，說不定會因為我沒有嘗試過人世間的極度艱苦、恐怖、悲哀、怨憤、屈辱、無奈……等等有話無處講的苦楚，對於同情人類的錯失；憐憫同胞的哀怨；體諒異己的狂妄……等等人類崇高的情操，就不至於那麼執著熱衷地推舉它們，因而忙煞了繼續在建立必須為了維持社會秩序國家安全所必須的個人安全資料的各路英雄好漢，以至於還像到處可見遍地皆是的文藝家們自私、苟且

兄弟是同一理型的正反鏡像，在不同實踐場域裡的 *alter ego*。施明正以文字（小說與詩）所理想化的存有模式，施明德則投注於政治場域。這是一種以創作或政治想像出發的浪漫理想，交雜著同一想像模式下的男性情誼與男女性愛，意圖將存有的想像（或想像的存有）投擲到極限定與虛無卻同時無限上綱的烏托邦幻境中。當然，兄弟倆一人畢生反抗直到喪失「運動的真正內容」[69]，另一人則畢生逃逸最後因默默聲援前者絕食而亡。施明正最終的絕食而死使得他成為最迫近施明德之人，甚至比施明德更施明德。[70]這是何以得知施明正可能為他絕食而亡時，一直視其為「懦夫」的施明德在獄中涕泣寫道：「施明正才是我們施家最勇敢、最敢向當權者討公道的勇者！」[71]

　　我們曾一再指出，施明正不可能不書寫且不可能不如是書寫，他所有不可能性的最終核心，其實是政治。換言之，致使施明德在獄中持續絕食抗議的理由也正是致使施明正書寫（與書寫的不可能）的同一理由。導致施明正創作的，同時也導致他的死，死亡已成為他最終的作品，且取代了他小說中一再宣稱卻始終未能完成的所有已具篇名的小說（虛構的虛構），因為死亡就是這些未完成（或已完成）小說的總合，其核心的迫力

---

地躲在安全地帶耽樂於空靈、美色、甜膩的官能之追求；不顧同胞與人類良知、格調的喪失帶給人類最大的死對頭，那可怕的、巨大的、無形的、無所不在的，應該面對而不是逃避，因之愈躲愈糟，愈怕愈是助紂為虐的極權之迷信等等追逐與歌頌。」見施明正〈指導官與我〉，《島上愛與死：施明正小說集》，頁 330。

[69]在評論施明德與 2006 年的「倒扁運動」時，江春男很精準地指出，「倒扁運動為施明德提供一個難得的舞臺，讓他有機會再度扮演悲劇英雄的角色，他的髮型、服裝和姿勢，甚至講話的腔調，都有舞臺劇的效果，尤其當他說出『容我放肆地請求』這種莎士比亞的古典獨白時，這種效果更為突顯。悲劇之所以成為悲劇，乃是明知不可為而為，用個人的生命意志來跟不可測的命運對抗，雖然注定失敗，但整個過程卻讓人因感動而精神振奮，甚至提升了靈魂，悲劇永遠比喜劇更受歡迎，在喜劇中沒有英雄，如果這次倒扁成功，悲劇變成喜劇，施明德的英雄角色就演不下去了。」在文學的平面上，這或許也正是施明正的某一寫照。請參考司馬文武〈施明德的舞台角色〉，《蘋果日報》，2006 年 9 月 12 日，「司馬觀點」專欄。

[70]根據維基百科的「施明德」條目，施明德因為「要求解除戒嚴、停止恐怖暗殺政策、實施民主、釋放其他美麗島事件政治犯」等訴求，總共絕食 4 年 7 個月，其間被強行插管灌食 3,040 次。而施明正為聲援其弟，1988 年中默默絕食抗議四個月後，因營養不良心肺衰竭而死。（瀏覽日期：2011/01/25）

[71]施明德，〈不吶喊的鬥士〉，《囚室之春》（臺北：寶瓶文化公司，2006 年），頁 57。

是鎮壓政治，而死亡終於致使小說家的生命與創作合而為一。[72]

「缺德系列」小說始於死亡前一年（1987），明確宣稱將成為「我在生之時，必須把這一系列寫下來懺悔我自己的因由」[73]。然而，或許還有未明白說明的另一理由：反抗作為書寫的條件在解嚴（1987）後已不復存在，「島上的愛與死」僅存性愛（與透過書寫給予的「懺悔」）而不再有死亡。但施明正終究未能完成他預告的「缺德系列」且摧折人心肝地自決於解嚴的歷史時刻。他是被白色恐怖所間接謀殺的最後（但絕非最晚承受）數人之一[74]，而另一方面，臺灣社會的政治氣氛在歷經數十年悲壯的政治抗爭終於鬆動且即將大幅轉向，施明正卻默默死於這個最後的歷史轉折點上，在他小說中所隨時驚懼害怕的時代終於將真正終結的關鍵時刻。

「我是非常不適合於生而為人，尤其是生而為小男人，畏縮了的生之標本──在此時此地」。[75]至今不過二十餘年，曾令一整代人喪膽噤戰的二條一、警總、叛亂與顛覆政府等白色恐怖術語皆如幻術般騰空消散，彷彿從不曾存在。時代物換星移的快速讓人措手不及，如今翻讀施明正僅存不多的作品不免感到錯愕與不合時宜。然而，這卻是白色恐怖臺灣所留下最讓人動容的文學。施明正死在一個未來將由他的作品所註記的荒唐時代尾聲，在軍警特務橫行的年代裡卑微與屈辱的活著有太宰治「活在世間，我很抱歉」之味，然而，施明正在時代的終結之點選擇尊嚴的絕食而亡，虛構與現實至此已不再遙遠，因為對於施明正而言，高壓政治時期的書寫不

---

[72] 王德威在論及詩人的自殺事件時提及日本作家（特別是三島由紀夫與太宰治）的作品與自殺的關聯，他指出：「作家有關自殺的敘事或可視為他們自毀前的預演。而他們實際的自殺則堪稱為一種『終極敘事』；缺少了這一終極敘事，作家的文學世界無法克竟全功。因此三好將夫（Masao Miyoshi）如是作評：『倘若在文學與自殺間存在　種本質關聯，那麼日本小說及其作者則是當之無愧的代表。』」見王德威《歷史與怪獸》（臺北：麥田出版社，2004 年），頁 158~159。而關於自傳與虛構、真與假等辯證，王德威亦精準指出：「施明正與他的題材──他自己──打成一片，寫作成為一場內耗的搏鬥」，見王德威〈島上愛與死──現代主義，臺灣，與施明正〉，收入施明正《島上愛與死：施明正小說集》，頁 18~19。
[73] 施明正，〈吃影子的人〉，《島上愛與死：施明正小說集》，頁 408。
[74] 解嚴後，鄭南榕於 1989 年自焚，詹益樺在其葬禮遊行中亦自焚，2008 年臺籍老兵許昭榮自焚，皆與戒嚴及白色恐怖經歷有關。
[75] 施明正，〈指導官與我〉，《島上愛與死：施明正小說集》，頁 298。

過就是一種身體政治，僅僅在此，有他所信仰的唯一真實。

——選自楊凱麟《書寫與影像：法國思想，在地實踐》

臺北：聯經出版公司，2015 年 10 月

# 理解的間隙
## 施明正〈渴死者〉

◎朱宥勳[*]

> 每天吃過飯，我們……都會不約而同地一個接一個在柵欄內，一圈又一
> 圈地打轉。……這種打轉，在看守所裡，被公認是維持生命所需的重大
> 條件：運動。可是，半坐半蹲在牆角裡邊的他，卻像一隻受驚過度的飛
> 禽走獸，動也不動。我們只好在他身邊打轉。就像開始打轉一樣，收轉
> 也是不約而同地，一個跟著一個逐漸離隊，由點連成圓的圈圈崩潰了。
> 人們在半個小時左右的溜腿中，重複了延續卑賤生命的重要課題。
>
> ——施明正，〈渴死者〉，1980 年

　　有一種小說家非常奇特，他的作品從各種標準來看，都有著難以彌補
的重大缺陷，然而這樣的缺陷不但沒有使得他的小說失敗，卻意外地成為
它卓然獨立在小說史上的特色。施明正就是這樣的小說家，他早期的小
說，多少還嚴守著現代小說的布局原則，文字也尚稱穩定而節制，但他一
生中最令人難忘的小說卻是那些全然不顧忌這些美學技巧的中晚期作品。
在這些作品中，自戀自大的作者本人直接地介入小說，大發與情節無關的
議論，炫耀作者的俊帥與才情，並以一種完全失去平衡、不知從何朗讀起
的凹凸長句來說話。文學美感的有趣之處正在這裡：當一些本來是缺點的
東西，被毫不猶豫地表現到極端之後，竟爾產生了一種執著純粹之美。

　　他的〈渴死者〉正是這樣的作品。這篇小說在他喋喋不休（是的，這

---

[*]作家。

也是他寫成優點的缺點——在接下來的敘述裡，請習慣這樣的評論方式）的諸作當中，算是非常短小的作品。它同上一篇我們談到的陳映真的〈山路〉一樣，都是書寫「自殺」這個主題的名篇，兩部作品正好可以互相對照。相較之下，〈山路〉抒情而綿長，〈渴死者〉怪誕而粗獷，正因這種風格上的落差，後者反而寫進了生命最冷澈的荒謬情境裡去了。「渴死者」這個標題本身就在要求我們脫離語言直覺去理解，不是「乾渴致死的人」，而是「渴望死去的人」。因此，推動這篇小說的懸疑感「為什他渴望死亡？」和〈山路〉裡千惠的動機是類似的，但最大的差別就在於，最終我們知道千惠為何拒絕再活，然而渴死者卻把答案連同生命一起了斷了。

　　小說的敘事者是施明正本人，他回憶起在白色恐怖時期橫遭冤獄時認識的一位牢友。至少在故事裡面，這位渴死者（敘事者並不知道他的名字）就自殺了三次：第一次是以頭撞鐵柵欄，第二次是吞下十幾個饅頭後猛灌水。第三次他終於成功了，那是一種——這麼說吧，一種需要極端意志力的死法。他「脫掉沒褲帶的藍色囚褲，用褲管套在脖子上，結在常人肚臍那麼高的鐵門把手中，如蹲如坐，雙腿伸直，屁股離地幾吋，執著而堅毅地把自己吊死。」請想像一下那個畫面，就知道這樣的死是多麼的不容易。於是問題又回來了：他是誰？為什麼他這麼不想活？敘事者告訴我們：他是一個軍人，曾經寫詩，因為在臺北車站呼喊反動口號被逮捕。這就是他全部的罪狀了，即使放在那樣嚴厲的時代也只是條關上幾年的輕罪，斷不致了無生意。所以，為什麼？

　　施明正的答案是：我不知道。在文學裡面，常有文字表面上說「我不知道」，但作者已經暗示意向的作品。但〈渴死者〉不是這樣的，它真的不知道，任何評論家無論從什麼角度去看都難以索解。這個人從出現的第一行字開始就全是謎團：他的名字和經歷是什麼？為什麼身為（不自由的）軍人而寫詩（最自由的創造活動）？為什麼他會突然呼那些口號？為什麼他入獄之後從來不抗辯？為什麼他要死？但終小說全篇，這些問題沒一個得到解答的。施明正作為敘事者去旁觀、去寫這場自殺，或許本來就不是

要告訴我們關於生死的動機，事情正好相反：他要告訴我們的，就是我們「不可能知道」渴死者的心理這件事。簡言之，這是一個關於完全不可能「理解」彼此的故事。我們可以回頭看一下本文最前面的引文，表面來看它當然是另一個小謎團（為什麼他不運動？），可是如果把它當成一種象徵性的畫面來讀，意義可能就完全不一樣了。這裡呈現的畫面是，每一個努力活下來的囚犯在渴死者旁邊打圈，他在圈外，不願也不能進入圈內。一種隱隱然的界線把兩種人分隔開來了，他們彼此是不可能相互理解的。

於是我想到 2011 年非常重要的一部紀錄片《牽阮的手》，在那裡面，屢屢奔走救援政治犯、脾氣剛硬的老醫師含著淚說：「很對不起，因為我努力不夠，所以還沒被抓去關，很多為臺灣獨立打拚的人，喪失生命，賠了他們的青春，我對這些先輩，很誠懇的道歉，我也準備要去坐牢或是喪失生命。」施明正最終是活著出獄了，但那（些）位牢友顯然沒有。他是不是也抱著類似的歉疚而活著？我們沒有機會能問到作家本人了。在那場冤獄過後，這一個自戀自大的小說家的每一篇作品，都在毫無忌憚地自誇之後，用情節狠狠羞辱、嘲笑那個代表了他自己的角色，把他寫成一個為了苟且偷生不擇手段的懦夫。而這個懦夫，在寫出〈渴死者〉七年之後絕食而死。

這一次，書寫沒能成功幫助作家逃開死亡。

我常猜想，在他絕食使得身體日漸乾枯而剝離於人世的那段期間，他是否曾經想起過〈渴死者〉裡面一個小小的場景。那位渴死者因為聽說敘事者也寫詩，曾在監獄中找他攀談，但害怕再惹嫌疑的敘事者拒絕了他。

這正是這篇小說對渴死者幾乎一無所知的最大原因。在那種國家機器以死相逼，人與人的信任基本上全部瓦解（更遑論理解）的情形之下，敘事者這麼做其實無可非議。但是，那樣偷生下來的人，在往後的日子裡，也許將無法避免地反覆詰問自己：如果當初……。但沒有如果了，那樣的瞬間稍縱即逝。因此，即使不解其意，還是要全部寫下來。那是致敬也是懺悔，更是對自己曾經靠著失去人最基本的人性而活下來，最冷澈的否定

與嘲笑。

　　這樣一種小說家非常奇特——我們不能理解其各種缺陷何以能成為美，正如我們從未能真正理解他所經歷的、銘印心底的那些事。但他的小說幫我們記住了無能跨越的理解的間隙，它或許無法實質上拯救什麼，但對於讀者如我們來說，它既可以是祈禱也可以是警告：這樣傷蝕人性的理解困境，永遠、永遠都不應該再出現了。

※關於施明正（1935～1988）：因「亞細亞聯盟」案被關，在獄中開始寫作。1981 年以小說〈渴死者〉獲吳濁流文學獎佳作，1983 年以小說〈喝尿者〉獲吳濁流文學獎正獎。1988 年絕食去世。著作為《島上愛與死》、《施明正短篇小說精選集》、《魔鬼的自畫像》、《施明正詩・畫集——魔鬼的妖戀與純情及其他》。

——選自朱宥勳《學校不敢教的小說》
臺北：寶瓶文化公司，2014 年 4 月

# 變奏者
## 點描施明正《魔鬼的妖戀與純情》

◎向陽

一

在臺灣的現代詩壇上，施明正崛起甚早。1958 年，現代派的倡導人紀弦便曾以「贈明正」為題，寫詩誌之。其中有兩行謂：

我是 ë

你是更長的 ê

這首詩的題目，後來雖於 1962 至 1967 年施明正被捕後，經紀弦改題為「橘酒與金門高粱」，但仍可見施明正在紀弦心目中詩人氣質的高強。其實，以「更長的 ê」來看待施明正，不僅見於他濃郁的氣質，也尤其見於他的詩作，而又特別集中於他的近作詩集《魔鬼的妖戀與純情》。

詩人李魁賢曾在一篇題為「我所了解的施明正」文中，精準而深刻地勾繪出施明正詩作的特色：

明正的詩法，是以意念為核心，好像種晶一樣，然後在過飽和母液中，隨時沉積擴大成為稜角崢嶸的晶體，而形成自然率真的各種變貌。……明正的詩給人閃爍不定的感覺，但也因此蘊含一種魔力……帶有魔幻現實主義的味道。易言之，他是基於現實的經驗，但透過外在器物的反射，或是內心想像的轉化後，產生一種幻覺，比現實更為銳利而強烈。

的確如此，施明正的詩作是一種「變貌」，他由意念出發、面對現實，而加以象徵的轉化，塑造了他在所有現代詩人群中有力的、獨特的「變奏者」的形象。他以「更長的 ê」的音調，演奏出他的不幸、他的達觀、他在人生長路上獨行的樂章。

二

《魔鬼的妖戀與純情》，是施明正三十年來詩作歷程的自白，也是他藉著處理愛慾情仇來自我療治人世滄桑的一部重要詩集。

作為詩作歷程的自白，這部詩集置之於當代詩壇，當然一貫有著「變奏者」的獨特風格；作為愛的療治，這部詩集洋溢著的，是詩人施明正狂放而大膽的自我剖析。但如果我們把這部詩集看做是施明正對於現實的抗議與期望，亦無不可。

> 由活在永恆的十字架
> 那個人之旁，自我放逐，而又歸依
> 形成了我的病歷表
>
> 記載著我人格昇降的
> 病歷。自模稜的人際
> 乞活的我，唯有越騰人菌
>
> 越騰到無菌的零下高處
> 那不勝孤寂的嚴寒
> 我乞憐悲憫及於眾生，恆向人群
>
> ——〈乞〉

這首詩足可證明我們的推測。

以「病歷表」自視、以「越騰到無菌的零下高處」自期的施明正，終究還是以「乞憐悲憫及於眾生，恆向人群」為他的理想——這正好也點出

了施明正在《魔鬼的妖戀與純情》詩集中所自然流露出來的精神。

施明正以「魔鬼」自喻，已是眾所皆知，他的「妖戀」與「純情」的交戰，在這本詩集中更深刻了他身為詩壇「變奏者」的面貌。從〈棉被之歌〉起，至最後一首〈凱歌〉止，施明正在總計 52 首作品中，漸進而自成系統地描摹出了他的愛恨思感，也強烈地寫下了他在妖戀與純情的矛盾中自我療養的悲喜。

在題為「面對面‧原與變‧變與正」一詩中，施明正如此吐露：

> 不能逃避妖戀正像不能逃避
>
> 攻擊
>
> 不能逃避陰狠宛如不能逃避
>
> 防禦
>
> 不能攻擊妖戀宛若不能忽視
>
> 偽裝
>
> 不能忽視變節一如不能停止
>
> 探索
>
> 不能停止思索也像不能停止
>
> 當餌
>
> 不能懷恨被整好像不能忘記
>
> 提昇
>
> 啊！老是不忘提昇的魔鬼喲
>
> 衝刺

雖然粗看起來猶似遊戲之作，其實蘊含了施明正對藝術、愛情以及自身的生命歷程、乃至於人類共同命運的觀點。他透過從攻擊、防禦、偽裝、探索、當餌，到提昇、衝刺的過程，逐級循序、辯證地在變貌中完成自己的思想。而此一思想「像兜著地球團團轉的月亮，衛星似的我恆常兜著我的

愛」，雖然「兜不完放不盡的思念恆被／您突發異癢的閃電阻於雷擊」，也不管「您多疑的猜嫉從昏庸的腦裡／蛆般爬下酷欲綻放報復的種子」，詩人的愛仍然是「您一次次積下報復的循環正像／我頻頻噴血的創傷結疤又綻放」（引自〈癢〉）。這種「妖戀」的情懷頗相似於屈原「民生各有所樂兮，余獨好修以為常，雖體解吾猶未變兮，非余心之可懲」的痴愚，可見其純情。

這也就難怪《魔鬼的妖戀與純情》最後會以〈凱歌〉為其終結了：

　　為死後的殘留，詩人喲
　　別再迷戀妖戀，您得趕緊
　　趕在死亡之前，繪下生命

用「別再迷戀妖戀」自惕，用「繪下生命」自期，剛好也是整本詩集念茲在茲的主題；而此書之有系統，以及施明正的創作意念也就昭然揭出了。

三

從詩作探看施明正的心靈世界，再比對施明正的人生歷程，使我們不能不欽佩這位奮鬥不懈的勇士。他的專注、狂熱，不管顯之於詩，或者在他的小說與畫中，都令人深刻地感知到「更長的ê」的存在；他對愛情、美與生命的追求奉獻，即使在坎坷現實冷酷的撲打下，也仍然堅持以強者的姿勢往前衝刺——現實的扭曲，造成了他的變奏，然而這位變奏者仍然找到了他自己的前路——他強旺的生命力，在妖戀的沉迷中仍保有著純情的童貞，則文字的詭異，也就不足為害了！

對於施明正的變奏，其實正如李魁賢所說，是一種具有「自然率真的各種變貌」的晶體。本文針對從施明正顯現在此一晶體上的生命光輝試作剖析，仍難全面顯示出施明正的整體變貌；但探本追源，施明正這種來自

於生命的強烈的特質，也是他不得不成為「變奏者」的因緣，我們撫之追之，乃更因之瞿然而驚，而要為他的執著狂熱加以禮敬了。

這樣的變奏者，值得我們從另外更多的角度去了解他、去探視他！

1985 年 8 月 25 日・南松山

1986 年 1 月 11 日・《臺灣時報》副刊

──選自向陽《迎向眾聲：八〇年代臺灣文化情境觀察》

臺北：三民書局，1993 年 11 月

# 天使、魔鬼與武士
## 看施明正的畫有感

◎杜十三[*]

　　小說寫得極好，因〈喝尿者〉一文榮獲吳濁流文藝獎的小說家兼骨科大夫施明正先生，在以油彩和畫筆攻擊畫布的戰鬥過程裡，也有著令人刮目相看的勇氣與深刻的表現。

　　對於繪畫藝術，我一向追求與遵循的原則和其他的獨立藝術並沒有兩樣，我總認為任何的「藝術創作」首先要具備「獨創性」才能「存在」（being），之後，還要有「傳達性」才有本質（essence），「存在」與「本質」是使一件創作行動完成意義而不可分割的一體兩面，因此，任何藝術品的可貴，就在於它是否是一件「具有傳達性的獨創性作品」（A piece of work of unique and communicable）。放眼當今國內藝壇，有兩種極端的現象：一是追隨西方前衛浪潮，鑽營純粹視覺符號，以致萎縮了內在心靈的投射，使作品變成了只有色彩與巧技堆砌的單純視覺感官「工藝」——在這些作品前面，除了單純的視覺美感之外，觀眾很難從作品的表達進入作品的內在根源，即或勉強有所感悟，所能接觸的，卻仍是讓人觸目驚心的，只看到了西方生活環境裡流行思潮的東方型複製——畫家藉由自己獨創的作品拚命吶喊出來的，竟然只是藉由不同章法或形式「翻譯」而出的西洋夢境內容而已，怎能讓沒有類似生活情境或「專業修養」的人類感到「共鳴」？——這是主張內容和形式合一，卻只有「獨創」而沒有「傳達」的一型。另外的一種，則是因襲傳統，食古不化，在形式技巧上師承

---

[*]杜十三（1950～2010），本名黃人和，臺南人。詩人、藝術家。

道統，卻只能沿用統一的字彙訴說「古老的故事」——這種繪畫，雖然讓人一目瞭然，獲得一定的傳達效果，卻了無新意，除了古董今製的意義之外，甚至你不只是藝術創作，就好像用一連串「成語」連綴而成的民間傳說——這是只有「傳達」而沒有「獨創」的一型。

「傳達」離不開同一時空生活的其他人群，甚至還得想到後續的「歷史社會」人群，藝術家必須藉由作品說出自己的話，讓別人從作品本身獲取感悟。「獨創」則離不開自己的思想，必須從生活中提煉出屬於自己的菁華，才能有所表現。我們只要把上面的原則平移到視覺表現的座標來看，就可以發現，繪畫藝術其實和文學藝術、音樂藝術……以及其他任何獨立的藝術一樣，都是離不開「人」，以及人文思想的本位的。繪畫藝術最基本的視覺實體掌握，不論是「獨創性」或是「傳統性」的要求，在「創作」的意義上，我都不能偏離以「人」為中心的原點，捨此而他求，都得使藝術的創作淪為匠技的表現，只有物質的堆砌而沒有精神的演繹。藝術所要表現的終究是「人」的本身，形式應該只是手段而不全是目的，如果我們一定要說：「一幅畫所要表現的內容就是它的視覺形式而已……」的時候，那麼，我們應該事先細心的察覺到：這些所謂「視覺形式」的完成，事實上已在人類的內心深處連結血脈的減流，通往人類歷史的色彩、地球地理的造型，以及宇宙的空間感——同其他種類的藝術家一樣，一個真正的畫家在面臨空白的畫布時，能夠不從人類的內淵深處獲取一套戰略觀點嗎？

施明正首先使自己成為一個真正的「人」，然後成為一個藝術家。雖然目前我尚未能像羨慕他是一個小說家一樣的，羨慕他的畫家成就（因為，他的小說實在太好了），然而，我確信能從他的畫裡看出一些別人沒有的東西，也能感受到一些深刻的內涵，而這些內涵是超乎文學之外的，接近詩與音樂，卻更像手術刀一樣，更接近純粹的人性骨肉。而他所用來詮釋傳達的形式，在繪畫性的媒體形式上來說，也在極高的境界上擺出了屬於自己的，強悍而不苟同的鬥士面貌，是一種赤裸的，大膽的，近乎馬蒂斯的色彩節奏，盧奧式的宗教式深沉，與畢卡索式的活潑布局的綜合。整體來

說，是接近表現主義的，卻有著屬於近代人的視覺風貌與精神架構，隱隱透射出思想性的力感與韌度。依我的觀點，其精神內容的傳達性又強於視覺形式的獨創性——如前所述，施明正目前所呈現的視覺形式雖然能有效的傳達某些獨創的訊息，卻仍然難免的可以看出溶合調理的痕跡，在色線與空間的組合上，和一些初期成形的大家風貌一樣，不可避免的沿用了印象主義和立體主義的合併角度——這樣的說法對施明正是一種苛求，畢卡索在能夠流利的，以其傲世的移動視點獨創方式表現自己的內在世界之前，又何嘗能免俗的不受制於先前技法與繪畫理論的影響！

　　也許，採用這種表現的方式，是受了施明正本身一向所願意表現的，那個熟悉、痛苦而又深邃的巨大世界的影響所致。在曾經以小說的方式、深刻、熟練而來去自如的那個世界裡，改用畫筆的型態進出挖掘，如此的表現方式也許更能感到抒發與貼切的快感。就拿他的自畫像來說——這是他的作品中，我最喜歡的一個題材。面對畫面，我幾乎可以感受得到畫中人物的呼吸，包括他當時的心情！孤獨、沉慟、剛勁，充滿著內斂的熱情，卻又流露出難以抑壓的淒涼之感——傳達的強處毫不遜色於他的文學，卻是純粹視覺性的訊息，如此銳利的傳達，如果改用其他較為創新的方式表現，恐怕無法傳達到現有的效果吧？雖然在比較上較為傳統，卻更能深入的，把人物的內在世界擠壓出現在平面的畫布上——這樣的表現著眼點對施明正來說是無可厚非的，只是，如果能在有效的傳達之餘，在視覺形式進行更精銳的歸納，採用更現代的造型語言進行表現，我相信，施明正的繪畫將超出小說的成就，而在繪畫藝術的領域裡攻下一個燦爛的城堡。

　　施明正是少數能夠執著於自己獨創觀點進行創作的藝術家，我佩服他能夠將承受自現代文學與人文思想的泉源，成功的轉化成繪畫傳達上深刻活潑跟敏銳，也預期他能繼續擴展創造性的張力，迅速建立起更強悍有力的繪畫性獨創語言，到底，施明正有他豐實的本錢，多年來抑壓不露的才華加上人生風浪的歷練與世事人性的洞悉，使他在行醫之餘的安全環境

裡，重回日以繼夜的創作生活。如今的施明正，正是杏壇的天使，小說界的繆思，也是畫壇的武士——我讚美他。

1982 年 5 月 15 日

——選自《臺灣文藝》第 84 期，1983 年 9 月

# 相互撕裂的魔鬼與天才

## 施明正的文學與繪畫

◎陳昭如採訪整理*

座談時間：1991 年 4 月 7 日下午 3 時

地　　點：臺北市新生南路三段菊之鄉茶藝館

座談人士：林惺嶽（名畫家，任教藝術學院）

　　　　　李　昂（名小說家，任教文化大學）

　　　　　施明德（民主運動者，施明正之四弟）

主　　持：黃明川（電影導演）

列　　席：林文義（本刊主編）

攝　　影：潘小俠


**黃明川（以下簡稱黃）：** 施明正的藝術作品雖然常為人所談論，但是在藝術
界卻是一個比較陌生、很難定位的藝術工作者，我們希望能夠藉著這
次的座談會，由專家、施明正的親人共同來探討他的人及其作品，以
更進一步地了解他的內心世界與創作歷程。

關於施明正的美學觀與他的人生經驗的關係，我們首先請林惺嶽老師
發表他的看法。

**林惺嶽（以下簡稱林）：** 很遺憾的是，我和施明正未曾謀面，只能從他的作
品中來了解這個人，施明正的畫很顯然的不像職業畫家是為展覽而
畫，而倒像是為了自己的需要，為了表達自己的感受。就我現在所掌

---

*發表文章時為《自立晚報》記者，現為自由撰稿人。

握的資料來看，施明正最為人所熟知的是他的推拿術，其次是文學創作，而繪畫似乎僅限於幾個與他比較熟識的朋友才知道，而且在畫作的保存上也有不少缺點，甚至還可能遺失了不少，所以我們一直無法很清楚地為他在臺灣藝壇有所定位，但是他的文學作品由於在鍾肇政的鼓勵下發表了一些，我們便可從中一窺他的內心世界，特別我認為在他的作品關於愛情、生活等非關政治的描寫，對於生命歷程的掌握和刻畫，相當尖銳，也令我相當震撼。例如〈遲來的初戀及其聯想〉中有一些精采的對話，像是對傳統社會的控訴：「那時候的你，就像所有發育正常的十五、六歲的少女那樣，在肉體上是最美的時期，可是我想不透，為什麼我們沒有好好地使用我們的肉體？」

「是啊！實在浪費青春。」

「我還是想不懂，就連接吻也沒有。」

「真可惜！」

「想來，那個時候，吸引我去看你、想你、等你來的，也許是一種純純的、童男與處女沒經歷的，莫名其妙的動物對動物的一種性渴望。但是不幸的是，遺憾的是作為一個人追求高度文明產物的靈性，我被詩情畫意的某些抽象意念搞昏了頭，搞亂了感覺，和慾望，終於把一個外觀清新貌美，也的確非常可口的水果，當作一種靜物，像花那樣，只顧癡癡地欣賞，忘了水果生來是要被吃，而不是被看的。」

「那時候我們真笨。」

## 囚犯心態的藝術創作

這些對話把人的真性表露無遺，而且不像一般作家十分講究文字的修飾，而是直截了當地直指核心；另外，他的小說中常常有作白日夢、自言自語的情節，甚至往往和小說主軸的發展完全無關。這種情節的處理，我認為可能是一種囚犯的心態，因為當他在監獄時，他的軀體必須遷就他所處的空間，所以他只有胡思亂想，讓思想飛出窗外，

打破監獄的空間，而他這種思想的習慣似乎也帶進了小說中，常常發展成題外的東西。

黃：那麼他主要油畫的題材，例如風景、山、海，是與被關的這種囚犯心態亦有很大的關係？

林：我倒不這麼認為，施明正的畫和小說像是在兩個不同的世界，他的小說一直是很忠實地表達了他在生命中的浩劫，但是繪畫卻是很單純的世界，像是用來調劑他那波濤洶湧的內心的一種方式，不過如果施明正沒有那麼早死的話，我推測他的畫風在日後會有更深沉的呈現，因為據說他原本打算畫一百幅是以十字架作為主軸意象的自畫像，如果這些畫完成的話，可以很具體地標示出他的繪畫歷程進入另一個更成熟的階段，所以有人以為施明正死的很浪漫、很是時候，並未投入商業市場來作畫，但是我卻持完全相反的看法。

黃：能不能請施明德談談施明正的美術觀和他的人生經驗的關係？

施明德（以下簡稱施）：我和施明正雖是兄弟，但是由於我們年紀差了好幾歲，而且又各有自己交遊的圈子，事實上交談的時間並不多。就剛才林惺嶽談到施明正是在被幽禁的情況下，企圖用文字來解放自己，像是亂流放射，接著要用單純的繪畫來平衡，我認為這很難說是囚犯的模式，例如我在寫文章時便不會有那樣的處理方式，我認為這端視個人的狀況而看，同樣是坐牢，但是可以有很多不同的坐法。

李昂（以下簡稱李）：我想施明正本來就是個比較創作性的人，所以坐牢對他造成這樣的結果，但是施明德本身不是一個藝術創作者，所以坐牢並未使他的文章如施明正一般。

林：我想了解的是，在你坐牢的期間，最痛苦的經驗是什麼？

施：很多人看到我的時候，不敢相信我曾被囚禁了 25 年半，好像風霜沒有在我臉上留下多大痕跡，甚至那麼殘酷的權力加諸在我身上，似乎也看不出有什麼相對的回應，我把我自己坐牢的經歷分成兩個階段，第一個階段是以苦難來武裝自己，以堅定來回應壓力，這個階段我走得

很漫長，也很艱困，那個時期我寫的「囚犯哲學」就可以表現當時的心境；不知過了多久之後，有人看到我的時候，發現我的談話、表情變得並不像個囚犯，不像在受苦受難。剛聽到這種話時，我心裡很不高興，後來我作了深度的沉思，才體認到自己在面對苦難時，已進入一個新的境界。這時，我已不願把痛苦寫在臉上，不願把苦難穿在身上。在美麗島時代認識我的人，都覺得我的眼神、臉型很尖銳，有稜有角，但是這幾年卻似乎變得柔和了——雖然在外表上我還是小眼睛、單眼皮、眉毛倒垂、招風耳……。我想「相隨心變」就是這個道理。

## 絕對的浪漫主義者

談到施明正，我常覺得我們家有這樣的大哥，實在是滿悲哀的，如果不是他這種充滿特殊藝術的氣質，我們家或許不會沒落得那麼快，他對理財、生活上的處理，很難用一般人的標準來要求他。他從小成績一直很好，直到中學時才瘋狂似地投入藝術的世界中，據我所知，他最初和劉啟祥、廖繼春學過畫，並且拼命地收集 1930 年代的禁書，看完就訂裝起來，藏在床底下。由於他是長子，經濟大權由他來掌管，所以有很充裕的經濟能力讓他來從事這些活動。我還記得當年住在我們家後面愛河邊的那些人家，他們用很簡陋的木材搭建成的房子，還沒有我哥哥的鴿樓那麼大，那麼好！

很多人談起他就會聯想到推拿術，其實我想推拿術對他來說只是一個謀生的工具，後來他甚至還在推拿的過程、動作加以藝術化，他就是這樣子的一個人！

黃：我們看到施明正的畫，幾乎都是一蹴而成的，而且所有的顏料都是在非常濕的狀態下互相交融，看不到非常純正顏色的運用，而是十分混雜又十分優美的顏色。據說他在作畫時都要喝酒，不知道是什麼原因？

林：我想正可以從他在〈魔鬼的自畫像〉中的一段文字得到一些解答。他

寫道：「……把酒精灌進血液，讓沸騰著的血液闖入那吸取了大自然和人生諸樣給予我感受的點點滴滴所塑造的意識裡，然後再通過思維的壓擠，把經過酒精發酵的意識，借熟練的技巧和全身肌肉的運動，猛攻空白的畫面，那是一種艱苦的耕耘，由什麼都沒有的空白，逐漸有了點、線、面。由一種簡單的形，和單純的平衡構成……」

## 每一幅像是未完成的畫……

由這點可看出他對繪畫的理念，並不是具有某種文學性或主題的。很多人以為施明正的畫是無師自通的，但剛才聽施明德所說他曾拜名家為師，所以他不只是有直觀式的才氣，對繪畫技巧也有一定程度的概念，不過我總覺得他的畫好像每一幅都沒有完成，可以再畫得更好。事實上，我是認為他在文學上的表現要比繪畫成熟得多，原因在哪裡？因為他的文學作品是要發表的，有了這個前提，他會更全力以赴，甚至連每個字的處理都很講究；但是繪畫因為是未須公開展覽的，少了這層動機，使得作品便有一些遊戲性的或太過灑脫的傾向。根據我的經驗，開畫展對畫家來說是非常重要的一件事，不但可讓畫者在展示處重新認識自己的藝術，也藉著投入競爭的市場中比較自己畫作的水平。所以開畫展並不只為取悅觀眾，而是要征服觀眾。施明正如果在生前有過適當的時期開畫展，我想他的畫的成就，無論是畫面的經營，或是材料的選擇、畫的保存都會不只是今天我們所看到的而已。

李：施明正的畫至今保存得不夠完善，並不是他生前不重視，而是死後他的畫一直是由江鵬堅義務提供場所來替他保存，但是畢竟始終沒有一個有專業知識的人來料理這些畫，根據他兒子告訴我，施明正生前非常珍惜自己的畫，每隔一段時間就要上一次油等等。至於他為什麼不開畫展，根據我過去與他的幾次接觸，我覺得他是一個極端狂狷的人，他常說他一生要得三個獎，即是：諾貝爾文學獎、和平獎和繪畫獎，我很看不起不少畫家為了開畫展而畫畫，他不願同流合汙；另

外，他自期如果要開畫展，一定要是世界級、第一流的，像畢卡索一
樣，在那樣的期許和壓力下，他不願輕易開畫展。

施：大概在他坐牢前的幾個月，大約三十年前，美國國務院都有一些支助
開發中國藝術家的計畫，當時他被選定了到華府開畫展，但是由於他
的被補，缺額便給了席德進。所以我想坐牢對他影響最大，恐怕是這
件事情，他一直耿耿於懷。不過他不願成為職業的藝術家，恐怕是源
於他性格上的自我選擇和排斥。

在他出獄後為何未積極預備開畫展還有另外一個原因，是因為他認為
身為一個政治犯，如果出名恐怕會對他造成傷害。

## 性格上的自殘與自棄

林：我覺得監禁對他造成如此沉重的打擊，甚至也讓他有了自甘頹廢的傾
向，像我聽說他在為詩人朋友畫素描時，往往是空著腹大口喝酒，這
對身體的殘害有多麼大！如何追隨畢卡索？畢卡索是個樂觀、進取的
畫家啊！與畢卡索同時期還有一位畫家叫做莫迪利阿尼，才華洋溢，
但是卻酗酒、吸毒，乃至最後跳樓自殺。

黃：我們是不是認定，監獄是他藝術觀點上一個重大的分界點，之前，他
有雄心像畢卡索；之後，他卻變成了縮小的、自殘的、放棄論的？

施：我寧願從他的性格來看這件事，坐牢對於像他這種深具藝術氣質的人
來說是種傷害，但對我而言，卻反而是種鍛鍊，是種閱歷，是我必須
要付出的代價，所以我常說，我很感謝蔣家集團給我這麼好的機會來
訓練我，我們當然可以說坐牢使得施明正頹廢、自殘……，但是從另
外一個角度來看，他本來就是這樣子的人，只是坐牢可能強化了這些
特質。

黃：我們看施明正的畫，除了以快速、流暢的方法經營畫面，好像還可以
看到一個孤寂的世界，而且用色不肯定，像是什麼也捉不住，而且，
在他的風景裡總是有一條長長的水平線在遠遠的地方，在畫面的上方

或下方，則有巨大、扭曲的線條盤據，像是兩股在抗衡的力量。為什麼？

施：我想這或許是坐牢對他的影響吧！以前，他一直是我們家族的寵兒，而坐牢讓他體會了人的孤獨與無奈、無能為力。

黃：那麼多人畫臺灣的風景，但是施明正的海特別地安靜，他的湖泊特別沒有動靜，完全是靠邊線表達區界，非常的靜寂。

## 與孟克之畫作有異曲同工之妙

林：我倒不覺得有那麼靜，我覺得施明正的畫有神經質的成分在裡面，他尚未完全讓繪畫的顏色奔放出應有的鮮豔力量，不過大而化之的造形及神經質的線條和挪威的孟克十分接近，北歐的畫家一般來說比較接近內省，原因在於北歐氣候陰冷，和地中海型的畫家不一樣，我看施明正的畫，覺得他的筆法非常地不安定，因為一般在表達「靜」的感受時，筆觸不留痕跡，往往用「面」來處理，但是他把筆觸都留著，有著莫名的神經質在裡面，有情緒的表現。

李：長久以來，詩、書、畫對於藝術家來說，都是一個連帶不可分割的整體，不過由於現代社會的分工愈來愈細，凡事要求專業，使得創作者必須設限自己的創作範圍，而施明正可能是殘存在臺灣，唯一的浪漫藝術工作者，他一把捉什麼都要……。施明正的死，可能代表浪漫時代的結束，因為自他以後，我們幾乎看不到任何一個人有這種企圖心來從事藝術工作。這點很值得我們這些從事創作的人來思考的是，當我們鑽進一個領域創作時，很可能也放棄了其他許多的夢想，施明正的小說、詩和畫是不可分割的，如果我們要給施明正一個藝術上的定位，應當要從這三方面一起討論，才不致以偏概全。

## 「文人畫」氣質的創作

我第一次看到施明正的畫，特別是他的自畫像時，讓我感到十分的詫

異，因為他的畫確實表現出那種狂狷、浪漫的個人氣質，是現今商業性的畫所看不到的一種獨特的風格，如果我們用一個比較廣泛的定義來看，我覺得施明正的畫應該可以定位在文人畫上，所以若是有人看不懂施明正的畫，我想他會很不在乎，認為那是你家的事，與他無關。

不過作為一個藝術家，施明正絕對是一個極端自我中心、自戀的人，我們看他的小說就知道，重重覆覆都是在寫他自己的經驗，完全是以「我」為出發點從事創作，不過有一個很有趣的現象是，如果他用小說，如〈渴死者〉、〈喝尿者〉來作社會反叛，他似乎也留了一個空間，就是他的繪畫的純粹性，我想這是因為他對自己的畫有著極高的評價；小說和詩則涉及了現實政治，就顯得不夠純粹了，也不足以留芳萬世。

黃：施明正畫的題材，往山水畫的方向非常強烈，這可以說漢文化系統的藝術家，在動亂的時代最常作為紓壓的一種方式，和傳統完全吻合，只是在風格稍有不同，並未完全脫俗到和整個社會無關，或是和傳統畫家背道而馳。

我們知道林文義和施明正也有一段時間交往得很密切，是不是請你來談談當時他的生活情形。

林文義：臺灣筆會剛成立時，施明正參加我們的活動十分頻繁，而且他幫許多長了骨刺的作家朋友推拿，從來不收錢，但是你一定要喝他的酒，在他的診療室裡擺了一個畫架，他常常是一邊替人看病、一邊畫畫，他常說，臺灣唯一存在最可貴的東西，就是畫家和作家，所以他對這些人都很好。不過他似乎一談到政治總是很害怕，在他的小說中也有寫到關於「三民主義統一中國」或是「蔣公德澤」的字眼，但是我想這純粹是種反諷。不過給我印象最深的，是他時常戴著一個重約一公斤的金十字架，不知道這其中是不是有什麼特別的涵義？

## 作為救贖方式的藝術創作

李：我想他所服膺的美學是一種很極端的，介乎魔鬼和天使之間的，甚至對酒、對女人的追求，對他來說，藝術家是需要絕對縱情的，如此他才能燃燒，表現自己的生命。但是另一方面他又來自於一個天主教家庭，有上帝和救贖的觀念存在，所以我想藝術對他來說，就是一種救贖的方式，把他的罪惡在藝術裡得到某種超脫。

林：在 1960、1970 年代的臺灣，還有一個像施明正這樣全才的藝術家，就是李雙澤，但是由於他什麼都會，也帶給他很大的壓力，因為在這種專業化的社會，他即使十八般武藝，如唱歌、寫詩、畫畫都會，但卻沒有一項出類拔萃，所以有一陣子他十分徬徨，不過我覺得施明正好像並沒有這種問題。

對於施明正的畫我們不需要太快下結論，我認為應該是讓觀眾來挖掘、評斷，也許會有新的發現。

黃：剛才李昂提到施明正的那種絕對的浪漫，令我想到，是不是施家的兄弟都有這種「家族性格」？

施：我想大概只有我們兩個吧！只是他把浪漫呈現在藝術上，而我則是投注於社會改革，像我的二哥、三哥就比較實際，不過施明正作為一個藝術家，他認為不需要節制，但是我作為一個社會改革者，我知道要如何和社會的脈動取得協調，所以我沒讓浪漫的個性世俗化，但是這種特質我想我一直保有著，甚至到今天你們還看得到。

林：目前我們看到曾受到政治迫害監禁的，往往會有兩種不同的結果，例如曼德拉，讓我們感覺他完全並無被摧殘的痕跡，而且充滿了成熟的智慧，但是臺灣許多的良心犯在出來之後，整個人往往都變得扭曲了，但是從施明德身上，我也完全看不出來。

拿亦是曾被監禁的畫家吳耀宗和施明正作一比較，我們也能發現一些不同之處，吳耀宗在入獄之前，是師承李梅樹，受過很嚴格的寫實主

義的訓練，功力很紮實，在出獄之後畫風並無太大的改變，唯一的改變大概就是自我頹廢，一直地酗酒，最後便這樣葬送了自己的生命，非常可惜。由此我想到卡繆在二次大戰時被監禁時所提出的一個問題：身為一個特務人員，當為了國家、自己的理想而不得不犧牲生命，卻又永遠不能為外人所知，在那麼孤絕的情況下，人要如何去面對自己？

施：我想對於被監禁的人來說，隔絕、被拋棄的感覺是普遍存在的。在美麗島事件後，我的確受到外界很多的支持與關懷；但是我第一次出獄時完全不是這麼回事。面對這種情形，靠克制是不夠的，克制只會讓人性更扭曲，我靠的是昇華。

其實施明正會成為政治犯我倒是很意外，我想他或許對這個社會有些看法，但基本上他不會選擇「社會改革」這樣的途徑來達到目的，以及對理想的堅持。所以，他在什麼都沒做、卻被安上政治犯的罪名，實在是很莫名其妙的。

林：施明正有一段自白正可以作為上述的註解，他寫道：「……身為醫生，每天看到的都是求助於我的苦痛者，如果不同感其痛苦，就變成冷酷的人；但要是同感其苦必會傷到自己。好在我可以用小說、詩，把痛苦引進另外一個世界，使那些要傷、害我的東西變成我的營養。」

我想以上這一段，是他很重要的創作自白。

## 未脫離傳統藝術軌道

黃：施明正畫中流暢的線條，大概只有他的老師劉啟祥能夠與他相提並論，這點我們似乎可以看出，老師對他畫的影響，似乎遠遠超過了我們剛才所談論的各種因素。

施：根據我的印象，他從少年時期就一直立志想當畫家，而且為了畫畫放棄了學業，付出了極大的代價。

林：而且施明正還和名師習過畫，並不是無師自通的。

李：所以謝里法說他沒有師承，我覺得是太輕率的結論。

**林**：我們在談論他的畫時，不能輕忽了在他生命歷程中任何可能相關的訊
　　息，否則便可能作出不夠嚴謹的判斷，像施明德提供我們有關於施明
　　正早期學畫的訊息，便非常珍貴。

**黃**：也就是說，施明正一直沒有脫離臺灣藝術傳統的軌道。
　　今天這個座談會是個非常好的機會，讓藝術界，以及所有關心施明正
　　藝術的人，共同來討論他在臺灣美術史上的位置，並了解他個人所受
　　的折磨，他的浪漫主義……種種連串所造成的藝術風格和情懷，謝謝
　　各位的參加！

施明正遺作展，至 4 月 30 日止，於木石緣畫廊展出。
地址：臺北市建國南路二段 187 號

——選自《自立晚報》，1991 年 4 月 18～19 日，19 版

輯五◎
研究評論資料目錄

## 作家生平、作品評論專書與學位論文

### 學位論文

**1. 趙宜瑩** 美麗島事件與冤獄小說——以施明正、呂秀蓮和姚嘉文為例 高雄師範大學國文學系國文教學碩士班 碩士論文 龔顯宗教授指導 2006 年 177 頁

本論文以施明正的〈渴死者〉與〈喝尿者〉、呂秀蓮的《這三個女人》與《情》、姚嘉文的《臺灣七色記》為例，探索冤獄小說的興起背景；並藉由對臺灣近代歷史的回顧，闡述政治影響文學創作的脈絡與痕跡。全文共 6 章：1.緒論；2.美麗島事件之發生及影響；3.施明正與牢獄小說；4.呂秀蓮與新女性主義；5.姚嘉文與《臺灣七色記》；6.結論。

**2. 蘇怡菁** 施明正及其小說研究 臺灣師範大學國文學系在職進修碩士班 碩士論文 許俊雅教授指導 2008 年 6 月 160 頁

本篇論文以施明正小說為主軸，「施明正」及「小說人物心理」為旁證作為本論文的基本架構。全文共 7 章：1.緒論；2.施明正生平背景與生活態度；3.施明正小說的創作因素、創作歷程及創作風格；4.施明正小說題材內容與主題意識；5.施明正小說的自傳性與小說人物心理分析；6.施明正小說語言藝術；7.結論。正文後附錄〈施明正生平與創作年表〉、〈施明正文學評論資料匯編〉。

**3. 游昇俯** 臺灣懺情小說（1960～1987） 政治大學臺灣文學研究所 碩士論文 范銘如教授指導 2014 年 1 月 127 頁

本論文選取王尚義、七等生、陳映真、施明正的懺悔書寫為例，分析其內容並說明臺灣 1960 年代小說家懺情的意義。全文共 5 章：1.緒論；2.愛慾自白；3.自我重塑：尋找父親的旅程；4.面對社會；5.結論。

## 作家生平資料篇目

### 自述

4. 施明正 吳濁流文學獎得獎感言——願我有那永恆的愛心 臺灣文藝 第 72 期 1981 年 5 月 頁 11

5. 施明正 人之來 臺灣文藝 第 82 期 1982 年 10 月 頁 15—17

6. 施明正　　自序　施明正詩‧畫集——魔鬼的妖戀與純情及其他　臺北　前衛
出版社　1985 年 12 月　頁 16

7. 施明正　　後記　施明正詩‧畫集——魔鬼的妖戀與純情及其他　臺北　前衛
出版社　1985 年 12 月　頁 212—215

8. 施明正　　鼻子的故事——上篇：成長　臺灣文藝　第 101 期　1986 年 8 月
頁 44—63

## 他述

9. 李魁賢　　我所了解的施明正　笠　第 115 期　1983 年 6 月　頁 85—88

10. 李魁賢　　我所了解的施明正　施明正詩‧畫集——魔鬼的妖戀與純情及其
他　臺北　前衛出版社　1985 年 12 月　頁 3—9

11. 李魁賢　　我所了解的施明正　詩的見證　臺北　臺北縣立文化中心　1994
年 6 月　頁 235—243

12. 李魁賢　　我所了解的施明正　李魁賢文集 6　臺北　行政院文建會　2002
年 11 月　頁 208—216

13. 林文欽　　遙遠而親近的施明正　施明正詩‧畫集——魔鬼的妖戀與純情及
其他　臺北　前衛出版社　1985 年 12 月　頁 209—210

14. 盧亮光　　一位沒有風格的畫者　施明正詩‧畫集——魔鬼的妖戀與純情及
其他　臺北　前衛出版社　1985 年 12 月　頁 211

15. 李魁賢　　脆弱的心，強勁的筆——悼念施明正　自由時報　1988 年 8 月 31
日　11 版

16. 李魁賢　　脆弱的心 強勁的筆——悼念施明正　囚室之春　臺北　敦理出版
社　1989 年 12 月　頁 304—306

17. 李魁賢　　脆弱的心，強勁的筆——悼念施明正　浮名與務實　臺北　稻鄉出
版社　1992 年 3 月　頁 41—44

18. 李魁賢　　脆弱的心，強勁的筆——悼念施明正　李魁賢文集 5　臺北　行政
院文建會　2002 年 11 月　頁 41—44

19. 李敏勇　　向苦難說再見　自由時報　1988 年 9 月 1 日　11 版

20. 李敏勇　　向苦難說再見　囚室之春　臺北　敦理出版社　1989 年 12 月　頁 300—303

21. 陳千武　　憶施明正　臺灣時報　1988 年 9 月 2 日　14 版

22. 陳千武　　憶施明正　陳千武全集・陳千武詩思隨筆集　臺中　臺中市文化局 2003 年 8 月　頁 32—37

23. 鍾肇政　　牛雜湯之憶及其他——悼老友明正　民眾日報　1988 年 9 月 5 日 8 版

24. 鍾肇政　　牛雜湯之憶及其他——悼老友明正　鍾肇政全集・隨筆集 2　桃園 桃園縣文化局　2000 年 12 月　頁 524—527

25. 彭瑞金　　懷念施明正　民眾日報　1988 年 9 月 5 日　8 版

26. 彭瑞金　　懷念施明正　瞄準臺灣作家　高雄　派色文化出版社　1992 年 7 月　頁 41—46

27. 鄭清文　　誰是英雄——敬悼施明正先生　臺灣時報　1988 年 9 月 8 日　14 版

28. 鄭清文　　誰是英雄——敬悼施明正先生　臺灣文學的基點　高雄　派色文 化出版社　1992 年 7 月　頁 323—325

29. 林央敏　　北美日記一則——驚聞施明正噩耗　臺灣時報　1988 年 9 月 17 日 14 版

30. 施明雄　　給老大　臺灣時報　1988 年 9 月 18 日　14 版

31. 蘇　多　　不吶喊的勇者　以死控訴國民黨　民進週刊　第 80 期　1988 年 9 月　頁 1

32. 蘇　多　　不吶喊的勇者　以死控訴國民黨　囚室之春　臺北　敦理出版社 1989 年 12 月　頁 317—318

33. 廖雨辰　　為臺灣，他獻出了生命——施明正絕食身亡　民進週刊　第 80 期 1988 年 9 月　頁 38—41

34. 王麗華　　卡拉馬助夫兄弟之死——施明正、施明德兄弟的政治不歸路　民進 週刊　第 80 期　1988 年 9 月　頁 42—43

35. 王麗華　卡拉馬助夫兄弟之死——施明正、施明德兄弟的政治不歸路　囚室之春　臺北　敦理出版社　1989 年 12 月　頁 313—316

36. 李敏勇　歷史會明晰他受難的形象——追悼施明正　笠　第 148 期　1988 年 12 月　頁 71—79

37. 李敏勇　苦難的歷史——犧牲的形象　臺灣文藝　第 114 期　1988 年 12 月　頁 9—13

38. 李篤恭　始於賴和‧終於賴和——悼念施明正兄　臺灣文藝　第 114 期　1988 年 12 月　頁 20—22

39. 馬　鳴　哀悼施明正　臺灣文藝　第 114 期　1988 年 12 月　頁 32

40. 郭楓等[1]　作者簡介　臺灣當代小說精選 1（一九四五——一九八八）　臺北　新地文學出版社　1989 年 1 月　頁 4

41. 黃　怡　渴死者施明正　自立晚報　1989 年 3 月 16 日　14 版

42. 黃　怡　渴死者施明正　囚室之春　臺北　敦理出版社　1989 年 12 月　頁 319—322

43. 施明雄　大哥與我　臺灣文藝　第 116 期　1989 年 4 月　頁 124—133

44. 施明雄　大哥與我　施家三兄弟的故事　臺北　前衛出版社　1998 年 5 月　頁 215—228

45. 李敏勇　困厄歷史的生命形像——悲壯典型：施明正、施明德　首都早報　1989 年 11 月 29 日　9 版

46. 施明德　他是天才藝術家更是一位勇者——施明德追憶其胞兄施明正　囚室之春　臺北　敦理出版社　1989 年 12 月　頁 296—299

47. 宋澤萊　與施明正的幾次見面　囚室之春　臺北　敦理出版社　1989 年 12 月　頁 308—312

48. 林文義　殉道的十字架　施明正　囚室之春　臺北　敦理出版社　1989 年 12 月　頁 324—325

49. 莫　渝　施明正　當代文學史料研究叢刊　第 4 期　1990 年 4 月　頁 200

---

[1]合編者：郭楓、鄭清文、李喬、許達然、吳晟、呂正惠。

50. 施明德　他用生命揮潑了最亮麗的畫　民眾日報　1991 年 4 月 14 日　11 版

51. 施明德　他用生命揮潑了最亮麗的畫　臺灣日報　1991 年 4 月 14 日　11 版

52. 李敏勇　美術系譜遺漏的席位——略述及悼記文學家施明正的美術事況　雄獅美術　第 242 期　1991 年 4 月　頁 143—146

53. 王昶雄　另一種格式的「渴死者」——人間無明正，心中有明正（上、下）自立晚報　1991 年 9 月 22—23 日　19 版

54. 王昶雄　另一種格式的「渴死者」——人間無明正，心中有明正　阮若打開心內的門窗　臺北　草根出版公司　1996 年 3 月　頁 182—195

55. 王昶雄　另一種格式的「渴死者」——人間無明正，心中有明正　阮若打開心內的門窗　臺北　前衛出版社　1998 年 4 月　頁 182—195

56. 王昶雄　另一種格式的「渴死者」——人間無明正，心中有明正　王昶雄全集・散文卷二　臺北　臺北縣文化局　2002 年 10 月　頁 275—284

57. 葉石濤　談施明正　臺灣新聞報　1991 年 10 月 5 日　13 版

58. 葉石濤　談施明正　葉石濤全集・隨筆卷四　臺南，高雄　國立臺灣文學館，高雄市文化局　2008 年 3 月　頁 11—12

59. 莫　渝　烈焰的靈魂——施明正印象記　讀詩錄　苗栗　苗栗縣立文化中心　1992 年 6 月　頁 90—92

60. 莫　渝　烈焰的靈魂——施明正印象記　莫渝詩文集・漫漫隨筆集　苗栗　苗栗縣文化局　2005 年 4 月　頁 293—295

61. 渡　也　到高原去——紀念施明正　自立晚報　1994 年 7 月 28 日　19 版

62. 渡　也　到高原去——紀念施明正　臺灣的傷口　臺北　月房子出版社　1995 年 5 月　頁 31—33

63. 李維菁　施明正——天才瘋子一線間　中國時報　1997 年 6 月 21 日　25 版

64. 宋澤萊　不只是政治牢獄的文學家——論施明正小說在戰後臺灣文壇的多種意義　臺灣新文學　第 9 期　1997 年 12 月　頁 238—251

65. 鍾肇政　文壇狂士——施明正　鍾肇政回憶錄 2　臺北　前衛出版社　1998 年 4 月　頁 191—208

66. 鍾肇政　　文壇狂士——施明正　鍾肇政全集・隨筆集 4　桃園　桃園縣文化
　　　　　　　局　2002 年 11 月　頁 151—173

67. 趙天儀　　我的朋友施明正　風雨樓再筆：臺灣文化的連漪　臺中　臺中市文
　　　　　　　化局　2000 年 11 月　頁 164—166

68. 鍾肇政　　夢想家之死——悼老友明正　鍾肇政全集・隨筆集 2　桃園　桃
　　　　　　　園縣文化局　2000 年 12 月　頁 528—530

69. 林政華　　為理想而生而死的監獄小說家施正明　臺灣新聞報　2002 年 11
　　　　　　　月 29 日　9 版

70. 林政華　　為理想而生而死的監獄小說家——施明正　臺灣古今文學名家　桃
　　　　　　　園　開南管理學院通識教育中心　2003 年 3 月　頁 70

71. 〔彭瑞金編〕　　作者簡介　國民文選・小說卷 2　臺北　玉山社出版公司
　　　　　　　2004 年 7 月　頁 328

72. 〔編輯部〕　　施明正　高雄文學小百科　高雄　高雄市文化局　2006 年 7 月
　　　　　　　頁 49

73. 葉石濤　　別了！明正！　葉石濤全集・隨筆卷三　臺南，高雄　國立臺灣文
　　　　　　　學館，高雄市文化局　2008 年 3 月　頁 119—120

74. 〔封德屏主編〕　　施明正　2007 臺灣作家作品目錄　臺南　國立臺灣文學館
　　　　　　　2008 年 7 月　頁 543

75. 向　陽　　想起施明正　臉書帖　臺北　聯合文學出版社　2014 年 2 月　頁
　　　　　　　16—17

76. 古遠清　　臺灣文壇六十年來文學事件掠影——查禁施明正的《島上愛與死》
　　　　　　　新地文學　第 28 期　2014 年 6 月　頁 190

77. 向　陽　　孤獨憂鬱的「魔鬼」——施明正　鹽分地帶文學　第 65 期　2016
　　　　　　　年 8 月　頁 14—23

**訪談、對談**

78. 施明正等[2]　　施明正訪問記　臺灣文藝　第 114 期　1988 年 12 月　頁 14—19

[2]與會者：施明正、鄭清文、高天生、李喬、李魁賢；紀錄：阿惠。

## 年表

79. 〔方美芬編〕　　施明正生平寫作年表　施明正集（臺灣作家全集）　臺北　前衛出版社　1993 年 12 月　頁 341—343

80. 〔方美芬編〕　　施明正生平寫作年表　島上愛與死：施明正小說集　臺北　麥田出版公司　2003 年 4 月　頁 425—427

81. 蘇怡菁　　施明正生平與創作年表　施明正及其小說研究　臺灣師範大學國文學系在職進修碩士班　碩士論文　許俊雅教授指導　2008 年 6 月　頁 145—147

## 其他

82. 鍾肇政　　夢想家的畫——為施明正遺作展而寫　民眾日報　1991 年 4 月 14 日　11 版

83. 鍾肇政　　夢想家的畫——為施明正遺作展而寫　鍾肇政全集・隨筆集 2　桃園　桃園縣文化局　2000 年 12 月　頁 543—546

84. 趙天儀　　追求夢想的藝術家——「施明正遺作展」有感　風雨樓再筆：臺灣文化的漣漪　臺中　臺中市文化局　2000 年 11 月　頁 186—188

# 作品評論篇目

## 綜論

85. 杜十三　　天使、魔鬼與武士——看施明正的畫有感　臺灣文藝　第 84 期　1983 年 9 月　頁 153—156

86. 宋澤萊　　人權文學巡禮——並試介臺灣作家施明正　島上愛與死　臺北　前衛出版社　1983 年 10 月　頁 15—19

87. 李魁賢　　行動美學的詩人　臺灣時報　1988 年 9 月 7 日　14 版

88. 李魁賢　　行動美學的詩人　浮名與務實　臺北　稻鄉出版社　1992 年 3 月　頁 45—47

89. 李魁賢　　行動美學的詩人　李魁賢文集 5　臺北　行政院文建會　2002 年 11 月　頁 45—47

90. 趙天儀等[3]　　施明正小說作品討論會　臺灣文藝　第 114 期　1988 年 12 月　頁 25—31

91. 趙天儀　　施明正的繪畫世界　臺灣文藝　第 114 期　1988 年 12 月　頁 182 —187

92. 趙天儀　　施明正的繪畫世界　風雨樓再筆：臺灣文化的漣漪　臺中　臺中市文化局　2000 年 11 月　頁 167—169

93. 鄭清文　　《臺灣當代小說精選》序〔施明正部分〕　臺灣當代小說精選（1945—1988）〔全 4 冊〕　臺北　新地文學出版社　1989 年 1 月　頁 13

94. 彭瑞金　　本土化的實踐與演變（一九八〇—）——臺灣結與中國結〔施明正部分〕　臺灣新文學運動 40 年　臺北　自立晚報社　1991 年 3 月　頁 207

95. 陳昭如　　相互撕裂的魔鬼與天才——施明正的文學與繪畫（上、下）　自立晚報　1991 年 4 月 18—19 日　19 版

96. 沈　提　　施明正的印象及其作品閱讀　民眾日報　1991 年 4 月 24 日　11 版

97. 沈　提　　施明正的印象及其作品的閱讀　臺灣文藝　第 177 期　2001 年 8 月　頁 74—82

98. 吳錦發　　被時代輾碎的面孔　民眾日報　1991 年 9 月 22 日　11 版

99. 張超主編　　施明正　臺港澳及海外華人作家辭典　江蘇　南京大學出版社　1994 年 12 月　頁 409—410

100. 林郁芬　　施明正小說中的自由意識　第六屆全國各大學中文系學生學術研討會　臺北　政治大學中國文學系　1997 年 5 月 8—9 日

101. 林郁芬　　施明正小說中的自由意識　八十五學年度彰化師範大學國文教育系第二次學生論文發表會　彰化　彰化師範大學國文教育系　1997 年 5 月 22 日

---

[3]與會者：趙天儀、李喬、李魁賢、陳千武、李敏勇；紀錄：詹文傑。

102. 王德威　　島上愛與死——現代主義、臺灣、施明正[4]　現代中文文學學報　第 5 卷第 1 期　2001 年 7 月　頁 93—109

103. 王德威　　島上愛與死——現代主義，臺灣，與施明正　聯合文學　第 212 期　2002 年 6 月　頁 36—46

104. 王德威　　島上愛與死——現代主義，臺灣，與施明正　島上愛與死：施明正小說集　臺北　麥田出版公司　2003 年 4 月　頁 13—34

105. 王德威　　詩人之死〔施明正部分〕[5]　歷史與怪獸：歷史，暴力，敘事　臺北　麥田出版公司　2004 年 10 月　頁 369—389

106. 周慶塘　　作家前後期作品的差異〔施明正部分〕　八〇年代臺灣政治小說研究　臺灣大學中國文學系　博士論文　吳宏一教授指導　2003 年 6 月　頁 195—197

107. 莊永清　　封閉島嶼下被扭曲的人性與未被扭曲的幽微之光——論施明正小說意識中的神性與魔性及其個體的自我完成[6]　南臺灣歷史與文化學術研討會　高雄　高苑技術學院通識教育中心主辦　2004 年 11 月 26 日　頁 245—268

108. 王德威　　渴死者，渴生者〔施明正部分〕　臺灣：從文學看歷史　臺北　麥田出版公司　2005 年 9 月　頁 319—321

109. 鄭千慈　　魔鬼的自畫像，及其碎片——施明正之自我牢籠　崩解自我——現代主義、畸零人與戰後臺灣鄉土小說　淡江大學中國文學系碩士論文　范銘如教授指導　2005 年　頁 95

110. 古恆綺等編[7]　　施明正　高雄文學小百科　高雄　高雄市文化局　2006 年 7

---

[4] 本文以施明正的小說集《島上愛與死》為題，論述施明正與臺灣現代主義的關係。全文共 3 小節：1.島上；2.愛；3.與死。

[5] 本文內容與〈島上愛與死——現代主義，臺灣，與施明正〉同。

[6] 本文論述施明正生平及其小說，析介其小說相關評論和研究，並探討施明正如何以宗教和藝術性的書寫詮釋臺灣戒嚴體制下的社會。全文共 6 小節：1.前言：以狂熱生命燒煉潔淨藝術火焰的勇者——施明正生平及其小說著作；2.施明正小說相關評論與研究：寫實主義？現實主義；3.施明正小說中的藝術家形象及其文學觀；4.施明正自傳體小說中個人意識的神性與魔性；5.施明正小說封閉時空下的魔性與神性：島嶼‧軍營‧監獄‧囚室與人間；6.結語。

[7] 編者：古恆綺、汪軍仔、彭瓊儀、許昱裕。

月　頁49

111. 王建國　一九八〇年代以降監獄文學之文本研究——監獄小說——自傳小說〔施明正部分〕　百年牢騷：臺灣政治監獄文學研究　成功大學中國文學系　博士論文　林瑞明、陳昌明教授指導　2006 年 7 月　頁 314—322

112. 黃文成　施明正論　受刑與書寫——臺灣監獄文學考察（1895—2005）　中國文化大學中國文學系　博士論文　康來新教授指導　2006 年　頁 239—243

113. 黃文成　國民政府遷臺以後（1945—1978）——威權統治下的案例紛陳——施明正論　關不住的繆思——臺灣監獄文學縱橫論　臺北　秀威資訊科技公司　2008 年 4 月　頁 277—284

114. 歐宗智　施明正及其人權小說　臺灣文學評論　第 8 卷第 1 期　2008 年 1 月　頁 124—128

115. 歐宗智　獨樹一幟的傷痕文學——談施明正及其人權小說　真善美的永恆追求：小說名著鑑賞　臺北　致良出版社　2013 年 7 月　頁 225—230

116. 彭瑞金　戰後高雄市文學的融合、衝突與蛻變——戰後高雄本地新生文學生力軍的崛起〔施明正部分〕　高雄市文學史——現代篇　高雄　高雄市立圖書館　2008 年 5 月　頁 162—163

117. 朱偉祺　白色恐怖時期的歷史記憶與創傷書寫——以施明正小說為例[8]　柏楊與監獄文學　臺南　臺南大學　2008 年 8 月　頁 197—212

118. 宋澤萊　論施明正與七等生小說的反諷性　臺灣文學三百年　臺北　印刻文學生活雜誌出版公司　2011 年 3 月　頁 321—326

119. 楊凱麟　施明正，書寫的身體政治與政治身體的書寫　文化研究　第 13 期　2011 年 12 月　頁 57—80

---

[8] 本文以施明正對白色恐怖的記憶與筆下人物的創傷書寫，作為歷史的見證。全文分 4 小節：1.前言；2.白色恐怖時期的歷史記憶；3.創傷書寫；4.結論。

分論

◆單行本作品

詩

《施明正詩·畫集——魔鬼的妖戀與純情及其他》

---

[9]本文以施明正小說中「日本化」的語言風格及「類後設」的書寫形式，建構戰後知識分子的內在
經驗。

[10]本文以德勒茲的哲學語彙論述處在禁言政治的戒嚴時期，分析施明正的政治書寫如何魔幻地穿梭
於虛構與現實、性與政治之間。全文共 5 小節：1.前言：分裂仔；2.性——政治部署，或粉紅恐
怖；3.浪蕩主義與監獄的「知覺現象學」；4.虛構與現實的殘酷劇場；5.結語：活在世間，我很
抱歉。

—15

126. 向　陽　　變奏者——點描施明正「魔鬼的妖戀與純情」〔《施明正詩・畫集——魔鬼的妖戀與純情及其他》〕　臺灣時報　1986 年 1 月 11 日　8 版

127. 向　陽　　變奏者——點描施明正「魔鬼的妖戀與純情」〔《施明正詩・畫集——魔鬼的妖戀與純情及其他》〕　迎向眾聲：八〇年代臺灣文化情境觀察　臺北　三民書局　1993 年 11 月　頁 77—84

128. 趙天儀　　美的探險家——評《施明正詩畫集》　笠　第 131 期　1986 年 2 月　頁 55—59

129. 趙天儀　　美的探險家——評《施明正詩畫集》　時間的對決：臺灣現代詩評論集　臺北　富春文化公司　2002 年 5 月　頁 156—174

## 小說

### 《島上愛與死》

130. 應鳳凰　　吐郁馨芳的詩之園〔《島上愛與死》部分〕　文訊雜誌　第 5 期 1983 年 11 月　頁 149—156

131. 黃　娟　　政治與文學之間——論施明正《島上愛與死》　臺灣文學研究會筑波國際會議　日本　臺灣文學研究會　1989 年 7 月 31 日，8 月 1—2 日

132. 黃　娟　　政治與文學之間——論施明正《島上愛與死》（上、下）　自立晚報　1989 年 10 月 22—23 日　12，14 版

133. 黃　娟　　政治與文學之間——論施明正《島上愛與死》　政治與文學之間　臺北　前衛出版社　1993 年 5 月　頁 145—164

134. 黃　娟　　政治與文學之間——論施明正《島上愛與死》　施明正集（臺灣作家全集）　臺北　前衛出版社　1993 年 12 月　頁 317—336

135. 陳芳明　　一九八〇年代臺灣邊緣聲音的崛起——臺灣政治小說崛起的意義〔《島上愛與死》部分〕　臺灣新文學史　臺北　聯經出版公司 2011 年 10 月　頁 629—630

## 《施明正短篇小說精選集》

136. 鍾肇政　施明正與我——《施明正小說精選集》　施明正短篇小說精選集
　　　臺北　前衛出版社　1987 年 8 月　頁 5—13

137. 鍾肇政　施明正與我〔《施明正短篇小說精選集》〕　自立晚報　1987 年
　　　9 月 23 日　10 版

138. 鍾肇政　施明正與我——序《施明正小說精選集》　鍾肇政全集‧隨筆集 1
　　　桃園　桃園縣文化局　2004 年 11 月　頁 479—485

139. 李敏勇　時代啟示錄——推介《施明正短篇小說精選集》　民眾日報
　　　1987 年 10 月 12 日　11 版

## 《施明正集》

140. 林瑞明　以生命撞擊藝術的「魔鬼」——《施明正集》序　施明正集（臺
　　　灣作家全集）　臺北　前衛出版社　1993 年 12 月　頁 9—13

141. 林瑞明　以生命撞擊藝術的「魔鬼」——《施明正集》序　短篇小說卷別
　　　冊（臺灣作家全集）　臺北　前衛出版社　1994 年 3 月　頁 125
　　　—129

142. 林瑞明　以生命撞擊藝術的「魔鬼」——《施明正集》　臺灣文學的本土
　　　觀察　臺北　允晨文化公司　1996 年 7 月　頁 207—210

143. 林世傑　評介《施明正集》　臺灣時報　2007 年 3 月 11 日　15 版

144. 林世傑　控訴白色恐怖——《施明正集》評介　孕育臺灣人文意識——50
　　　好書　臺北　前衛出版社　2007 年 9 月　頁 163—168

## 《島上愛與死：施明正小說集》

145. 郝譽翔　魔鬼之必要，懦夫之必要——施明正《島上愛與死》　大虛構時
　　　代　臺北　聯合文學出版社　2008 年 9 月　頁 204- 207

## 單篇作品

146. 葉石濤　論一九八〇年的臺灣小說〔〈渴死者〉部分〕　民眾日報　1981
　　　年 4 月 12 日　12 版

147. 葉石濤　論一九八〇年的臺灣小說〔〈渴死者〉部分〕　葉石濤全集‧隨

筆卷一 臺南，高雄 國立臺灣文學館，高雄市文化局 2008 年 3 月 頁 270—271

148. 彭瑞金 「魔鬼派小說家」試探——簡評〈渴死者〉 民眾日報 1981 年 6 月 4 日 11 版

149. 周英雄 八○年代臺灣作家怎樣寫歷史〔〈渴死者〉部分〕 聯合文學 第 77 期 1991 年 3 月 頁 176—181

150. 李 喬 當代臺灣小說的「解救」表現——當代臺灣小說的解救表現——「解脫型」主題表現〔〈渴死者〉部分〕 第二屆臺灣本土文化國際學術研討會論文集——臺灣文學與社會 臺北 臺灣師範大學文學院國文學系，人文教育研究中心主辦 1996 年 4 月 20—21 日

151. 李 喬 當代臺灣小說的「解救」表現——當代臺灣小說的解救表現——「解脫型」主題表現〔〈渴死者〉部分〕 李喬文學文化論集（一） 苗栗 苗栗縣文化局 2007 年 10 月 頁 83—84

152. 朱 炎 短篇小說所反映的臺灣社會文化的變遷——民國六十八年—七十八年〔〈渴死者〉部分〕 情繫文心 臺北 九歌出版社 1998 年 1 月 頁 166

153. 〔彭瑞金編〕 〈渴死者〉賞析 國民文選·小說卷 2 臺北 玉山社出版公司 2004 年 7 月 頁 339

154. 彭瑞金 〈渴死者〉導讀 二十世紀臺灣文學金典：小說卷 （戰後時期·第一部） 臺北 聯合文學出版社 2006 年 1 月 頁 224—225

155. 朱宥勳 理解的間隙——施明正〈渴死者〉 幼獅文藝 第 707 期 2012 年 11 月 頁 26—28

156. 朱宥勳 理解的間隙——施明正〈渴死者〉 學校不敢教的小說 臺北 寶瓶文化公司 2014 年 4 月 頁 150—155

157. 徐采薇 論施明正〈渴死者〉中的政治控訴 東吳中文線上學術論文 第 22 期 2013 年 6 月 頁 141—153

158. 李漢偉　臺灣政治小說的「政治之悲」模式探索──「控訴／冤情」的政治之悲模式〔〈喝尿者〉部分〕　臺灣小說的三種悲情　臺南　供學出版社　1982 年 4 月　頁 113─114

159. 李漢偉　臺灣政治小說的「政治之悲」模式探索──「控訴／冤情」的政治之悲模式〔〈喝尿者〉部分〕　臺灣小說的三種悲情　臺南　臺南市文化中心　1996 年 5 月　頁 143─144

160. 李漢偉　臺灣小說的「政治之悲」模式探索──「控訴／冤情的政治之悲模式」〔〈喝尿者〉部分〕　臺灣小說的三種悲情　臺北　駱駝出版社　1997 年 10 月　頁 143─144

161. 彭瑞金　施明正的〈喝尿者〉　自立晚報　1983 年 5 月 21 日　19 版

162. 彭瑞金　施明正的〈喝尿者〉　文學隨筆　高雄　高雄市立中正文化中心管理處　1996 年 5 月　頁 236─242

163. 彭瑞金　以血、以淚編織的文學──〈喝尿者〉簡介　1983 年臺灣小說選　臺北　前衛出版社　1984 年 4 月　頁 18─22

164. 高天生　詛咒與夢魘──臺灣小說中的告密者（上、下）〔〈喝尿者〉部分〕　自立晚報　1987 年 9 月 1─2 日　10 版

165. 〔編輯部〕　〈喝尿者〉　高雄文學小百科　高雄　高雄市文化局　2006 年 7 月　頁 180

166. 郝譽翔　我是誰？──論八〇年代臺灣小說中的政治迷惘──我們如何書寫歷史……〔〈喝尿者〉部分〕　大虛構時代　臺北　聯合文學出版社　2008 年 9 月　頁 53─54

167. 林　外　新詩獎評選報告〔〈一九八二年四行戀詩〉部分〕　臺灣文藝第 82 期　1983 年 5 月　頁 13

168. 宋澤萊　〈指導官與我〉評介　一九八五臺灣小說選　臺北　前衛出版社　1986 年 3 月　頁 345─346

169. 周慶塘　反映基本人權的政治小說〔〈指導官與我〉部分〕　八〇年代臺灣政治小說研究　臺灣大學中國文學系　博士論文　吳宏一教授

指導　2003 年 6 月　頁 157

170.　elek　　「已被接枝、插種過的人種」：國民黨政權下的安全技藝、指導官，與我〔〈指導官與我〉〕　讀裁讀儕的肚臍：祕密讀者 Greatest Hits 第 1 號　臺北　前衛出版社　2015 年 8 月　頁 63—86

171.　鄭炯明　純粹的藝術家——施明正〔〈隱刃者〉〕　民眾日報　1991 年 9 月 22 日　11 版

## 多篇作品

172.　彭瑞金　1983 臺灣小說選導言〔〈渴死者〉、〈喝尿者〉部分〕　1983 臺灣小說選　臺北　前衛出版社　1984 年 4 月　頁 11

173.　黃　娟　讀〈渴死者〉和〈喝尿者〉——紀念施明正去世兩週年　臺灣時報　1990 年 9 月 30 日　27 版

174.　呂正惠　八○年代臺灣小說的主流〔〈渴死者〉、〈喝尿者〉部分〕　世紀末偏航——八○年代臺灣文學論　臺北　時報文化出版公司　1990 年 12 月　頁 278

175.　彭瑞金　在奮戰與放逐之間，斯人已遠——悼施明正〔〈渴死者〉、〈喝尿者〉〕　臺灣時報　1991 年 4 月 24 日　27 版

176.　徐　學　政治文學〔〈渴死者〉、〈喝尿者〉部分〕　臺灣新文學概觀（下）　廈門　鷺江出版社　1991 年 6 月　頁 275

177.　張文智　「臺灣文化建構運動」與臺灣認同體系〔〈渴死者〉、〈喝尿者〉部分〕　當代文學的臺灣意識　臺北　自立晚報社文化出版部　1993 年 6 月　頁 73

178.　林燿德　《臺灣當代小說精選》讀後〔〈渴死者〉、〈喝尿者〉部分〕　將軍的版圖　臺北　華文網　2001 年 12 月　頁 21—25

179.　周慶塘　涉及臺灣政治事件的政治小說〔〈渴死者〉、〈喝尿者〉〕　八○年代臺灣政治小說研究　臺灣大學中國文學系　博士論文　吳宏一教授指導　2003 年 6 月　頁 126—128

180. 吳昆展　　試論施明正小說中的「白色恐怖」〔〈渴死者〉、〈喝尿者〉、
　　　　　　　〈指導官與我〉〕　畢業製作論文集（2004）　南投　暨南國際
　　　　　　　大學中國語文學系　2004 年 6 月　頁 19—42

181. 林瑞明　　〈一九八二年四行悲歌〉、〈乞〉賞析　國民文選・現代詩卷 2
　　　　　　　臺北　玉山社出版公司　2005 年 2 月　頁 96

182. 王建國　　一九八〇年代以降監獄文學之文本研究——監獄詩——施明正
　　　　　　　〔〈一九八三年悲歌 3〉、〈候鳥〉、〈隱刃者〉〕　百年牢騷：
　　　　　　　臺灣政治監獄文學研究　成功大學中國文學系　博士論文　林瑞
　　　　　　　明、陳昌明教授指導　2006 年 7 月　頁 287—288

## 作品評論目錄、索引

183. 〔方美芬，許素蘭編〕　　施明正小說評論引得　施明正集（臺灣作家全
　　　　　　　集）　臺北　前衛出版社　1993 年 12 月　頁 337—339

184. 蘇怡菁　　施明正文學評論資料匯編　施明正及其小說研究　臺灣師範大學
　　　　　　　國文學系在職進修碩士班　碩士論文　許俊雅教授指導　2008
　　　　　　　年 6 月　頁 148—151

185. 〔封德屏主編〕　　施明正　臺灣現當代作家評論資料目錄（三）　臺南
　　　　　　　國立臺灣文學館　2010 年 11 月　頁 1937—1945

國家圖書館出版品預行編目資料

臺灣現當代作家研究資料彙編. 94, 施明正/林淇瀁編選.
-- 初版. -- 臺南市：臺灣文學館, 2017.12
　　面；　　公分
ISBN 978-986-05-3728-4 (平裝)

1.施明正 2.傳記 3.文學評論

863.4　　　　　　　　　　　　　　　106018019

【臺灣現當代作家研究資料彙編】94

# 施明正

發 行 人　廖振富
指導單位　文化部
出版單位　國立臺灣文學館
　　　　　地　　址／70041 臺南市中西區中正路 1 號
　　　　　電　　話／06-2217201　　　　　傳　　真／06-2218952
　　　　　網　　址／www.nmtl.gov.tw　　　　電子信箱／pba@nmtl.gov.tw

總 策 畫　封德屏
顧　　問　林淇瀁　張恆豪　許俊雅　陳義芝　須文蔚　應鳳凰
工作小組　王則翔　沈孟儒　林暄燁　黃子恩　陳映潔
編　　選　林淇瀁
責任編輯　呂欣茹　沈孟儒
校　　對　王則翔　沈孟儒　黃子恩
計畫團隊　財團法人台灣文學發展基金會
美術設計　翁國鈞・不倒翁視覺創意
印　　刷　松霖彩色印刷事業有限公司

著作財產權人　國立臺灣文學館
　　　本書保留所有權利。欲利用本書全部或部分內容者，須徵求著作財產權人
　　　同意或書面授權。請洽國立臺灣文學館研究典藏組（電話：06-2217201）

經銷展售　國家書店松江門市（02-25180207）
　　　　　國立臺灣文學館藝文商店（06-2217201#2960）
　　　　　一德洋樓羅布森冊惦（04-22333739）
　　　　　三民書局（02-23617511、02-2500-6600）
　　　　　台灣的店（02-23625799）　　　府城舊冊店（06-2763093）
　　　　　南天書局（02-23620190）　　　唐山出版社（02-23633072）
　　　　　後驛冊店（04-22211900）　　　五南文化廣場（04-22260330）

初版一刷　2017 年 12 月
定　　價　新臺幣 290 元整
　　　　　第一階段 15 冊新臺幣 5500 元整　第二階段 12 冊新臺幣 4500 元整
　　　　　第三階段 23 冊新臺幣 8500 元整　第四階段 14 冊新臺幣 5000 元整
　　　　　第五階段 16 冊新臺幣 6000 元整　第六階段 10 冊新臺幣 3800 元整
　　　　　第七階段 10 冊新臺幣 3200 元整　全套 100 冊新臺幣元整 30000

GPN　1010601823（單本）　ISBN　978-986-05-3728-4（單本）
　　　1010000407（套）　　　　　　　978-986-02-7266-6（套）

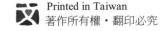